우연히 만나
사랑을
만들다

우연히 만나 사랑을 만들다

초판 1쇄 발행 2024년 2월 13일

지은이 박창진
펴낸이 장길수
펴낸곳 지식과감성#
출판등록 제2012-000081호

주소 서울시 금천구 벚꽃로298 대륭포스트타워6차 1212호
전화 070-4651-3730~4
팩스 070-4325-7006
이메일 ksbookup@naver.com
홈페이지 www.knsbookup.com

ISBN 979-11-392-1658-5(03810)
값 16,700원

- 이 책의 판권은 지은이에게 있습니다.
- 이 책 내용의 전부 또는 일부를 재사용하려면 반드시 지은이의 서면 동의를 받아야 합니다.
- 잘못된 책은 구입하신 곳에서 바꾸어 드립니다.

지식과감성#
홈페이지 바로가기

우연히 만나
사랑을
만들다

박창진 지음

작가의 말

2023년 추석은 오랜만의 긴 연휴를 맞았다.

무엇인가 뜻있는 연휴를 보내고 싶었다. 여행을 갈까? 잠시 고민도 했지만 혼자 가는 여행은 즐겁게 보낼 자신도 없었다.

"소설이라도 한번 쓰시죠!"

DMIC에 근무하는 오인근 전무가 진지하게 제안했고 이를 받아들였다.

짧은 시간에 쓴 소설이 〈우연히 만나 사랑을 만들다〉이다. 제목을 정하고 쓴 것이 아니고 글을 완성한 후 제목을 정했다.

2014년 초 지독한 병 앓이를 했다. 그 후유증으로 많은 과거를 잊었다. 한때 지난 과거의 기억을 찾아 긴 여행을 해 보기도 했지만, 나의 과거가 행복한 과거보다는 불행한 과거가 더 많다는 것을 알았고 많이도 울었었다. 나는 나의 미래에 투자하기로 한 후 과거를 찾는 일을 그만두었다. 하지만 나의 모든 과거를 잊은 것은 아니다. 그저 퍼즐 조각처럼 머릿속을 날아다니고 있을 뿐이다. 가끔은 몇 개의 퍼즐을 퍼뜩 결합하고 다음의 조각을 기다리다가 퍼뜩 연속적으로 맞아떨어지기도 한다.

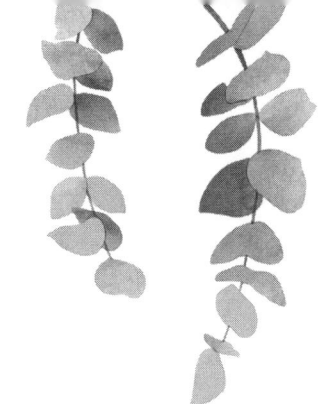

　누군가는 나를 안다고 친구를 통하여 연락이 오기도 하지만 나는 일면식도 생각이 나질 않았다. 그에게는 상당히 미안했지만 작은 퍼즐의 조각을 찾았고 그 정보에 의하여 몇몇 기억을 다시 찾았고 또 눈물을 흘려야 했다. 이번에 집필한 소설은 이 과정에서 얻은 정보를 각색하여 글로 만들었다.

　글을 통하여 읽는 사람들이 아름다운 화상을 만들었으면 좋겠다. 이 글에 나타난 모든 환경이나 일들은 모두 허구다. 어떤 이든 가슴 아픈 기억으로 화상을 그리지 않기를 바란다.

　끝으로 본 글의 문맥을 다듬고 문법을 맞추어 준 '지식과감성#' 출판사의 교정담당자님께 감사한 마음을 전합니다.

2024년 2월

차례

작가의 말 … 4

1. 만남 세 번째 … 8
2. 사랑의 의미를 묻다 … 43
3. 과거의 자기암시를 통한 경험을 쓴다 … 57
4. 엉뚱한 곳에서 … 68
5. 증발의 원인을 묻다 … 85
6. 또 다른 인연은 … 121
7. 꿈 그리고 회귀 … 144
8. 또 다른 인연의 시작 … 198
9. 우연히 만나 사랑을 만들다 … 206

1

만남 세 번째

이발소에 들러 머리 염색을 했다.

은근히 반백의 머리를 자랑스럽게 여기던 생각을 바꾼 것은 젊은 여자를 소개받기로 했기 때문이다.

젊은 여자를 만난다는 것이 반백의 머리와 무슨 상관이 있느냐 할 수 있겠지만 정수는 나름 예의라 생각했다.

스스로는 자랑스럽게까지 생각하던 반백의 머리를 염색했다는 것은 이번 만남에 대한 기대치가 높다는 것으로 말할 수 있음이리라.

어쩌면 우연히 만나 새로운 사랑을 만들 수도 있지 않을까 생각하니 설레기까지 하였다.

"부담 없이 만나 식사나 한다고 생각하시고 만나시죠?"

비서 김국진이다. 부담 없이 만나고 식사나 한다고 생각하라는 의미가 정확히 뭔지는 모르겠지만 따지고 싶지는 않았다.

김국진의 말처럼 부담은 갖지 않고 만나자는 생각을 했을 수도 있다.

김국진의 말은 처음이나 두 번째나 이번의 세 번째나 한결같다.

토씨 하나 틀리지 않고 하는 말이었다. 하지만 이번이 벌써 세 번째 소개이기 때문에 첫 번째처럼 들뜬 기분은 아니다.

그렇다고는 해도 나이 마흔이 넘어 여자를 소개받는 것이기에 전혀 설레지 않는다는 것은 결코 아니다. 기대감이 있는 것은 분명했다.

"언제는 안 그랬냐? 무슨 서술이 그렇게 길어."

"이번에는 나이 차이가 좀 있어서 그럽니다."

"나이 차이가 많아서 거부될 거라면 아예 관둬라."

이정수는 두 번이나 만남이 거부되어 지속적인 만남이 불발된 일을 떠올리며 심드렁한 표정으로 말했다.

이정수는 무척이나 충격적으로 받아들였지만 결국 어쩔 수 없는 상황이었던 것이다.

이번까지 성사되지 않는다면 트라우마(Trauma)로 남지 않을까 걱정이 되는 것도 사실이다.

"아닙니다. 이번에는 사장님의 나이를 미리 말해 두었습니다."

"그런데?"

"나이는 차이는 상관이 없다고 합니다. 단지 서로 대화가 통했으면 좋겠다고 합니다."

이정수는 순간 머리가 혼란스러웠다.

대화가 통한다는 것이 자기의 수준에 맞는 대화를 이야기하는지 아니면 외국인이기 때문에 중국어의 수준을 이야기하는 것인지 언뜻 이해가 되지 않았기 때문이다.

이정수가 눈만 껌벅이고 있자 김국진이 말을 이었다.
"걱정하지 마시고 일단 만나 보시죠. 밥 한 끼 먹는다는 기분으로요."

정말 가벼운 맘으로 식당으로 향했다.
여기는 중국 장쑤성(江苏省) 이씽시(宜兴市)이다. 인구 백이십만의 비교적 작은 도시다.
중국에선 그렇다.
여름의 끝자락이랄까 아니면 가을의 문턱이랄까, 아직 9월이지만 수은주가 30도를 오르내리며 무더위가 기승을 부리고 있었다.
자동차에 오른 이정수는 스위치를 넣어 시동을 건 후 즉시 에어컨을 가동하였다.
금방 실내 온도를 내릴 수 있었다.
더위와는 상극인 체질인지라 여름이면 더위와의 싸움에 진저리를 치는 그였다.
식당까지는 10분 거리다. 아직 40분의 여유가 있다. 미리 가서 기다려야 할까? 아니면 조금 늦게 갈까? 고민하던 정수는 이내 자동차를 움직이기 시작하였다.
조금 돌아가는 코스를 선택한 것이다.
104번 국도변을 따라 울창한 가로수가 지나는 바람에 한들거리고 있다. 104번 국도는 중국의 가장 긴 국도이다.
이정수는 천천히 이 국도를 달리며 생각에 잠겼다.
뒤를 따르던 화물차가 경적을 울리면서 차선을 바꾸어 앞질러 갔다. 너무 천천히 달리는 것일까? 깜짝 놀란 정수가 계기판을 들여다보았다.
시속 60km, 최고 시속 80km 지역으로 괜찮은 속도이고 3차선을 달리고 있기에 뭐라 말할 처지는 아닌 것 같은데, 중국 사람들도 성질이 급한 사람이 많다.

만만디(慢慢地)는 옛말이다. 상황에 따라서는 그렇다.

이정수의 나이 43세에 30세의 여자라면 욕심이 과한 것이 아닌가? 그런데 상대방 여자가 괜찮다면 되지 않을까? 이런 만남 자체가 어딘지 모르게 죄를 짓는 것은 아닌지 감이 잡히질 않았다.

김국진의 말마따나 부담 없이 만나 즐기는 것도 나쁘진 않을 거라는 생각이 들지 않은 것은 결코 아니었다.

"사장님! 생활 비서를 두는 문제를 생각해 보시지 않겠어요?"

"무슨 얘기야? 생활 비서라니?"

이정수는 처음 듣는 용어라 되묻지 않을 수 없었다. 김국진은 얼굴에 은근히 잔잔한 미소를 띠고 있었다.

"아니, 사장님이 너무 외로워 보여서요."

"내가 외로워? 그럼, 생활 비서는 뭐고, 또 내가 외로운 거랑 생활 비서랑 무슨 상관이라도 있다는 것처럼 들린다."

"사장님의 생활 모든 것을 같이할 수 있다는 의미입니다."

"이를테면?"

"이를테면 출장을 같이 가기도 하고, 모든 시중은 물론 잠자리까지도 같이할 수 있는 비서를 말하는 겁니다. 그냥 조건만 맞으면 되는 거지요. 그러다가 정말 서로 좋아하게 된다면 더욱 좋은 것이고요."

이정수는 머리를 세게 맞은 것 같은 기분이 들었다. 그래서일까 중간에 이정수가 말을 잘랐다.

"됐다. 결국은 돈으로 사라는 얘기잖아!"

"산다는 의미보다는 누이 좋고 매부 좋은 거 아닐까요? 대학 나와 취업을 못 하는데 돈이 필요한 재원이어야 합니다. 그러니 사장님은 그런 입장의 여자애들을 돕는 일이기도 하거든요."

"아무리 좋은 구실을 댄다고 한들 그냥 그런 사람들의 변명처럼 들린다. 안 들은 것으로 하자."

김국진이 웃는 모습을 했지만 이내 쑥스러운 인상을 내포한 얼굴이다. 이정수의 입장에서는 관심을 보여야 대화가 되는 일인데 아예 싹을 자른 것이 약간은 미안한 생각마저 들었다.

생각해 보면 꽤 재미난 제안일 수 있다는 생각도 했었지만 개운치 않은 것이 사실이고 아직은 그렇게 자신이 타락하지 않았다는 생각을 했다. 어쩜 자기 위안인지도 모른다는 생각도 동시에 들었다.

두 번째 만남이 불발되고 난 후의 일이었다.

"207호실입니다."

차를 주차장에 대고 식당에 들어서자 웨이터가 단박에 알아보고 방 번호를 알려 주었다. 미리 도착해 있던 김국진이 2층에서 내려오면서 맞는다.

"염색하셨네요?"

"그래. 그래야 할 거 같아서 했다."

반백의 머리를 도리어 자랑스럽게 생각한 것은 지식인처럼 보인다고 생각했기 때문이다. 그가 머리를 염색하는 경우는 거의 없었다.

나이 삼십이 넘으면서 하나둘 생기기 시작한 새치가 이제는 반백의 머리로 바뀌었다.

첫 번째 염색을 하면서 역겨워했던 기억이 있다. 아니, 염색을 하는 동안 염색제 특유의 냄새가 싫었는지도 모르겠다. 그만큼 첫 번째 기억이 중요하단 이야기다.

"아~ 예. 보기 좋습니다. 훨씬 젊어 보입니다."

비아냥거리는 소리로 들리지는 않았다. 앞으로는 염색하는 것이 좋겠다는 의미로 들렸다.

"그러냐? 난 좀 어색하던데."

김국진은 뭐가 그리도 좋은지 히죽거리며 웃고 있었다. 그의 웃음이 무슨 의미를 담고 있는지는 모르지만 가벼워 보이지는 않았다.

"인사하시죠."

이정수가 방으로 들어서자 먼저와 기다리고 있던 젊은 여자 한 명과 역시 젊은 남자 한 명이 일어섰다.

김국진은 여자를 가리키고 있었다.

"왕자인(王佳仁)입니다."

늘씬한 몸매에 여자 키치고는 큰 편이다. 짧은 쇼트 머리, 수수한 얼굴이라 생각했다. 늘씬하다는 생각과 약간은 글래머라는 생각도 동시에 했다.

순간의 눈길로 그녀의 모두를 스캔한 것이다.

치마며 셔츠가 모두 연한 하늘색이다. 그래서 그럴까? 가볍게 화장한 얼굴이 더욱 화사해 보인다.

첫인상이 매우 좋다.

"이정수라고 합니다. 만나서 반갑습니다."

명함을 주려다 참았다. 소개를 받는 자리이기 때문에 여자에게 결정권을 주어야 한다는 생각을 했기 때문이다.

명함을 준다는 것은 "이 명함에 나의 연락처가 있으니 당신의 연락처도 주시오."라고 말하는 것만 같아 참은 거다. 아니면 "여기 연락처가 있으니 연락하시라."라는 뜻으로 보일 것 같기도 했다.

이정수는 젊은 남자에게 손을 내밀었다.

"이정숩니다." 이정수가 먼저 인사를 했다.

"후펑(胡枫)입니다. 자인의 동생입니다."

앞니가 어울리지 않는 금색을 하고 있었다. 누런 금니다. 첫인상이 썩 좋은 것은 아니다. 들리는 음색이 여성과 유사했다. 향수 냄새는 좋은 편이었다.

"아~ 친동생인가요?"

"아닙니다. 이종사촌 동생입니다."

"아하. 나는 성은 왕 씨이고, 이름이 후펑(胡枫)인 것으로 생각했습니다. 미안합니다. 오래 기다리셨나요?"

마침 주문한 음식이 들어왔고 이 때문에 이정수의 질문은 자연스럽게 지나갔다. 김국진이 미리 와 협의하여 주문해 놓은 탓이다.

어차피 답을 듣고자 한 질문도 아니었기 때문에 분위기를 깨지는 않았다.

왕자인은 긴장한 탓인지 얼굴이 약간은 경직되어 보였지만 그렇게 보이지 않으려는 노력도 얼굴에 함께 보였기 때문에 살짝 귀엽다는 생각을 했다. 하지만 그녀도 역시 중국인이다.

왕자인의 화장이 세련되었다고는 할 수 없었다. 대개의 중국 여자들의 화장이 세련되었다고는 할 수 없다.

"고향이 헤이룽장(黑龙江) 자무쓰(佳木斯)랍니다. 아시죠? 자무쓰?"

김국진이다. 고향을 말하는 것은 왕자인이 직접 말했으면 좋았을 말이라 생각했다. 한국어로 말하면서 '헤이룽장'이나 '자무쓰'라는 발음이 나오자 둘의 시선이 이정수에게로 향했다. 자기들의 고향이기 때문일 거다. 이정수는 웃으면서 김국진의 말을 받았다.

"고향이 자무쓰시군요. 빙등제(冰灯节)를 본 적이 있습니다. 자무쓰는 가 보진 않았지만 들어 본 도시입니다. 러시아 국경이죠?"

둘의 얼굴이 활짝 펴졌다.

고향에 관한 이야기가 나오자 마음이 편해졌기 때문일 수도 있을 거다.

사람들은 '우리'라는 테두리에 가두고 동질성을 확인하려 한다. 그런 관심사는 급속한 친밀감을 유도하기도 한다. 우리나라, 우리 동네, 우리 학교.

"자무쓰는 벌써 첫눈이 내렸다고 합니다." 왕자인이다.

"겨울엔 꽤 춥죠? 만조우리(满洲里)에 가 본 적이 있는데 상당히 춥더군요." 이정수가 말을 받았다.

"하지만, 방에 들어가면 그렇게 춥지 않아요."

왕자인의 말이다.

어쩌면 너무나 당연한 말이겠지만, 나름대로 이유가 있는 말이다.

이곳 이씽은 건물을 지을 때 보온재를 사용하지 않고 건축을 하므로 겨울은 방 기온이 매우 낮은 편이어서 춥다는 의미일 거다.

벽이 얼어 있다 풀리지 못하고 봄이 올 때까지 냉기를 품어 대기 때문이다.

"아~ 맞아요. 여기는 은근히 추운 도시죠."

이정수가 맞장구를 쳤다.

배려의 맘에서다. 누군가가 "방 안에서야 어딘들 추운가요?"라고 말한다면 분위기가 엉망일 테니까.

종업원이 다시 음식을 내왔으므로 잠시 대화가 중단되었다.

두세 번은 가져오기 때문이다. "맛있게 즐기세요."라는 인사가 있으면 주문한 음식이 모두 나온 것으로 생각해도 된다.

이정수가 힐끔 옆자리의 왕자인을 바라보았다.

스치듯이 훔쳐보는 인상을 남기지 않으려 애를 썼지만, 왕자인의 눈길과 마주쳤다.

왕자인 역시 이정수와 같은 생각을 했을지도 모른다. '좌석의 배치를 마주 보게 했으면 좋았을 터인데'라고 생각했다. 다행인 것은 왕자인의 눈길 속에 부드럽고 잔잔한 미소가 흐르고 있다는 것이었다.

"술 한잔하시죠?"

후펑이 술병을 집어 들었다. 병마개는 이미 열려 있었다.

이정수는 술잔을 원탁 위에 올려놓았다. 술잔을 받겠다는 의미였다. 그러자 김국진과 왕자인도 술잔을 원탁 위에 올렸다.

술은 알코올 52도 수정방(水井坊)이다. 이정수가 국진에게 미리 준비시킨 술이다.

중국은 마실 술을 손님이 준비해 오는 경우가 일반적이다.

음식점에서 주문하면 가격이 많이 비싸지기도 하지만 가짜가 많기 때문이기도 하다.

음식점에서도 당연하게 받아들인다. 술을 마시기 위하여 많은 요리를 시키기 때문이다.

하지만 한국처럼 대중적이고 값이 저렴한 소주 같은 술은 가져오지 않는다. 한국의 경우와는 다른 문화다.

김국진이 탁자 위의 회전판을 돌렸다.

"오늘 이 자리는 후펑의 소개로 마련된 자립니다. 즐거운 만남의 시작이기를 바라면서 건배를 제안합니다. 사장님?" 김국진이다.

모두의 표정이 괜찮다고 생각해서일까? 처음의 긴장한 그의 모습은 사라지고 말수가 늘었다. 그는 긴장하면 말이 없어지고 긴장이 풀리거나 기분이 좋아질라치면 급격하게 말수가 많아지는 성격이었다.

"만나서 반갑습니다."

이정수가 술잔을 들었다. 다 같이 잔을 들어 잔을 부딪쳤다. 그리고 잔을 비웠다.

유리잔이지만 소주잔보다는 약간 작은 잔이다. 그렇다고 아주 작은 잔은 아니었기에 단숨에 잔을 비우는 것이 그리 녹록하지는 않았지만 애써 잔을 비워야 했다. 아무래도 석 잔까지는 건배할 것으로 생각했다. 늘 그래 왔기 때문이다.

"제가 한 잔 올리지요." 왕자인이다.

살짝 웃는 웃음 뒤에 아직도 약간의 긴장이 숨어 있었다. 그것을 감추기 위해서 화제를 돌리거나 선수를 치는 것으로 보였다.

이정수는 그런 왕자인의 행동이 싫지는 않았다. 너무 빼는 것은 재미가 없다. 그렇다고 너무 나대는 것도 좋은 모습은 아니라고 생각했기에 적절한 배려라고 생각했다.

"감사합니다. 다음엔 제가 병권을 잡도록 하겠습니다."

"네에?"

왕자인이 술잔을 채우면서 놀란 눈을 했다. 그러자 김국진이 말을 받는다.

"술병의 권리를 갖겠다는 의미입니다."

왕자인과 후펑이 웃으며 고개를 끄덕였다. 이해했다는 표시겠지만 확실하게 이해를 한 것인지는 알 수 없다.

그렇게 술잔이 돌았다.

처음 만나는 자리이지만 내숭을 떨거나 빼지도 않는 모습이 좋았다.
술이 잘 받는 날이라는 생각을 했다. 물론 수정방(水井坊)은 중국에서 유명한 술이긴 하다. 목 넘김이 좋은 것은 기분이 좋다는 의미도 함유하고 있다. 그렇다고 무턱대고 마실 수는 없는 노릇이다.
자리가 자리인 만큼 가져온 두 병을 비운 후 자리에서 일어났다. 적당한 주량이라 생각했다.
모두 즐겁게 시간을 보냈다.

"사장님 모레 시간이 어떠세요?"
"무슨 말이냐?"
왕자인을 소개받은 후 이틀이 지난 후다. 무더위가 한풀 꺾였지만 아직은 더운 날씨다. 김국진이 이정수의 사무실로 들어서면서 호들갑이다.
"전번에 만난 쇼우왕(小王) 말입니다. 식사하자고 하는데요?"
내심 연락을 기다렸는지도 모른다. 쇼우왕은 왕자인을 말한다.

"인상이 어때요?"
"괜찮은 편이다."
"그러면, 그렇게 알고 있겠습니다."
뭐를 그렇게 알고 있겠다는 뜻인지 말을 하진 않았지만, 소개해 준 사람에게 싫지 않다는 의사를 전달하려는 뜻으로 이해했다. 그리고 연락을 받은 것이다.

"괜찮다고 얘기하던?" 이정수는 내심 그 사람의 의견을 듣고 싶어졌다.
"괜찮다고 합니다. 처음부터 나이 차이는 고려하지 않는다고 했었거든요. 맘에 든답니다. 사장님이!"

"……."

이정수가 물끄러미 김국진을 바라보자, 김국진이 다시 말을 이었다.

"여기로 온 지 보름 정도 됐다고 합니다. 남자 친구는 있었고요. 지금은 헤어졌다고 합니다."

"남자 친구는 없답니다."라고 말했으면 더욱 좋았을 거라고 이정수는 생각했다. 굳이, 남자 친구는 있었는데 지금은 헤어진 상태라고 한다면 어딘지 모르게 욱하는 김에 만나 보는 것만 같은 느낌이 들기 때문이다.

"그 나이에 남자 친구도 없었다면 더 이상하지 않겠니?"

"결혼은 하지 않았답니다. 물론 숫처녀로 기대하진 마시라는 뜻으로."

"미친놈!"

"혹시 압니까? 사장님이 숫처녀를 기다리는지도……."

"미친놈. 이 나이에 뭘 가리냐? 와 준다면 감사한 일이지!"

"처음부터 너무 빨리 맘을 주시진 마시고요. 한 1년간은 사귀어 보시고……."

김국진이 뒤의 말을 자르자 이정수가 얼른 말을 받았다.

"알았다. 하지만 궁합은 봐야 하겠지?"

궁합을 보자는 것이 무슨 의미인지 알고 있던 김국진이 말을 받는다.

"사귀는 데 문제가 되겠습니까? 적당한 시기에 시도해 보시지요?"

"공연히 빼거나 하면 그만이다. 속궁합이 맞지 않는 사람과 황혼을 뒤척이고 싶지는 않으니까."

이정수는 어떻게 하든지 이 사람을 잡아야 한다는 생각을 했다. 하지만 잠자리가 불편한 사람은 피해야만 한다.

적절하게 융합하고 배려하는 사람이어야만 한다는 생각을 했다.

바로 속궁합이라고들 하는 것 말이다.

"이젠 됐어요. 그만해요!"
"아니, 난 아직…….''
"됐어요! 나는 다 했다고요!"
이정수는 아내인 차경욱이 자신의 어깨를 밀어내자 다시는 잠자릴 같이할 마음이 사라지고 말았다.
늘 그랬다.
아내 차경욱은 일찍 달아올랐다가 자신이 오르가슴에 도달하고 배설하는 기쁨을 맛본 뒤에는 배려라고는 없는 사람이었다. 적절하게 같이 즐기지 못하는 섹스는 언제나 불만이었고 그러는 일들이 횟수가 많아지자 멀어지고 외면하게 된 것이다.
불만족스러운 순간들이 쌓이고 쌓여 이혼에 이르렀다는 생각을 했다.

이정수와 차경욱은 결혼한 지 겨우 육 개월 만에 이혼했다.
적어도 그런 사람을 다시는 만나지 않아야 한다는 생각을 한 것이다.
그것은 악몽이나 다름없다고 생각했다.
원치 않는 섹스를 한다는 것은 감정이 없는 몸놀림, 더 나가서는 노동일 수 있다. 적어도 아내와의 섹스가 노동이어서는 안 된다.
섹스를 유희라고 여겨도 좋다고 생각했다. 섹스는 아름다운 것이며 성스러운 것이라 할 수 있다. 인간만이 즐기는 섹스를 한다고 한다. 본능적이지만 절제하고, 생태적이지만 즐길 수 있는 것이 섹스이기 때문이다.

"장소가 어디냐? 왕자인의 의견이 어떻다고 하든?"

이정수가 예의 두 가지 질문을 동시에 던졌다.

이전에 이미 괜찮다는 이야길 들었지만, 은근히 괜찮다는 이야길 다시 듣고 싶었는지도 모른다. 어차피 다시 만나자는 의미는 나쁘지는 않다는 의미일 거다.

나이 차가 많이 나는 만큼 적극적인 자세를 취하기도 모호하다고 생각했기 때문에 자인 쪽에서 적극적으로 다가오기를 바라고 있었다.

"좋다는데요? 이번에는 친구들도 같이 온다는데, 괜찮겠어요?"

"선을 보일 생각이로군! 그러라고 하지 뭐! 안 된다고 할 순 없잖아? 이미 결정한 거 아니겠니?"

약속된 장소는 대나무가 울창하게 우거진 산의 가장자리에 자리 잡은 별장식 식당이었다.

이씽은 대나무가 많은 지역이다. 장쑤성(江苏省), 저장성(浙江省), 안휘성(安徽省)이 접한 산은 온통 대나무다.

야외에서 즐기려는 사람들을 받기 위해서 준비한 듯, 인공 연못도 조성하여 주변의 경관이 꽤 괜찮다는 인상이 들었다.

이정수는 방갈로식이었으면 더욱 좋았을 것만 같다고 생각했다.

지방도로에서 들어가는 입구를 찾지 못해 몇 번인가를 헤매다 약속 시각을 조금 지나 어렵사리 식당에 도착할 수 있었다.

"조금 늦었습니다."

김국진이 미리 연락을 취했지만 이정수는 방으로 들어가면서 가볍게 머리를 숙였다.

동시에 몇몇이 자리에서 일어난다. 예의를 차린다는 표정이지만 일

동의 시선을 받는 기분이 묘했다.
　어떤 놈인지 인상이나 보자는 눈길들이 따갑게 이정수의 이마에 꽂혔다. 그렇다고 그런 눈길 자체를 거부할 입장도 아니어서 이정수가 다음 말을 하려는 순간 김국진이 먼저 입을 열었다.
　"어이구 친구분이 많군요! 술이 부족할지 모르겠습니다."
　김국진도 그들의 시선이 너무 강하여 어색한 분위기를 감지했는지 말을 마치자마자 허허허 웃는다.
　그러자 자인을 소개했다는 후펑이라는 친구가 말을 받는다.
　"괜찮아요. 바이주(白酒)는 두 병이면 충분합니다."
　후펑은 김국진이 들고 들어 온 수정방 두 병을 바라보면서 말했다. 그러면서도 같이 온 사람들을 둘러본다. 자신의 의견에 동참해 달라는 의미 같기도 했다.
　그러자 한 여성이 후펑의 말을 이었다.
　"우린 바이주(白酒)는 못 마시니 염려하지 않으셔도 됩니다."
　분위기가 술로 옮겨 가자 김국진이 화제를 바꾸었다.
　"오늘 처음 뵙는 분도 계시는데 인사부터 해야 할 것 같네요."
　김국진은 이정수를 소개하였다.
　대학교수를 잠시 역임했고 중국의 특허만도 열 개가 넘는 발명가이며 동시에 중한합작(中韩合作) 전문가이고 시인이기도 하면서 사진작가이기도 하다고 장황하게 소개했다.
　이는 처음 왕자인을 만났을 때도 하지 않은 소개다.
　기를 죽이려고 작정을 한 것은 아닐까 하는 생각이 들었다. 굳이 이런 자리에서 젊은 애들을 상대로 자신의 이력을 자랑할 필요는 없다는 생각을 했기 때문이다. 그러나 한번 터진 그의 입을 막을 도리는 없었다.

이정수가 나섰다.

"그만하시지!"

낮은 음성이다. 하지만 한국말을 알아들을 수 있는 사람은 김국진뿐이다.

"그만하겠습니다. 이정수 사장님이 그만하라네요."

모두의 시선이 다시 이정수를 향하였다. 약간의 미소가 담긴 얼굴을 한 시선도 있었으며 부러움을 담은 시선도 있다고 생각했다. 하지만 소개를 받은 이정수는 일어서지 않을 수 없었다.

"자랑할 거라고는 여러분이 도저히 경험할 수 없는 나이를 먹었다는 것 말고는 없는 사람입니다만, 김국진의 소개가 거창했습니다. 아직도 젊다는 생각을 주제넘은 생각이라 말하지 않고 같은 곳을 향해 걸어가겠다는 사람이 있어 행복을 사냥하고 있습니다. 여러분들도 지켜봐 주시고 격려해 주시면 고맙겠습니다."

이정수가 말을 마치자마자 기다렸다는 듯이 모두는 박수로 화답했다.

이정수는 박수 소리가 약해지는 틈을 이용하여 술잔을 들었다. 그리고 건배를 제안했다. 그래야 식사든 술이든 시작되는 것이 중국의 주식(酒食) 문화이기 때문이다. 누군가가 다시 손뼉을 치려다 말았다.

왕자인이 소개하는 나이 먹은 남자 친구를 보기 위해 온 사람 중에는 이종 언니도 있었고 친구 부부도 있었다. 모두는 호기심이 가득한 눈길이지만 열셋의 나이 차 때문인지 설불리 말을 붙이지 못하는 것은 아닌지 생각했다.

일부의 사람은 중국어를 잘한다거나 어디서 중국어를 배웠냐는 등 질문을 했고 한국의 음악에 관한 이야기를 나누기를 바라는 사람도 있었다. 하지만 두어 잔의 술잔이 돈 뒤부터는 분위기가 고조되자 여럿의 질문이 한꺼번에 쏟아지고 있었기 때문에 모두의 질문에 답할 수는 없었다.

이정수는 이런 광경에 익숙했다.

중국은 늘 그랬다.

자신의 말은 자신이 알아서 하는 것이고 다른 사람들의 이야기는 듣고 싶은 것만 들을 뿐 관여하지 않는 것이며 말을 하는 중에도, 또 다른 사람끼리 대화를 나누거나 다른 사람의 질문에 답을 하는 중에도 끼어들어 질문하거나 한다.

이 또한 그들만의 문화인 것이려니 어쩔 수 없는 노릇이라 여겼다. 이젠 이런 문화에 익숙하다고 할 수 있다.

메뉴는 훌륭한 편이었다. 특히 소머리 고기는 소의 머리를 반으로 잘라 뼈를 그대로 장식하여 고기를 올린 것이 인상적이었다.

여덟 명이 먹기에는 너무 많은 것이 아닐까 생각했지만 먹고 남아야 한다는 것이 중국 사람들의 접대 문화다.

음식이 부족하면 접대가 소홀했다고 생각한다고 한다.

어차피 계산은 이정수가 할 것이다.

이정수는 이미 지갑에 충분한 현금을 준비하였기 때문에 걱정하지는 않았다.

왕자인은 음식을 먹는 중에 이정수를 라오궁(老公)이라 불렀다.

중국에서 남편을 부를 때 사용하는 용어인데 어딘지 모르게 쑥스러웠다. 하긴 친한 남자 친구를 그렇게 부르는 경우가 있다. 그렇다고 그렇게 부르지 말라고 이야기할 수 없는 것이 적당한 용어가 생각나지 않았기 때문이다.

오빠라고 부르라고 할까? 생각했지만 그만두었다. 티브이 연속극이나 연예계에서 남편을 오빠라 부르는 것을 못마땅하다고 여기고 있었기 때문이다.

한류의 영향이 중국 이씽까지 미쳐 드라마의 한 장면을 흉내 내거나 웃으면서 "오빠"라고 부르기도 했다.

어쩌면 왕자인이 이정수와 친한 사이라는 것을 말하고 싶어 라오궁(老公)이라고 부른 거라고 생각한 이정수는 흐뭇한 표정을 했다.

"계산하지요?"

이정수가 자신의 지갑을 왕자인에게 넘겼다. 이젠 자리를 파해도 좋을 시간이라 생각한 때문이다. 모두의 눈치를 보면 알 수 있는 상황이다. 예전에는 김국진이 도맡아 계산했다.

김국진이 습관적으로 자리에서 일어서려다 도로 자리에 앉으면서 이정수를 바라다본다. 겸연쩍은 듯이 웃는 얼굴이다.

하지만 이정수가 김국진을 바라보자 다시 일어선다. 영수증을 발급받으라는 신호였기 때문에 자리에서 일어선 것이다.

개인적으로 사용한 돈이지만 회사의 결산에 사용하려는 거다. 그의 회사는 중국과 한국이 합작하여 세운 회사이지만 정수가 총경리(总经理)를 맡고 있으므로 총괄적인 책임을 지고 경영을 하는 회사라고 할 수 있다.

영수증 발급이 곤란한 것들을 처리하기 위하여 이럴 때 영수증을 발급받으면 유익하게 사용할 수 있기 때문이다. 회계 부서에서는 늘 영수증이 부족하다고 난리라는 것을 알고 있기에 이정수도 이젠 당연하게 생각하고 있었다.

꿈은 활력을 도모한다. 왕자인을 두 번 만나고 난 다음엔 모든 일이 더 유쾌하게 시작되는 것 같았다. 막연히 자기 일에 몰두하면서 행복을 추구했다면 좀 더 구체적인 생각을 하여야 한다는 생각을 한 것이다.

10년 후에는, 20년 후에는, 30년 후에는… 이런 식이다. 나이 차를 극복하고 정말 미래에도 행복할 수 있을까 하는 두려움이 없는 것은 아니었다.

작은 변화에도 삶의 방향이 뒤틀리는 경우가 허다하다는 것을 우리는 경험을 통하여 안다. 하물며 인생을 같이하려는 여자를 만나고 그 만남을 통하여 지금의 행복에 영향을 받지는 않을까 생각하여 조금은 두렵기도 했다. 하지만 그만둘 수 있는 용기는 자신의 의지를 약화하고 자신을 배반하는 것이라 생각하면서 받아들였다. 이성이 지배하는 거라 생각해도 될 일이다.

이정수 자신의 삶의 방향을 바로 잡아 주는 나침반이 될 수도 있을 것으로 생각을 바꾸기로 했다. 이 나이에 젊은 여자가 자신을 좋아해 준다면 애써 말릴 필요는 없을 것이다. 그만큼 그에게 더 많은 애정과 사랑과 믿음을 주면 되지 않을까 생각했다.

세 번째 만남은 왕자인이 직접 전화를 했다. 두 번째 만남에서 명함을 주었기 때문에 직접 전화를 한 것으로 생각했다. 이미 김국진과는 상의했을 거다.

"오늘 시간 되시면 저녁 사 주실래요?"

"그럴까요? 접대는 자인(佳仁) 씨가 하시고 계산은 제가 하는 것으로 하죠."

"호호호, 그럴까요? 좋아요. 장소를 정하고 다시 전화할게요."

명랑한 목소리다. 하지만 처음 통화여서인지 약간의 떨림이 있었다.

긴장했음이리라. 하지만 곧 전화가 다시 걸려 왔다.

"어머, 몇 분이 나오실 건지 묻지 않았네요. 죄송해요. 예약하려고요."

"저는 김국진과 같이 나갈게요. 둘입니다." 혼자 가려다가 생각을 바꾼 것은 술을 마시려면 운전을 할 사람이 필요하다는 생각을 했고 김국진은 같이해도 좋을 놈이라 생각했기 때문이다.

"장소는 처음 만났던 식당으로 할게요. 저번에 보니 분위기가 좋았다고 생각이 돼서요."

역시 상쾌한 목소리다. 진취적이어서 좋다는 생각을 했다.

"사장님 쇼티엔(小天)을 오라고 해도 돼요?"

김국진이 물었다. 쇼티엔은 국진의 여자 친구다. 직업은 노래방 마담이지만 마음은 착한 사람이다. 사회성이 있어 잘 어울리고 분위기를 즐겁게 이끄는 재주가 있다. 그의 이름은 헤이티엔잉(黑天鷹)이다. 그냥 쇼티엔이라 부른다.

"그래라. 그런데……."

"쇼티엔과 후펑은 친구입니다."

이정수가 뒤의 말을 끝내기도 전에 김국진이 대답을 했다.

이정수가 흘끗 김국진을 바라보았다. 그것은 왜 말을 잘라먹느냐고 항의의 표시를 보내는 것이다.

이정수는 자신이 하려는 말을 중간에 자르고 끼어드는 것을 싫어하는 사람이다.

"죄송합니다. 제가 다 말씀을 드리지 않은 것 같아서요."

이정수가 눈길을 김국진에게 돌렸다. 무슨 말을 하려는 거냐고 묻는 눈길이다. 그러자 국진이 다시 말을 이었다.

"후펑이 쇼티엔 집으로 누나인 왕자인과 같이 놀러 왔는데 좋은 남자 있으면 소개해 달라고 했답니다. 그래서 쇼티엔은 저한테 '사장님을 소개해 드리면 어떻겠냐?'라고 물어봤고요."

김국진은 쇼티엔에게 맛있는 음식을 먹을 수 있는 기회를 주려고 한 거지만 이정수는 쇼티엔도 부르면 좋지 않을까 생각하고 있었다. 하지만 생각을 바꾸기로 했다.

"음, 그랬냐?"

이정수는 운전하면서 정면만을 바라보면서 건성으로 대답을 했다. 그러자 잠깐 뜸을 들인 김국진이 입을 열었다.

"한 일주일 전입니다. 제가 후평을 직접 만났습니다. 전에도 식사 자리에서 몇 번 만났던 적이 있기에, 괜찮은 사람으로 보였고요. 왕자인이 같이 나왔기에 같이 식사를 했었습니다. 쇼티엔도요."

"……."

이정수는 아무런 말을 하지 않았고 듣고 있었다.

머릿속에서는 두세 번 소개했지만, 지속적인 만남으로 발전하지 못한 일들이 떠올랐다.

"만나 보니 괜찮아 보였습니다. 그래서……."

"그래서 소개를 하게 됐다. 이거냐?"

"네에?"

"잘한 일이다."

이정수가 끝의 말을 흐리자 김국진이 얼른 말을 받았다.

"알고 있습니다. 언제든지 왕자인이 좋다면 한 번 주라고요."

"자식, 주기는 뭘 주냐 임마. 그리고 그런 얘기도 다 하냐? 넌지시 할 얘기를?"

"왜 아니겠습니까? 쇼티엔을 통해서 넌지시 얘기했습니다. 궁합을 우선으로 생각하신다고."

 김국진이 잠시 말을 끊었고 이정수는 이혼한 옛 아내 차경욱을 생각했다. 김국진은 그다음의 말을 할까 말까 궁리하고 있었다. 하지만 다시 말을 이은 것은 역시 김국진이다.

 "몇 번 만나 보고 사장님이 정말 맘에 들면 신호를 보낼 겁니다."
 "구체적이다?"
 이정수가 눈길을 김국진에게 주자 김국진이 웃으면서 다시 말을 받는다.

 "궁합이 안 맞는다고 일부러 그러면 어떻게 하냐고 하더래요. 글쎄~"
 "뭐야? 그래서?"
 이정수가 호기심 있는 표정을 보이자 김국진이 신이 난 듯이 말을 이었다.

 "그래서 쇼티엔이 말해 줬답니다. 궁합이 안 맞는다고 말하지 말고 그냥 즐기라고요. 그런 걱정을 한다면 어떻게 남자를 만나냐고요."
 말을 마친 김국진이 다시 이정수의 얼굴을 살폈다. 그러자 미소를 담은 표정으로 눈길을 잠시 김국진에게 주었다.
 열심히 대변해 주었구나, 고맙다는 눈길이다.

 사실 궁합을 보는 것은 만일의 사태에 대한 확실한 방법이지만 상호 간의 합의가 필요한 것이며 어느 일방이 반대하면 이루어질 수 없는 일이기에 어려운 것임에는 틀림이 없다. 그렇다고 사랑이 무르익었는데 궁합이 안 맞는다고 헤어지자고 한다면 낭패이지 않겠는가! 맞추면서 살아간다고는 하지만 절대로 맞추지 못하는 예도 있다는 것을 이정수는 경험을 통해서 알고 있다.

 이제는 그런 실수를 하지 않기 위해서 가장 중요하게 생각하는 부분이기도 한 것이다. 어쩌면 트라우마(Trauma)라 해도 좋겠다.
"그런데?"
"좋다고 했답니다. 자신의 마음이 끌리면 언제든지 주겠다고 했답니다."
"야 인마, 주긴 뭘 줘? 탐색전이나 다름없는 거지! 탐색이야말로 궁합을 보는 것이라는 것을 잘 모르는군! 그만큼 섹스가 중요하다는 거지!"
"맞아요. 그 탐색전에 자신을 맡겨 보겠다는 뜻입니다."
"됐다. 누가 들으면 섹스광처럼 생각하겠다."
"어차피 즐기는 것이라 하더군요. 인간만이 즐기는 분야라고 하던가?"
"어쭈구리, 제법인데?"
이정수는 김국진의 말에 감탄했다. 몇 번인가 인용했던 말이지만 김국진의 입에서 나오니 더욱 새롭게 들렸기 때문이다.

"오래 기다렸죠? 반갑습니다."
이정수가 재빠르게 주위를 쭉 둘러보면서 인사를 했다. 낯선 얼굴이 생글생글 웃는 모습이 눈에 들어왔다.
어딘지 모르게 비웃는 것 같은 느낌이 쓱 가슴 한편으로 밀고 들어왔다. 그러나 웃는 모습을 바꾸지는 않았다.
"우리도 방금 왔어요. 여기는 언니 후리엔(胡蓮)이에요. 보고 싶다고 해서……."
예의 그 생글생글 웃던 여자다.
얼굴은 곱상하고 움푹 파인 티셔츠에 치마를 받쳐 입었으며 긴 생머리에 적절하게 색조 화장을 한 것으로 보아 세상의 격조를 아는 사람이라 생각했다.
그만큼 세상의 경험이 많았을 것이라는 뜻이다.

"후리엔(胡莲)입니다."

후리엔이 손을 내밀었다.

"이정수라고 합니다. 언니시라니 잘 부탁합니다."

작고 보드라운 손이다. 핸드크림을 발랐는지 촉촉하다.

옅은 향수 냄새도 났지만 싸구려는 아니다. 깊고 은은한 풀잎에서 나오는 향기 같다.

"후리엔은 저의 친누나입니다."

후펑이다. 후펑은 여전히 웃는 모습이다.

곱상한 얼굴로 대화를 잘 이끌어 간다는 생각을 했었다.

자인을 정수에게 소개하게 된 첫 출발을 만든 사람이다.

이정수는 고맙다는 생각에서일까 은근히 가깝게 지내도 되겠다는 생각으로 처음의 생각을 바꾸었다.

"보고 싶었습니다."

한두 순배 술잔이 돌고 요리로 올라온 팡토위(胖头鱼)찜을 젓가락으로 집으려 할 때 왕자인이 귀에 대고 속삭였다.

순간 이정수는 후리엔으로부터 쏟아지는 야릇한 미소를 보았다.

미묘한 미소다. 하지만 무시하고 시선을 거두며 자인의 귀에 속삭였다.

"나도 보고 싶었습니다."

이정수의 입에서 후끈 더운 입김이 자인의 귀를 덥게 만들었다.

오늘은 점령해야 하겠다고 생각했다.

그럴 수 있으리라는 느낌이 있다.

이정수는 시선을 식탁의 팡토위 요리 접시에 두면서 노렸던 아가미를 접시에 덜었다. 즐겨 먹는 부위다. 팡토위는 머리가 큰 민물고기이다.

예의 많은 목소리가 뒤엉켜 있다. 중국의 식당이 소란스러운 이유는 각각의 이야기를 나누기 때문이라는 것을 알기에 개의치 않고 즐기는 편이다. 다만, 시선이 고정된 한 사람, 후리엔은 여전히 이정수와 왕자인의 행동을 응시하고 있다. 왕자인은 아랑곳하지 않는 것인지 아니면 모르고 있는 것인지는 모르지만 이정수는 처음부터 느끼고 있었다. 이런 눈길은 조금은 부담스러운 눈길이라 생각했다. 옆에 앉은 후펑만이 누나의 모습을 가끔 훔쳐볼 뿐이다.

"오늘따라 술맛이 그만입니다."

이정수는 살갑게 다가오는 왕자인이 좋았다. 꽤 오래된 광경이라 생각했다. 그리고 붙임성이 좋은 사람이라 생각했다.

"어머, 저도 오늘따라 술이 잘 받네요? 같이 한 잔 해요. 단독으로!"

중국은 누군가가 술잔을 들면 모두가 같이 들어 축원한다. 하지만 이렇게 단둘이 마시고자 한다면 눌만의 관계를 갖고 싶다는 의미이기도 하다. 친밀감의 표시라 해도 좋은 것이다.

"그럴까요." 이정수도 잔을 들었다.

"깐 베이!"

왕자인의 눈은 자주 이정수의 눈과 마주했다. 약간은 그렁그렁한 눈빛 속에 여성 특유의 이성을 유혹하는 눈빛이 있다는 생각을 했다.

술을 마시고 게슴츠레한 눈길은 의도적이든 자연스러운 것이든 이 순간과는 어울린다는 상상도 했다.

"둘의 만남을 위하여!" 쇼티엔이다.

마음씨가 착한 여자라는 것을 안다.

겉보기에는 그렇다.

여자의 마음을 다 읽을 수는 없겠지만 몇 번의 만남을 통하여 그렇게 생각했다.

마음씨만은 김국진과 어울린다는 생각이다.

이정수와 왕자인 그리고 쇼티엔은 같이 잔을 비웠다.

김국진도 후평도 둘의 만남을 축하한다며 술을 권하였고 둘은 서서히 취해 갔다. 그렇게 둘이 취하는 모습을 보고자 한 것인지도 모르는 일이다. 중국은 축하할 일이 있으면 축하를 받을 사람에게 집중하여 취하게 만드는 문화가 있다.

"같이 술 한잔할래요?" 후리엔이다.

축하하는 권주인데 어찌 거절할 것인가. 이정수는 단둘이 마시자는 후리엔의 술잔과 마주하여 잔을 비웠다. 다른 이들은 관심이 없는지 대화에 열중이다.

주변이 시끄럽다 못해 스피커의 요란한 이름 모를 제목의 노랫소리에 묻혀 목청이 올라가는 노래방, 한국의 옛 단란주점 광경과 같다.

커다란 홀을 중심으로 한편으로는 커다란 스크린이 설치되어 있으며 스크린에는 화면과 악보가 자막으로 나오고, 누군가가 핏대를 올리며 고성을 질러 댄다.

다른 누군가는 음악 맞추어 춤을 추지만 춤 같지 않은 춤이다. 그저 움직이면 다 춤이 되는가? 흐느적거린다는 표현이 어울릴 것 같다.

누군가의 제안에 우르르 몰려온 것인데 자인의 머리는 이미 이정수의 어깨 위에 있다.

이정수는 생각했다.

연출인가 아니면 정말 술에 취한 것일까?

"자, 한 잔 올리겠습니다. 즐거운 밤입니다. 서로 사랑하세요! 사랑스러운 밤이에요~" 이곳의 마담이라고 했다.

모두 다 같이 술잔을 들었다. 그리고 잔을 비웠다.

바이주를 마신 후에 들어가는 첫 잔의 맥주가 달달한 향기로 목구멍을 기어들어 갔다.

왕자인도 게슴츠레한 눈으로 잔을 비웠다.

"왕자인 같이 한잔할까?" 후리엔이다.

왕자인과 같이 마시는 첫 잔이다. 왕자인도 웃으면서 잔을 들었다. 그러나 그것으로 끝이었다. 왕자인은 소파 위로 슬며시 무너졌다.

스피커에서는 청아하고 여성스러운 목소리의 노래가 흐른다. 후펑이다. 남자이지만 여성스러운 음색, 고운 목소리라 생각했다. 모두의 생각이 그런 것일까? 순간 그 소란들은 어디로 다 숨은 것일까? 조용히 경청하는 상황으로 변한 것이다.

"축하합니다."

"축하해요."

모두는 후펑이 노래를 마치자 잔을 들어 마주치면서 후펑의 노래에 감사한 마음을 전한다.

중국의 가라오케 문화다. 다만 왕자인은 같이하지 못했다.

이후 일행은 홍바오(红包)를 주고받는다.

이정수는 중국에 살면서도 핸드폰을 다루어 일하거나 정보를 얻는 것에 미숙한 편이다. 나이 탓도 있겠지만 손에 들고 다니면서까지 자신의 시간을 빼앗기고 싶지는 않다는 생각을 한 것이다. 마지막 남은 영혼까지 지배당하고 있는 것은 아닌지 생각한 적도 있다.

핸드폰을 단순히 전화의 기능만으로 사용했던 적이 있었다. 그러나 세상은 시각을 다투어 변하고 있는데 점점 더 뒤떨어지는 것은 아닌가 하는 불안함이 잠자는 영혼을 깨웠다.

이메일이나, 메시지는 물론 은행 업무도 핸드폰으로 하는 것을 배우는 중이다. 편리하다는 생각을 했다. 세상은 따라가는 것이 버거울 정도로 빠르게 변하고 있었다.

"훙바오(紅包)가 뭐냐? 어떻게 하는 건데?"

이정수가 관심을 보이자 자세한 설명은 김국진이 해 주었다.

일종의 축하금을 전송해 주는 것이라 했다. 그리고 직접 개설도 해 주고 시연도 해 주었다.

다만, 은행 계좌번호가 핸드폰에 입력될 때는 긴장이 되었다. "만약에 해킹이 된다면 모두 날아갈 수 있잖아!"라고 생각할 즈음 김국진이 권고를 했다.

"위챗(WeChat)에 연결된 계좌는 일정 금액만을 넣어 두시는 것이 좋습니다."

위챗은 웨이신(微信)의 영어 이름이다.

김국진이 이정수의 걱정을 읽은 것이다.

실제로도 그럴 가능성은 있을 수 있다. 전자기기를 사용하는 금융거래는 언제든 해킹의 위험이 있을 수 있다고 생각한다. 그래서 회사의 계좌는 결코 인터넷으로 거래하지 못하게 한 이정수다. 해킹에 안전한 방어 프로그램을 설치하기 전까지라는 조건을 달기는 했다.

위챗은 편리한 통신 수단이다. 한국의 '카톡'이나 마찬가지라 생각해도 된다.

카카오톡이 처음 나왔을 때 중국의 많은 사람이 카카오톡에 빠졌었다. (카톡은 카카오톡의 약식이름이다. 대개는 그렇게 줄여서 부른다.)

그러자 중국의 텐센트 홀딩스가 한국에서 개발한 카톡을 대체할 위챗을 개발한 것이다. 그러나 카톡의 위세에 밀려 좀처럼 자리를 잡는 데 힘들게 되자 정부에서 슬쩍 힘을 실어 주었다. 수시로 카톡의 연결을 방해한 것이다. 그러다 보니 카톡을 사용하던 많은 사람이 카톡 이용에 짜증을 냈다. 갑자기 카톡의 연결이 끊길 때 기분이 영 좋지 않다는 점을 교묘하게 이용한 것이라 할 수 있다.

이런 방법을 동원한 것은 당연히 중국 정부일 거다. 당연히 점점 위챗의 가입자가 늘어났고 위챗은 점점 더 기능을 보강하여 지금은 편리한 기능이 많아진 것 같다.

기능을 살펴보면 일반적인 메시지 대화는 물론이고, 사진이나 이미지를 전송하고 현장의 동영상을 올리거나 훙바오(축하금 전달), 계좌이체, 즐겨찾기 이동, 현장의 위치를 알려 주고, 화상통화를 할 수 있으며, 연락처를 쉽게 찾는 기능 등 알고 보니 유용한 기능이 참으로 많다는 것을 알았다.

길거리를 거닐면서 핸드폰에 대고 화상통화를 하거나 녹화나 녹음도 한다. 중국 젊은이의 대다수는 화상통화를 즐긴다.

지금 중국은 위챗 통신이 전국을 지배한다고 해도 과언이 아니다. 카톡은 몇몇 한국 사람들만 한다.

몇 번의 훙바오를 받은 정수도 훙바오를 줘야 한다는 생각을 했다. 단체 방을 만들어 공유하기 때문에 같은 방에 있는 사람들끼리만 공유한다.

모두 먼저 훙바오를 받기 위해 자판을 두드린다. 이정수는 통 크게 188.88위엔을 훙바오에 올렸다. 이렇게 훙바오로 올린 돈은 올리는 사람이 몇 명한테 나누어 준다는 조건에 따라서 이 홍보를 받겠다고 자판을 누른 사람들에게 나누어 지급된다. 하지만 접속한 사람들에게

골고루 나누어 지급되는 것이 아니라 차등지급이 되기 때문에 모두는 웃고 즐거워하는 것이리라. 서로서로 자기는 얼마를 받았다고 재잘거리기 일쑤다.

어차피 200위엔 이상은 홍바오로 줄 수 없게 되어 있었기 때문이기도 했지만 이렇게 즐길 때 몇 위엔을 올리고 많은 사람이 먼저 가져가게 하는 게임으로도 즐기다 보니 함께하는 게임으로도 손색은 없었지만, 이런 게임은 별반 재미를 느끼지 못하는 이정수였다.

'역시 나이 탓인가?'라는 생각을 할 때 후리엔(胡莲)이 이정수의 옆으로 다가와 앉는다. 그리고 귀에 대고 속삭였다.

이정수는 무의식적이지만 힐끗 왕자인을 바라보았다. 하지만 소파에 퍼진 채 잠이 들어 있다. 술을 너무 많이 마신 거로 생각했다.

귀에서 뜨거운 후리엔의 입김이 악마처럼 계속되고 있었다. 부담되는 사람이었다.

상황이 묘하다는 생각을 했다.

"저에게 개인 홍바오를 줄 수 있나요?"

"그게 뭔데요?"

"저에게만 홍바오를 보내는 거죠."

"네에? 그런 기능도 있나요?"

나중엔 안 사실이지만 그 기능은 계좌이체였다. 하지만 정수는 순진하게 후리엔에게만 1,041위엔을 털렸다.

"이렇게 하면 됩니다. 521을 누르세요. 이젠 비밀번호를 누르세요."

정신이 몽롱하다. 술이 오르고 있지만 그렇다고 정신이 없을 정도로 취하지는 않았다. 김국진이 말했었다. 200위엔 이상은 홍바오가 되지 않는다고 그런데 521위엔은 뭐지? 비밀번호를 누른다. 그리고 이내 전송 메시지가 핸드폰에 뜬다. 520위엔이 전송되었습니다.

"아이, 잘못됐어요."

이젠 후리엔이 이정수의 핸드폰을 낚아챘다. 그리고는 자판을 열심히 두드린다. 이정수가 핸드폰의 화면을 보면서 얼굴을 찡그렸다.

다시 521위엔을 전송한다는 메시지 창이 껌벅거리고 있었기 때문이다.

분위기를 위해서 참고 있었지만 '이건 아니지' 하는 생각이 든다. 그러나 동시에 왕자인의 언니라는데 무안하게 하면 안 된다고 하는 생각이 복잡하게 뒤엉켰다.

"아까 보냈잖아요?"

"520위엔이잖아요. 521위엔이어야만 해요!"

코맹맹이 소리다. 여전히 입김이 뜨겁다. 귓가가 간지러워 몸을 움츠렸다.

"그게 그거잖아요? 1위엔 차이인데요."

"워 아이니! 521위엔으로 보내야 해요!"

이정수는 어안이 벙벙하였지만, 더 이상의 대화는 곤란하겠다는 생각을 하였다. 그러나 조용히 비밀번호를 눌렀다. 그리고는 핸드폰을 조용히 껐다. 건너편 소파에 앉아 있던 후펑이 김국진에게 속삭이는 소리가 이정수의 귓가를 맴돌았다.

"이 사장 우리 누나를 좋아하는 거 아니야?"

"모르겠다. 알아서들 하시겠지!"

김국진의 목소리가 퉁명스럽게 들려왔다. 확실한 오해인 거다.

이정수는 술이 확 깨는 것 같았다.

그들의 눈에 그렇게 보였다면 그런 오해를 불러일으킨 것은 분명 자신의 행동에 그럴 만한 오해의 소지가 있다는 뜻이 되기 때문이다. 하지만 흘려버렸다.

'어차피 내 사람은 아니니까!'라고 생각했다. 앞으로는 너무 가깝게 지내면 안 되겠다고 다짐했다.

"괜찮아요?"

이정수가 왕자인에게 물었다.

이정수는 왕자인과 호텔에 들었다. 술을 많이 마신 거 같은데 괜찮냐는 질문이었다. 겉으로 보기엔 멀쩡했다.

이정수는 한국에서 오는 손님을 접대하기 위해 VIP 카드를 발급받아 놓았기 때문에 언제든 전화 한 통으로 예약이 되는 상황이었고 국진이 예약한 것이다.

너무 빠른 것은 아닐까 생각했지만, 어차피 치를 과정이라면 빨리 치르고 싶었다.

나이를 먹으면 진중해진다고들 하던데 이정수는 그와 정반대로 마음이 급해지고 참을성도 약해진다는 생각을 하곤 했었다.

이정수가 이 호텔에 직접 들른 것은 이번이 처음이다.

"괜찮아요. 내가 당신을 따라서 온 것은 당신이 좋았기 때문이에요. 좋아하는 사람과 같이 잠을 자는 것은 당연한 거 아닌가요?"

조금은 당황한 이정수다.

술에 취한 것이 아니라는 뜻인가? 너무나 담담한 어투에서 자신의 감정이 들킨 것 같아 도리어 당황스러웠다.

말이야 당연한 거지만 왜 지금 당연한 거가 당연하지 않은 것처럼 들리는지 모르겠다.

"맞아요. 나 역시 왕자인 씨가 좋았기 때문에……."

"그만하시고 씻으시죠?"

이정수는 조용히 옷을 벗었다. 에어컨의 히터가 가동되어 실내는 따뜻했다. 왕자인도 옷을 벗고 가운을 걸치는 중이다.

꿈이어도 좋았다. 흥분이 멈추질 않았다.
말로 표현하기 어려운 감동이 용솟음쳤다.
처음 여자를 접하고 여자의 몸속에 자신의 일부를 밀어 넣었을 때 느끼던 감정이 지속되었다.
그때는 어처구니없게도 너무나 빨리 사정을 했기 때문에 미안하고 창피했는데 지금은 정반대다.
왕자인이 몇 번인가 사랑한다고 말하면서 울 것 같은 코맹맹이 소리를 하면서 분출할 때도 이정수는 여전히 발기 상태를 유지하고 있었다.
아내였던 차경욱과 이별한 후 처음 하는 경험이다.
얼굴은 이미 땀방울들이 사정없이 흐트러지며 흘러내렸고 왕자인도 덩달아 무수히 많은 구멍을 통하여 분출하고 있었다.
쉿소리의 신음을 토해 내는 소리에 이정수는 덩달아 더욱 달아오른다. 처음에는 일부러 내는 소리가 아닐까 생각도 했지만, 그것을 확인하는 것은 그렇게 어려운 일이 아니었다. 그것은 자인이 정수를 끌어당겨 안았을 때 알았다. 정수는 자신의 심벌이 강한 압력으로 왕자인의 몸속으로 흡입되고 있다는 느낌을 받았다. 이런 경험은 결단코 처음이다. 그렇다고 자인이 일부러 그곳에만 힘을 주는 것도 아니다.
너무나 자연스럽게 반응되는 흡입력으로 인하여 정수는 마치 별천지의 세상을 경험하고 있는 것이나 마찬가지가 되었다.
이정수는 가만히 왕자인을 바라보았다.

왕자인도 이미 자신의 그런 현상이 남다르다는 것을 아는 눈치다. 미안한 마음인지 창피한 마음인지 이정수의 눈빛을 피해 머리를 당겨 안는다.

비릿한 밤꽃 향기가 방 안에 퍼졌다.

이정수도 참았던 분출을 하고 있는 거다. 한동안 자인의 몸속에서 농락당하고 힘이 다 빠져나가기까지 그렇게 왕자인을 안고 있었다.

둘의 거칠게 몰아쉬던 호흡이 정상을 찾아 심장이 일정한 박자를 맞추기까지는 많은 시간이 소요되었다.

"수고 많았어요. 당신은 20대 같은 힘이 있어요."

왕자인이 가쁜 숨을 정리하면서 속삭였다. 그것은 자신이 충분히 즐겼다는 의미일 거라 이정수는 생각했다. 처음의 고비를 넘기면 지속 시간을 조절할 수 있다. 하마터면 힘이 풀릴 수 있는 상황에서 용케도 그 시간을 참은 것이 왕자인과 즐거운 시간을 같이할 수 있었다고 생각했다.

다행이라 생각했다.

한번 고비를 넘기면 그다음은 자신의 의지대로 움직일 수 있다.

시간의 조절이 가능하다는 의미일 수도 있을 것이다.

왕자인이 몇 번인가 "게이워(給我)"라고 속삭였고 그런 음성이 신음처럼 들려 애처로운 생각에 이르자 왕자인에게 모든 것을 줄 수 있었다.

"자인은 최고예요. 나만의 천사입니다."

왕자인이 정수를 끌어안았다.

탄력 있는 젖가슴이 이정수의 가슴에 다시 불을 댕겼다. 한번 붙은 불은 그리 쉽게 꺼지지 않는 장작불과도 같다.

이정수도 그런 자신을 잘 알고 있다. 경험은 나이를 따르므로 나이가 많을수록 유리한 것이기도 하다.

너무나도 자연스럽게 행동으로 옮긴 것 역시 이정수의 의도는 아니었다. 자연스럽게 발기하고, 자연스럽게 행동으로 순환되는 과정이기 때문이기도 하지만, 눈앞의 아름다운 자인을 두고 참고만 있을 수 없었기 때문이다.

둘의 첫날밤은 그렇게 광란의 밤이 되어 시나브로 깊어만 갔다. 날이 새는 여명이 창가에 몰려올 즈음 둘은 잠의 나락으로 빠졌다.

2

사랑의 의미를 묻다

한번 빠진 육체의 향연은 형상 합금처럼 그 처음을 기억하고 있다. 그것이 나락이든 천상이든 개의치 않고 둘에게 다가오고 있는 것이다. 매번의 그 순간이 최상의 행복이고 최선의 결과물이라 생각했다. 그것은 이정수가 인생의 항로를 바꾸면서 생긴 버릇이며 추구하는 세계다.

지금이야말로 최상의 행복한 시간이 아닐까 하는 생각을 하고 있는 것이다.

3년 전인 2014년 2월 초 이정수는 조리가 잘못된 갈치조림을 먹고 며칠간 지속하여 설사와 변비로 고생을 했었다. 단순하게 생각했던 병이 급속하게 퍼지는 바이러스성 세균에 온몸이 감염되어 근 한 달여를 병마와 싸워야 했다.

무려 삼십여 일이나 병원 신세를 져야 했고 자신이 속해 있던 대학병원의 지인이었던 교수 의사의 도움으로 병마를 이겨 내고 건강을 회복할 수 있었던 거다.

조금만 더 늦었으면 죽을 수도 있었다고 말하던 의사의 말이 새롭지 않다.

이런 모진 고통은 이정수가 세상을 바라보는 시선이 달라지게 만들었다.

긍정적인 시선으로 바뀐 것이며 매사 새로운 사람들의 만남을 인연이라 생각하고 행복해하였다.

자신의 욕심을 내려놓고 베풀려 노력하였으며 가능한 상대방의 이야기를 끝까지 들어 주고자 했다.

행복은 자신의 마음속에 있음을 그리고 그런 행복이 책 속에서만 존재하는 것이 아니라 자신의 주변에도 늘 존재했다는 것을 알았다. 그 후 많은 일이 정수의 존재를 알렸고 급기야는 이씽에서 성공적인 삶을 살고 있다.

다섯 건의 성공 사례로는 중국의 자금과 한국의 기술이 적용된 합작기업이 성공적으로 안착한 것을 들 수 있을 거다.

어차피 이정수는 일이 많아진 것이다.

세 개의 회사에서는 적지 않은 지분도 받았으며 두 개의 회사에서는 매달 생활비도 보조받고 있다. 말이 보조비지 그 금액으로 치면 한국 대기업의 부장급 급료나 마찬가지일 거다.

또한 이정수 자신이 연구하여 등록한 중국 특허가 십여 개인데 이 특허를 이용하려는 회사에 기술특허 사용실시권을 넘기고 받는 특허사용료도 상당했다. 이래저래 성공적인 삶이라 생각해도 좋을 것이다.

"집을 구하는 것이 좋겠어요."

"네에?"

이정수는 왕자인이 후평의 집에 머무는 것이 싫었다. 친동생도 아니고 이종 동생인 데다가 그에게 신세를 지고 있다는 생각이 들기도 했지만 후평도 남자가 아닌가 생각했기 때문이다. 갑작스러운 제안에 자인이 어리둥절한 표정을 지었다.

"동생이라고는 하지만 친동생은 아니지 않나요?"

"……."

"언제까지고 같이 지낼 순 없지 않나요?"

"……."

이정수가 봉투를 내밀었다. 가만히 듣고 있던 왕자인이 고요한 눈으로 이정수를 바라보았고 이정수가 고개를 끄덕이자 왕자인이 봉투를 받았다.

이정수는 앞만 보고 운전을 했고, 왕자인이 봉투를 확인하고 입을 열었다.

"무슨 돈이죠?"

"우선 예쁜 옷부터 사 입으세요. 그리고 집도 구하여야 하고요. 부족하면 다시 더 드리겠으니 우선 써 보시고요."

이정수가 그윽한 눈빛으로 왕자인을 보았다.

"씨에씨에(谢谢)!"

잠시 뜸을 들이던 왕자인이 고맙다는 인사를 했다.

"그리고 시간을 내서 방을 알아보는 것이 좋겠어요."

이정수의 가슴이 뛰었다. 방을 구하자는 제안은 동거하자는 제안이나 마찬가지라 생각한 때문이다. 호텔에서 치른 첫날밤의 거사가 머릿속에서 맴돌았다.

"얼마나 한 방을 알아보죠?"

족히 2~3분은 지난 후 왕자인이 말했다. 전처럼 영수의 얼굴을 빤히 바라보지는 않았다. 자신의 구두코를 바라보는 것 같다. 어쩌면 영혼이 없는 말처럼 들리기도 했을 수 있다. 하지만 이정수는 즉시 말을 받았다.

"방 두 개짜리면 되지 않겠어요? 아파트(公寓, 꿍위)로 깨끗한 집으로 하면 좋지 않겠어요."

중국에서 층집이란 아파트를 말하는 것이다. 단층집은 평집(平房, 핑팡)이라 부른다. 중국에서 평집은 가난함이나 경제적 어려움이 있는 사람들의 집의 상징처럼 이해한다.

"금액은 얼마 정도면 좋을까요?"

"돈은 상관없어요. 깨끗한 집으로 하시고, 다만 회사에서 너무 멀지 않았으면 좋겠어요."

돈이 전혀 상관이 없다는 뜻은 아니다. 김국진이 방을 얻을 때 이 도시의 집 임대료는 대충 알고 있는 터였기 때문에 그렇게 말한 거다. 북경에 비하면 많이 낮은 수준이다.

"지금은 숙소(宿舍, 쑤서)에 계시는가요?"

"회사의 사무동 4층의 별도 마련된 방에 있습니다. 엘리베이터 카드가 없이는 올라갈 수 없는 구조입니다. 안전을 생각해서 결정한 겁니다."

"그렇군요. 한번 보고 싶네요. 어떻게 살고 계시는지 보고 싶어요."

자인이 관심을 보였다. 보여 줘도 될 만한 방이다. 다만 너무 넓어 휑하다는 느낌이 드는 것 말고는 빠지지 않는 방이라 생각했다. 순간 침대 정리는 잘해 놓고 나왔는지 생각했다. 하지만 아주머니가 잘 정돈해 놓았을 거라는 생각이 동시에 들었다.

"저녁 먹고 가도록 하시죠."

"술은 집에서 드셔야 하겠네요?"

저녁은 쇠고기 샤부샤부로 해결했다. 전혀 술을 입에 대지 않은 것은 음주운전을 하기는 싫었기 때문이다.

중국에서의 음주운전은 한국보다 엄격하다.

음주운전에 적발되면 즉시 수감되며 형사적인 처벌도 엄하다는 것을 알고 있기 때문이기도 하지만, 술을 마시고 운전을 하는 모습을 보여주기는 싫었다는 것이 더 옳은 표현인지도 모른다.

일반적인 샤부샤부와는 달리 고기의 부위별로 익는 시간을 고려하여 단, 몇 초 안에 먹으라는 안내판이 있는 것이 특징이라 하겠다.

끓는 육수에서 15초 이내로 먹어야 하는 경우가 많다.

너무 오래 뜨거운 육수에 담그는 것은 고기의 육즙이 빠져나와 맛이 없어진다는 논리로 나름 재미있는 표현이라 생각했다.

언제이던가? 베이징에서 접대를 받는 자리에서 안내원이 한 말이 생각이 났다.

"고기는 이렇게 세 번 정도 육수에 담갔다가 드시면 됩니다."

안내원은 고기를 젓가락으로 잡고 뜨거운 육수에 천천히 세 번 담갔다가 접시에 내주곤 했었던 기억을 했다.

이정수의 방은 회사 공장의 사무동 4층에 있다. 4층으로 올라가기 위해서는 전용 카드가 있어야만 엘레베이터가 작동하게 되어 있다.

"이곳은 수위가 정문에서 입출입을 통제하여 주기 때문에 안전한 공간입니다. 더욱이 엘리베이터를 타지 않고는 올라올 수가 없죠. 물론 3층에서 4층으로 올라가는 계단의 출입문을 잠가 놓는다면 말이지요."

이정수가 자인을 바라보면서 안심하라는 의미로 설명해 주고 있다.

정문을 들어설 때 수위가 손을 흔들어 주었지만 젊은 여자와 동행이라는 사실 때문인지 그의 웃는 모습이 조금은 겸연쩍기도 하였다. 평소 같으면 자동차의 유리창을 내리고 밥은 먹었느냐의 정도는 인사를 나누는 사이였지만 오늘은 그냥 손을 들어 인사를 했다.

"안전에 대해서 많이 신경을 쓰나 봐요?"

엘리베이터에서 전용 카드를 대고 4층의 버튼을 누를 때 왕자인이 속삭였다.

"내가 외국인이기 때문에 중국 파트너가 특별히 안전에 대해 신경을 쓰는 편이지요."

엘리베이터가 4층에 도착하자마자 문이 열렸다. 4층은 좌우로 방이 두 개씩인 집으로 구성되어 있다. 엘리베이터를 사이에 두고 구성된 아파트라 생각해도 좋은 구조다.

다른 점은 복도의 서쪽으로 커다란 공간이 있어 골프 연습장과 헬스 기구가 갖춰진 운동 공간이 있다는 것이다.

한 층을 더 올라갈 수 있는데 그러기 위해서는 계단을 통해서 올라가야만 한다.

5층은 전문 주방이다. 4층 이정수의 집에도 부엌은 있지만 거의 이 주방을 통해서 식사를 해결한다.

옥상에 별도로 마련한 주방이기 때문에 더욱 좋다.

주방에서도 멀리 고속철이 지나가는 광경을 볼 수 있다. 한마디로 뷰(View)가 좋다는 의미이다.

"술은 거실에서 하시죠!"

이정수는 거실에 마련된 식탁에 술상을 차렸다. 들어오는 길에 야토우(鸭头, 오리머리), 야창(鸭肠, 오리창자), 야간(鸭肝, 오리 간) 등과 치즈를 사 왔기 때문에 접시에 내놓는 것으로 간단하게 술상이 차려진 거다.

왕자인이 주문한 야토우, 야창, 야간은 맵게 조리한 것으로 일반이 먹기 어려울 정도로 매우며 차게 먹는 음식의 일종이다.

야토우는 먹기 좋게 절반으로 잘라 준다. 하지만 처음 대할 땐 비주얼이 장난이 아니다. 하지만 맛을 보고 난 후에는 즐겨 먹을 수도 있다. 이정수도 그랬다.

치즈는 이정수가 즐기는 술안주다.

"방이 대단히 넓네요."

술잔을 받아 든 왕자인이 술잔을 보면서 말했다.

술은 정수가 선물로 받은 마오타이다. 중국에서는 진짜보다 가짜가 더 많다고 알려진 유명한 술로 구이양시(贵阳市) 정부의 초청으로 강의를 한 후 받은 술이니 진짜라 믿고 고이 간직한 것인데 망설임 없이 개봉한 거다.

"너무 넓어 휑한 느낌이라 별로입니다."

이어진 자인의 말이다. 솔직함이 좋다는 생각을 했다. 대개는 사람들은 대놓고 직접 별로라고 말하기는 쉽지는 않다.

"좋은 술인데요?" 왕자인이 엉뚱하게 화제를 바꾸었다.

"네, 강의하고 받은 선물입니다."

"마오타이를 마시기에는 잔이 너무 크네요."

"그런가요? 미안합니다. 잔을 갖춰 놓지 못해서……."

이정수가 잔을 들었다.

바이주를 마시기에는 많이 크다는 생각이 들 정도이지만 맥주를 마시기에는 약간 작은 정도의 잔이다.

바이주 잔은 한입에 톡 털어 넣기에 좋은 잔이다.

한국의 소주잔의 절반도 안 되는 크기다.

앙증맞은 크기라 해도 될 것이다.

"우리 같이 한잔해요."

왕자인이 선수를 쳤다. 앞 접시에 야토우 하나를 가져다 놓은 후다.

이정수는 잔을 들어 왕자인이 내민 술잔에 가볍게 부딪혔다.

목을 타고 넘어가는 느낌이 싸하면서도 '향기롭다'는 생각을 했다.

약간의 누룩 냄새가 나는 것 같기도 했지만 표현하기 힘든 '감미로움'이 혀를 감쌌다.

"역시 마오타이군요!"

"네에?"

"맛이 좋다는 의미입니다."

"한국인들은 요즈음 수정방이나 우량예(五粮液)를 즐기는 것 같던데요?"

왕자인이 오리 머리에서 고기 한 점을 뜯어내 씹으면서 말했다. 매운 고추기름이 발라진 것이 형광등 불빛에 번뜩거리는 것이 더욱 맵게 느껴졌다.

"그런가요? 그래도 전 마오타이가 좋더군요. 진짜를 구할 수만 있다면요."

정수도 치즈 한 조각을 입에 넣으면서 대답했다. 정사각형의 치즈는 랩을 벗기고 다시 네 조각으로 나누어진 한 조각이다.

"엄마랑 통화했어요."

왕자인이 차분한 어투로 말했다. 순간 당황한 것은 정수다.

"네에?"

딸이 엄마랑 통화한다는 것은 당연한 일인데 그렇게 표현한 것으로 보아 당연하지 않은 통화를 했다는 의미일 것이다.

"남자 친구가 생겼다고요."

"네에."

이정수는 가느다란 신음을 삼켰다.

"나이가 몇이냐고 묻더군요."

돌싱이라는 자신의 핸디캡이 있으면서 나이 차이가 열 살이 넘는다는 사실을 어떻게 받아들일까 생각하니 숨이 탁 막혀 왔다.

진즉부터 생각하지 않은 것은 아니지만 직접 통화를 했다니 긴장이 되었다.

이정수가 술잔을 들어 단숨에 입에 털어 넣었다. 그렇지 않고는 다음의 말을 듣기가 어려울 거로 생각한 것이다.

"서른다섯이라고 얘기했습니다."

왕자인이 술잔을 들어 한입에 술을 비웠다.

이정수는 덩그러니 왕자인의 입만 바라보고 있다.

추임새를 넣기도 다시 묻기도 어려웠다. 그냥 기다리면 된다는 생각을 했기 때문이지만 분위기가 무겁게 흐르는 계기가 되어 버렸다.

하지만 왕자인의 얼굴에서 순간 부드러운 미소가 잔잔히 흐르는 것을 이정수가 읽었고 잠시나마 긴장을 잠재울 수 있었는지 모른다. 아주 적은 시간이지만,

"무슨 띠냐고 묻더군요. 순간 당황했어요. 띠를 물을 거라고는 생각하지 못한 거죠. 하긴 처음부터 계획적이지 못했다는 의미이기도 하지만요."

이정수는 왕자인과 자신의 빈 잔에 술을 채웠다.

왕자인은 술이 잔에 채워지기를 기다리다 이정수가 술병을 내려놓자 다시 입을 열었다.

"슈슈(属鼠, 쥐띠)!"

말을 마친 왕자인이 호탕하게 웃었다.

여자다운 웃음이 아닌 "하하하" 웃는 모습에 이정수도 자연스럽게 따라 웃어야만 했다. 그렇지 않으면 다시 무거운 분위기가 될 것으로 생각했기 때문이다.

"'맞췄네!'라고 엄마가 말하더군요. 우하하하하! 재밌지요?"

왕자인의 얼굴에는 자신감이 넘쳤다.

"내가 감사해야 하겠네요."

"네에?"

"제 나이를 여덟 살이나 줄여 주셨잖아요?"

이번에는 이정수가 호탕하게 웃어 젖혔다. 그리고는 맘속으로 생각했다.

왕자인의 마음도 어지간히 고민했다는 증거라 생각했다.

무슨 사연이 있을 거라 생각은 했지만 그러면 어쩌랴 생각했다.

자신에게 와 준다면야 자신을 사랑해 줄 수 있는 준비만 되어 있다면 모든 것을 주어도 아깝지 않다는 생각을 했다. 그렇다.

왕자인 스스로 자신의 새로운 인생을 만들어 준 거라 생각했다.

"호호호, 그런가요? 20대의 신체 나이도 있잖아요?"

왕자인의 얼굴에 홍조가 피었다.

첫날밤을 기억한다는 뜻일 거다.

"아이고 20대는 싫습니다. 완숙미가 없잖아요? 40대라면 몰라도……."

이정수는 그렇게 말을 해 놓고도 무안하다는 생각에 다시 잔을 들었다. 이럴 때 잔을 들면 잠시 분위기를 반전할 수 있는 여유가 생긴다.

왕자인도 같이 잔을 들었다. 왕자인은 절반쯤 마신 후 입을 뗐지만, 이정수가 잔을 비우자 왕자인도 다시 잔을 입으로 가져간다. 그러자 이정수가 입을 먼저 열었다.

"괜찮습니다. 다 마실 필요는 없어요."

이정수가 말렸지만, 왕자인은 잔을 비웠다. 그리고 그 큰 눈을 어렵게 가늘게 만들어 이정수를 바라다보면서 입을 열었다.

"내가 여기로 와도 되나요?"

"네에?"

"일전에 말했잖아요. 방을 구하라고요."

"방이 아니고 집을 구하라고 했지요."

"그러게요. 여기 훌륭한 집이 있지 않나요?"

정수는 놀라지 않을 수 없었다.

물론 잘 꾸며진 집이고 사는 데는 아무런 문제는 없다. 하지만 회사의 기숙사 개념 같은 집이다.

직원들을 위한 숙소야 별도로 있고, 거기에 비할 바는 아니기는 하다.

"하지만 이곳은 회사의 기숙사라서요. 특별히 나한테 내준 거지만 살림을 차린다면 조금은 다른 개념이라 생각합니다. 협의도 해야 하는 일이고……."

정수가 말끝을 흐리자 왕자인이 말을 잘랐다.

"됐어요. 집을 얻는 것이 낭비가 아닐까 생각해서 드리는 말씀이었어요. 우리 건배하죠."

이정수와 왕자인은 다시 잔을 비웠다.

이정수는 잔을 비우면서 슬며시 왕자인의 표정을 살폈지만, 기분이 상하거나 언짢은 얼굴은 아니라고 생각했다.

환하게 웃는 표정이 역력하였기 때문에 안도했다.

누구든 마찬가지이겠지만 상대방의 기분을 상하게 하는 말은 부메랑이 되어 돌아오지 않는다고 하여도 분위기를 망칠 수 있기 때문이다.

"내가 자인을 얻은 것이고 새로운 행복을 찾은 곳에 자인이 존재하는 것이기 때문에 전혀 낭비는 아니지요. 걱정하지 마세요. 그 정도의 돈은 있으니까요."

이정수는 정색하여 길게 설명을 했다.

좀 더 세세하게 설명을 하려다 참았다. 너무 긴 설명은 속이 좁은 사람으로 보이게 할지도 모른다는 생각이 들기도 했고, 처음부터 자신이 버는 돈의 명세를 이야기한다면 듣는 자인의 처지에서는 돈을 보고 만난다는 자괴감이나 아니면 자신이 버는 돈이 상당하므로 "네가 안 올 수 있겠어?"라고 생각을 유도하는 것 같아 기분을 잡칠 수도 있겠다고 생각했기 때문이다.

"알았어요. 내일부터 알아보죠!"

"차를 내어줄까요? 아님······."

이정수가 다음 말을 잇기도 전에 왕자인이 말을 받았다.

"아니요. 제가 먼저 알아볼게요. 그리고 우리 같이 가서 결정하는 것이 좋을 것 같아요."

이정수는 기분이 좋았다.

우리 같이 가서 알아보자는 말이 그에게 기분을 좋게 만든 것이다. 하지만 마음 한구석에서는 걱정이 없는 것만도 아니었다.

꿈같은 일이지만 열세 살이나 많은 남자와 서른의 여자가 같이 산다는 것을 세상은 어떻게 볼 것인지, 그리고 상처를 받지는 않을 것인지 걱정을 하고 있는 것이다.

하여튼 나이 차가 많다는 것은 이상한 눈으로 보는 경우는 많다는 것을 알기에 걱정을 하는 것이다.

"걱정하지 않아도 돼요. 나는 자기만 있으면 되니까요. 우리 이외의 눈길에는 관심이 없어요. 단지 당신의 눈길만이 필요하거든요."

눈치가 빠른 것인지 아니면 이정수의 걱정하는 표정을 들킨 것인지는 모르겠으나 이정수가 걱정하는 것에 대한 위로면서도 당차다는 생각을 했다. 하긴 그런 생각도 없이 같이 살겠다는 결정을 하지는 않을 거라는 생각도 들기는 했다.

"난 자인이 하자는 대로 할 수 있어요. 하지만 부모님은 걱정하지 않겠어요? 그 부분이 맘에 걸려요."

사실이다. 어찌 부모의 마음을 모르겠는가? 어차피 사람은 자신의 환경이나 위치에 따라서 그 가치관의 미세한 변화가 있는 것이며 그 미세한 생각의 변화를 자신이 아닌 사람들은 커다란 생각의 괴리로 생각하는 것이기 때문이다.

말 그대로 백지장 한 장 차이이다.

"당신은 그런 걱정을 할 필요는 없어요. 그것은 다분히 내가 걱정하고 내가 결정할 일이라 생각해요. 엄마도 동생들도 모두 내 생각을 지지하거든요. 누나가 사랑한다면 나이가 무슨 상관이냐고 하더군요. 그리고 중국에서는 남자가 열셋 많은 것은 결코 흠이 되지는 않아요. 도리어 여자 나이 서른이면 시집가기 어렵다고들 하거든요. 나에겐 대박인 거죠?"

거침이 없는 독단적인 결정이라 생각했다. 하지만 싫지는 않았다.

이정수의 나이는 중국에서는 서른다섯이 아닌가 생각했다. 왕자인이 이정수에게 준 새로운 나이가 된 것이다.

중국 사람들은 한국의 사람들에 비해 확실히 더 늙어 보인다. 정도의 차이는 있지만 그런 경우가 많다는 것을 알기에 조금은 우쭐한 기분도 들었다. 마치 자신이 젊어 보인다는 뜻으로 들리기 때문이다.

"나야 좋지요. 자기의 생각을 존중하지만, 엄마나 아빠의 생각도 이해한다는 뜻입니다. 나는 자기의 의견을 따르겠어요. 고마워요."

"아니요? 고맙다는 말도 하지 마세요. 그냥 자연스러운 현상입니다. 처음부터 그런 생각을 하고 당신을 만났다면 지금의 결과는 나오지 않았을지도 몰라요. 진정 나이는 상관이 없다는 다짐을 하고 자기를 만난 거니까요."

왕자인의 얼굴에선 굳건한 의지 같은 것이 보였다.

자기암시 같은 것인지도 모른다는 생각을 했다. 자기암시를 통해서 얼마든지 자기 생각을 바꿀 수 있다는 것을 이정수는 알고 있었다.

3

과거의 자기암시를 통한 경험을 쓴다

"옷을 사도록 하세요. 예쁜 옷으로요."
"씨에씨에 라오꿍!"
이정수는 왕자인에게 봉투를 내밀었다. 봉투 안에는 만 위엔이 들어 있었지만, 왕자인은 얼마가 들어 있는지 봉투 안을 확인하지는 않았다. 단지 고맙다는 인사를 했을 뿐이다. 조금은 서운했지만, 서운한 척할 수는 없는 노릇이다. 맘 같아선 봉투를 확인한 후 "어머, 돈이 너무 많아요!"라든지 "이렇게 많은 돈은 받을 수 없어요."라든가 하는 오버액션이 필요한 것은 아닐까 생각했기 때문이다.
하지만 이정수는 그만 피식 웃고 말았다. 자기 생각이 얼마나 치졸한 생각인가를 깨닫고 실소를 한 것이다. 하지만 그런 이정수의 모습을 힐끗 쳐다본 왕자인 즉각 반응하였다.
"뭐가 우스운 거지요?"
"아닙니다. 자기가 그랬잖아요? 우리 사이에 고맙다는 말은 필요 없다고요. 연인 사이에는……."

이정수의 말끝을 다 듣기도 전에 왕자인이 말을 잘랐다.

"그건 특별한 조건에서 그런 거고요. 지금의 고맙다는 의미는 그냥 일상적인 대화의 한 방편이거든요?"

왕자인이 뾰로통한 표정을 지었다. 그 모습이 지는 석양에 아름답게 빛이 난다고 생각했다. 석양의 붉은 빛에 자인의 얼굴이 어우러지면서 더욱 아름다운 빛으로 투영된다는 생각을 한 때문일 수도 있다. 그러나 달리는 자동차 안이었기 때문에 그런 현상은 잠시의 현상뿐이었다.

"그래요. 나도 그냥 일상적인 그런 웃음일 뿐이었어요. 자인한테 돈 봉투를 줄 수 있다는 것이 그냥 '즐거웠다'는 그런 뜻이에요."

어느 한편에서는 그런 이정수의 생각이 전혀 없는 것은 아니었다. 누군가에게 선뜻 만 위엔을 내놓을 수 있다는 것은 그리 쉬운 일은 아니다. 만 위엔이면 김국진의 두 달 월급에 해당하는 돈이기 때문이다.

"석양이 아름답네요. 저기 언덕에서 잠시 사진 한 장 찍어요."

뜬금없는 왕자인의 제안에 이정수는 자신도 모르는 사이에 자동차를 언덕 기슭의 도로 가장자리로 몰아 안전하게 세우고 있었다. 대화가 조금씩 엇나간다는 생각을 한 후 그런 분위기를 한 번에 바꾸는 기회를 만드는 왕자인이 사랑스럽고 귀엽다는 생각을 했다.

"사랑해요! 여보!"

갑작스러운 왕자인의 키스를 받았다. 주춤거리던 이정수가 자세를 고쳐 잡고 왕자인의 혀를 받아들였다. 딥 키스(Deep Kiss)다. 부드럽고 감미로운 왕자인의 혀가 입안을 더듬고 있다. 이정수는 가만히 눈을 감았다. 야외에서의 키스는 처음이다.

석양으로 지는 태양의 부드럽고 밝은 빛이 이정수의 감은 눈자위를 핥고 지나갔다.

쌩하면서 지나가는 어느 차량이 '빠앙!' 경적을 울리면서 지나갔지만, 눈을 뜨지는 않았다. 경적이나 달리는 차량의 타이어 마찰 소리로 보아 승용차일 거로 생각했다.

"이젠 됐어요. 이렇게 서 보세요. 배경이 예쁘지 않아요?"

왕자인은 언제 그랬냐는 듯이 석양을 앞에 두고 구릉의 뒤에 펼쳐진 드넓은 타이후(太湖)를 배경으로 사진을 찍었다.

옅게 퍼지는 너울이 석양의 빛을 받아 아름다울 거라는 생각을 했다. 그렇게 몇 번인가 핸드폰의 셔터가 철컥거린 후 촬영된 화면을 검색하던 왕자인이 옅은 미소를 만들면서 속삭였다.

"정말 아름다워요. 당신은 정말 멋있어요. 멋진 남자예요."

오랜만에 들어보는 칭찬이다. 외모를 보고 하는 말이지만 칭찬으로 들려 기분이 좋아지는 것 같았다.

"와우! 쩐머표량아(真么漂亮啊)!"

"왜 이렇게 예쁜 거야?"라는 의미이다. 진심이 담긴 말이다.

석양의 아름다운 빛이 투영되어 다시 왕자인을 비추고 있었기 때문에 더욱 예쁘게 보였을 수도 있을 것이다.

왕자인은 자신의 말에 이은 정수의 말은 그냥 예의상 하는 말이라 생각했다. 그래서 얼굴은 뾰로통한 얼굴을 했다.

"난 이 집이 맘에 들어요. 금액도 적당한 것 같고, 우선은 방이 깨끗해요."

왕자인은 들뜬 표정으로 이정수를 바라보았다. 그것은 다른 집은 보지 않아도 좋다는 뜻이다. 하지만 이정수는 가능하다면 회사에서 준비해 준 집을 같이 사용하려 생각하고 있었기 때문에 망설였다.

생각했던 것보다는 먼 거리가 아닌가 하는 생각을 했다.

또 다른 하나는 집에 가기 위해서는 시장 앞길을 통과하여야 하는데 번잡하다는 것이 문제였다.

돌아가는 길이 있다고 했지만 얼마나 돌아가야 하는지 정수는 알지 못했다.

"다른 곳도 돌아보고 결정하는 것이 어떨까요?"

왕자인은 빨리 집을 구하고자 했다. 서두르는 의미가 무엇을 말하고 있는 것인지는 확실하지 않지만, 같이 있고 싶다는 의미로 받아들이고 있었기 때문에 기분은 좋았다.

"이 집은 안 되겠어요. 가전이나 가구를 사 넣어야 하므로 추가 부담이 많을 것 같아요."

자인은 똑 부러지게 의견을 말했다. 어차피 월세를 얻는 것인데 추가 비용을 더 들이지 않고 입주할 수 있는 집을 구하겠다는 뜻이다.

"맞아요. 우리가 영원히 살 집이라면 몰라도……."

"집을 살 생각도 있는 거예요?"

"연애만 한다면야 아니지만, 같이 살 거라면 그래야 하지 않겠어요? 지금은 아니지만요."

"……."

"지금은 아직 돈이 부족하다는 뜻입니다."

이정수는 자인의 눈치를 살폈다. 공연히 돈과 관련된 말을 했지 않았나? 후회되었지만 왕자인은 고개를 끄덕거린다.

"안 되겠어요. 먼저 보았던 집으로 하는 것이 좋을 것 같아요."

네다섯 곳의 집들을 둘러보았지만, 위치가 맘에 들면 너무 지저분한 집이거나 아니면 집이 맘에 들면 가구가 완비되지 않은 집이거나 했기 때문에 정수는 자신의 출근길이 조금은 먼 길이기는 하지만 자인이 선택한 집을 구하기로 맘을 바꾼 것이다.

"안 되겠어요."

왕자인은 어디론가 통화를 하더니 풀이 죽은 모습으로 힘없이 말했다.

그사이에 다른 사람이 계약했다는 대답을 중개소를 통하여 들은 것이다.

이정수는 미안한 마음이 들었다. 집이 깔끔하게 정리된 것은 맞지만 그렇다고 그 금액이 만만치 않은 금액이라는 것을 알기에 그렇게 빨리 계약이 되리라고는 생각하지 못한 것이다.

결정의 유효성에 문제가 있었다고 생각했다. 그것은 이정수로서는 어쩔 수 없었던 것인지도 모른다. 비교의 대상이 없었기 때문이다. 집의 위치나 넓이, 그리고 장식의 정도나 갖춰진 가구 등을 보고 금액을 결정하게 되겠지만 그 지방이나 도시의 집들이 전체적으로 형성된 금액을 모르고 첫 번째로 자인이 선택한 집을 보았기 때문에 바로 결정을 하지 못한 것이다. 그에 대한 미안한 맘이 자인을 향한 애틋한 눈길이 되었다.

"괜찮아요. 내일 다시 알아보면 되지요. 아직 찾지 못했을 뿐이에요."

왕자인은 이정수의 표정을 읽은 것인지 애써 이정수를 위로하는 말을 했다. 하지만 이정수는 맘이 아팠다. 어차피 집은 여자를 위주로 사는 것인데 여자가 맘에 든다면 그만인 것을 무엇을 위해 다른 집도 알아보자 한 것인지 후회가 밀려왔기 때문이다.

"그래요. 내일 알아보고 안 되겠으면 아예 사지요. 뭐!"

이정수는 쾌활하게 웃으면서 말했다. 하지만 의외의 대답을 들어야만 했다.

"아직은 돈이 없다면서요?"

왕자인이 정색했다. 하지만 이정수는 여전히 쾌활한 표정으로 말을 받는다.

"작은 집은 살 수 있을지 몰라요."

"얼마나 작은 집? 100평?"

이정수는 고개를 저었다. 그러자 왕자인이 다시 말을 이었다.

"그럼 80평 아니면 60평?"

그러나 이정수는 여전히 고개를 저었다.

"에이, 그 이하의 집은 없어요."

자인이 실망한 표정을 지었지만, 이정수는 여전히 웃는 모습으로 말을 받는다.

"둘이 사는데 큰 집이 필요한가요? 방 하나면 되지 않나요?"

"자기가 방은 두 개여야 한다고 말하지 않았어요?"

왕자인이 이정수를 바라보면서 입을 삐죽거렸다.

"맞아요. 그건 임대 집이고, 살 집은 방이 한 개도 좋지 않을까 생각한 거죠!"

"안 돼요. 살 집은 방은 두 개여야만 해요. 차라리 임대할 집은 방이 한 개여도 되고요."

이정수는 왕자인을 놀려 주려고 계획하지 않은 맘에 없는 소리를 하고 있다.

"왜요? 왜 그래야만 되는 거죠?"

이정수가 자인을 바라보았다. 왕자인의 얼굴이 발그레 변하고 있었다. 언뜻 이해가 되지 않는 이정수다. 고개를 갸웃거리자 왕자인이 입을 열었다.

"샤오퍄오(小朴) 방도 필요하잖아요!" 기어가는 목소리다.

"뭐라고요?"

이정수는 자신의 귀를 의심했다. 샤오퍄오라는 의미가 자신의 2세를 뜻하기 때문이었다.

"사장님! 전화 왔습니다."

이정수가 회의실에서 중역 회의를 마치고 나오는 길이다. 그의 비서인 황원이 핸드폰을 건넸다.

"여보! 좋은 소식이 있어요."

"……."

이정수는 왕자인이 말하려는 좋은 소식이라는 뜻을 알 것만 같았다.

집을 얻어 이사한 지 두 달째다. 달포 전쯤 임신이 된 것 같다면서 어린아이처럼 손뼉을 짝짝 치면서 좋아했었다.

하지만 그런 후 3일 후 생리가 터진 거다.

왕자인이 오해한 것은 생리 주기가 흔치 않은 20일이었고 당연히 생리가 있어야 할 날이 지나서도 생리가 없자 임신이라 생각했던 것인데 그만 정확하게는 3일째 되는 날 생리가 온 것이다.

얼마나 우울한 표정을 했는지 정수는 한동안 왕자인을 위로하여야만 했었다.

"이번은 확실해요. 의사가 말했어요. 축하한다고요."

이정수는 내심 바라는 바였다. 목욕탕에 아들과 같이 오는 사람들이 얼마나 부러웠는지 모른다. 그런 날이 자신에게도 올 수 있겠다는 생각을 했다.

"축하해요. 일찍 들어갈게요."

이정수는 서둘러 전화를 끊었다. 더 이상의 대화보다는 빨리 선물을 준비해서 집으로 돌아갈 생각인 것이다.

"그냥 우리끼리 잘 살면 안 될까? 아기는 우리들의 사랑을 뺏어갈 수도 있잖아요?"

이정수는 왕자인과 논쟁을 벌이고 있다. 다투는 것은 아니다. 같이 살림을 차린 후 아기를 갖자는 자인을 한편으로는 이해하면서도 한편으로는 걱정도 되었기 때문에 넌지시 의견을 물으면서 시작된 일이다.

"맞아요. 그럴 수도 있겠죠. 당신이 말하는 것처럼 50년을 확실하게 더 살 수 있다면 좋아요. 그런데 만약 그렇지 못하고 당신이 더 일찍 세상을 떠난다면 나는 어쩌죠? 누굴 믿고 살아야 하는 거죠? 아기가 싫어요?"

이정수는 기분이 묘하다고 생각했다. 자신이 더 일찍 죽으면 자신은 아이를 믿고 같이 살 수 있을 거라는 이야기이지만 자신이 먼저 죽는다는 전제가 아니던가 말이다. 죽음 앞에서 아이의 존재는 무엇일까 생각했다. 자신의 분신인가? 아니면 왕자인이 기댈 수 있는 든든한 버팀목인가?

"나도 아기가 싫지는 않지만……. 그렇다고 내가 일찍 죽는다면 당신이 더욱 힘들어지는 것인데 그런 표현은 좀……."

이정수는 왕자인의 눈치를 살폈다.

자기 죽음과 연결된 이야기는 분명히 자신의 핸디캡이라 생각했다. 그것이 나이 차이가 나는 부부들의 고민이 아닐까 생각했다.

"그것은 당신이 걱정할 일이 아니죠. 당신이 죽은 후의 일은 자인이 걱정할 일이고 자인은 지금 아이를 갖고 싶거든요. 당신과 나의 분신이잖아요? 사랑한다면 내 의견을 따라 주세요. 네에?"

왕자인은 진지했고 눈가에 이슬이 맺혀 있었다. 여자 나이 30에 결혼을 하고 아이를 갖고 싶은 것이 어쩌면 여자로서는 당연한 생각이라는 생각을 하지 않은 것은 아니지만 정작 자신의 나이를 생각해 선뜻 결정을 내리지는 못하고 있었는데 이번 기회를 통하여 용기를 얻었다고 할 수 있다.

둘은 열심히 배란일에 맞추어 사랑을 했다. 건강한 사내아이를 얻으려면 참았다가 배란일에 쏟아 내야 한다면서 섹스를 멀리하기도 했다. 무서운 변화다. 그것은 왕자인의 의견을 지지하기로 결정했기 때문에 가능한 일이었다.

"임신 축하해요!"
이정수는 집에 들어서자마자 왕자인을 끌어당겼다.
여느 때와는 조금은 다른 힘을 가했고 조금은 더 진지한 표정을 만들려 노력했다.
왕자인은 조용히 눈을 감고 이정수의 입술을 받아들이고 혀의 방문을 허락했다. 길지 않은 키스였지만 달콤했다.
"이거 받아. 선물이야!"
이정수는 집으로 돌아오는 길에 백화점에 들러 왕자인이 갖고 싶어 하던 유명 브랜드 최신형 핸드폰을 내밀었다.
축하 선물로는 부족함이 없지 않았지만 마땅한 것을 찾지 못해 그만 핸드폰으로 대체한 것이었다. 하지만 왕자인은 활짝 얼굴을 폈다. 그리고는 키스 세례를 날렸다.
"고마워요. 서방님!"

"에엥? 어디서 그런 용어를……."

왕자인으로부터 처음 들은 용어다. 남편의 높임말이라는 것은 알지만 생경한 용어다.

한국의 사극에서나 사용되는 고어나 마찬가지인데 왕자인이 사용할 줄은 모른 것이다.

"한~ 류~"

왕자인이 입을 삐죽거리면서 한류라 할 때 귀엽다는 생각을 했다.

입을 삐죽거리면서 발음하는 모습이 마치 말을 배우는 아이들이 입을 삐죽거리는 것 같이 보였기 때문이다.

"임신 초기에는 주의가 필요해요. 안정해야 한다고."

이정수는 마음을 고쳐먹었다.

애써 임신한 거니 한 생명을 위해서 최선을 다해야 한다는 생각을 한 것이다. 그렇지 않고는 한 생명을 잉태하고도 환영받지 못하는 생명을 잉태한 불우한 생명이 될 수도 있다는 생각을 했다.

여태껏 아빠나 엄마의 모습을 보지 못하고 자신을 돌이켜 보면서 단란한 가정을 꾸미고 아이들과 멋있는 인생을 만들고 싶었지만 두려웠다. 특히 차경욱과의 이별 후에는 더욱 그랬다.

적어도 자신의 아이는 환영받는 탄생이 되기를 바랐으며 충분히 그럴 만한 가치가 있다고 생각했다. 다만 태어나는 아기의 인생이 어떤 장애를 만날지는 한편에서는 걱정이 되는 것은 어쩔 수 없다고 생각했었다.

그래서 가능하다면 가족의 이야기는 하지 않았다.

중국에서 이정수가 보육원 출신이라는 것을 아는 사람은 결단코 단 한 사람도 없다.

김국진도 모른다.

"알았어요. 걱정하지 말아요. 내가 쇼파오중을 잘 기를게요."
왕자인은 이미 아기가 태어난 것인 양 의기양양했다.
여자가 임신한다는 것이 여자로서의 본연의 섭리를 떠나 마치 자신의 임무를 완성해 가는 것처럼 생각했는지도 모른다.
여자의 완성은 아기를 잉태하고 출산하는 것이라 생각했을까?
그렇지 않다면 생물학적인 최고의 차이는 없는 것으로 생각했을 수도 있다.
어쩌면 당연한 일을 더욱 호들갑스럽게 생각하는 것이 자신의 나이와 관련이 있는 것은 아닐까도 생각했다.
나이 서른에 늦었다면 늦은 나이에 열세 살 많은 멋진 남자를 만나 살면서 여자로서의 본분은 잘할 수 있을는지 아니면 아기를 갖지 못하면 어쩌나 하는 걱정을 하지 않은 것은 아니다.
"알았어요. 내년에는 듬직한 우리의 아기를 만날 수 있을 겁니다."
왕자인이 다시 이정수의 가슴으로 파고들었다. 왕자인의 머리에서 치자 향이 났다. 오랜만에 맡아 보는 향기다.

4

엉뚱한 곳에서

"아무래도 말입니다……."

김국진이 말을 하려다 말고 입을 닫았다. 신중하다는 의미다. 그럴 바에는 아예 더 신중하게 생각하고 난 다음에 입을 열 일이지 갑갑한 것은 듣는 이도 마찬가지다.

"뭔데 그래~ 속 시원하게 말해 보지 그래!"

이정수가 무덤덤한 표정으로 국진에게 말했다. 대개 이런 경우 못 이기는 척 말하던 김국진이다.

"얘기해도 좋을지 모르겠는데요?"

김국진이 또다시 뜸을 들였다. 그러자 이번에는 이정수가 긴장하였다. 김국진이 이렇게까지 신중하다는 것은 위기일지도 모른다는 생각이 불현듯 뇌리를 지배한 까닭이다. "얘기해도 좋을지 모르겠다."라는 의미는 이 순간만큼은 이야기하는 괴로움이 존재한다는 의미이기도 하기 때문이다.

"그럼 나중에 해!"

이정수가 짐짓 빼는 듯 말을 하자 김국진이 의자를 당겨 앉으면서 입을 열었다. 누구라도 들으면 안 된다는 듯이 주위를 두리번거리기까지 했다. 식당의 별실은 단지 식탁 하나만이 덩그렇게 있는 방으로 누구도 있을 수 없었기 때문에 김국진의 행동은 습관인지도 모르겠다.

"아무래도 다시 생각해 보셔야 할 것 같습니다."

김국진이 밑도 끝도 없는 말을 했다.

"허투루 시간 낭비하지 말고 얘기해라. 인마!"

이정수는 그 말이 무슨 의미인지 감을 잡지 못해 답답해지자 소리를 빽 질렀다. 그러자 잠시 머리를 긁적이던 김국진이 눈을 내리깔고 구두의 코빼기를 응시한 채 입을 조아렸다.

"왕자인 말입니다."

이정수는 자신과 같이 사는 여자의 이름이 튀어나오자 순간 긴장했다. 그러나 어떤 말을 먼저 꺼내지는 않았다. 기다리면 그가 모두 말할 것이기 때문이었다.

"……."

이정수가 아무런 말을 하지 않자 김국진이 고개를 들어 이정수를 흘끗 바라보고는 다시 입을 연다.

"문제가 있어 보입니다. 아무래도 왕자인이 후평과 무슨 관련이 있어 보입니다."

김국진이 고개를 들어 정수를 똑바로 바라보면서 말했다. 확실하다는 의미이기도 하다.

"동생이라 하지 않던?"

이정수가 심드렁하게 반응했다.

그렇지 않아도 왕자인이 후평의 집에 드나드는 것을 눈여겨보던 중이었기 때문이다.

이정수는 며칠 전 왕자인이 후평의 집에서 나오는 것을 보고 심기가 편치 않았던 기억이 났다. 생각해 보면 이종 동생의 집에 드나드는 것이 자연스러운 현상일 수도 있다. 그것도 어려서 같은 마을에 살면서 친분을 쌓았던 사이이기 때문이다. 하지만 왕자인이 처음 이씽(宜興)이라는 이 도시에 내려왔을 때부터 후평의 집에 머물렀다는 사실 그리고 그가 혼자이고 왕자인보다 어리기는 하지만 남자라는 사실에 마음이 편치만은 않았던 것 또한 사실이다. 남자란 모두 그런 생각을 한다.

"그런 관계만을 이야기하는 것은 아닙니다. 돈이 후평에게 들어가고 있다는 정보가 있어요. 혹 돈을 많이 주고 있습니까? 왕자인에게요."

이정수는 뒷머리가 갑자기 무거워지는 것 같은 느낌을 받았다. 그것은 왕자인에게 준 돈의 액수가 중요한 것이 아니라 다른 사람들이 그런 느낌을 받았다는 사실 자체가 편치 않았기 때문이다.

직원들이나 주변의 사람들에게 인색하게 돈을 쓴 것은 결코 아니지만, 여자를 만나 여자에게 빠져 돈을 허투루 쓴다는 인식이나 그 돈이 다른 사람들에게까지 흘러가고 있다는 인상은 마치 미치광이처럼 벌거벗고도 창피함을 모르는 것과 다름이 없다는 생각을 했기 때문이다.

"글쎄~ 전혀 주지 않은 것은 아니지만, 그렇다고 넘쳐 나게 주지는 않았거든? 옷을 사는 정도……. 아니면 잡다한 생활용품 등을 사거나 용돈 정도인데, 그리고 후평한테 빌린 돈이 있다고 해서 갚으라고 준 돈 정도는 있는 거 같아……."

이정수는 결국 끝말을 마무리하지는 않았다. 왕자인이 아버지가 몸이 좋지 않아 입원했다는 소식에 입원비로 사용하라고 돈을 건넨 사실은 있지만, 그마저도 많은 금액은 아니었기 때문이다. 그렇다면 오해일 수 있다는 생각이 들기도 했다. 생각이 거기에 미치자 이정수는 갑자기 언짢은 기분이 되었다.

"내가 돈을 왕자인에게 주든 아니면 왕자인이 그 돈을 누군가에게 다시 주든 그것은 왕자인이 결정할 일인데 왜 호들갑인지 모르겠다."

"모두 사장님을 염려해서가 아니겠습니까? 좋은 의미입니다."

이정수의 얼굴이 굳어지는 것을 간파한 김국진이 진화에 나섰다. 하지만 이정수는 김국진의 말을 받아 말을 이었다.

"괜찮아! 다만 네가 관심 있게 관찰하도록 해라! 정보도 캐 보고……."

이정수는 국진의 애인인 쇼티엔을 통하여 모든 정보가 흐르고 있다는 사실을 안다. 또한, 쇼티엔은 후펑의 친누나인 후리엔과는 친구 사이다. 왕자인이 혼자 이씽에 내려왔다는 사실 하나만을 갖고 후펑과 협의해서 이정수에게 소개한 인물이기도 했다.

쇼티엔은 누구보다도 왕자인과 후펑의 관계에 대한 정보를 정확하고 많이 알 수 있다는 생각을 했다. 이정수가 김국진에게 하는 말이 더욱 부드러워졌다. 쇼티엔을 이용하라는 뜻일 수도 있다.

이정수는 김국진에게 봉투 하나를 내밀고 자리에서 일어났다. 마침 종업원이 주문한 음식을 담은 접시를 들고 방으로 들어서고 있었다. 김국진이 식사를 마치고 가시라 했지만 영 음식 맛이 날 것 같지 않았기 때문에 이정수는 자리에서 일어났다.

정수가 방문을 열고 나가자 국진이 핸드폰을 꺼내 들었다.

"바람이 분다. 서러움 많아 텅 빈 가슴속에 한파가 분다. 가슴이 시리다 못해 차가운 바람이 분다. 이내 글썽이던 눈물이 뜨거운 뺨을 타고 흐른다."

후펑의 핸드폰 벨소리에서 국민가수라 일컫는 소미의 음악이 흐르고 있다. 후펑은 한동안 핸드폰을 응시하고 있지만, 전화를 받지는 않았다. 그리고 서서히 핸드폰은 집어 들었다. 그리고는 컬러링이 다음 구절로 옮겨 가기 전에 꺼지자 자판을 눌렀다.

"형님 접니다. 잘 됐습니까?"

"일단은 잘 처리한 것 같은데 모르겠다. 경계는 잘하고 있겠지?"

"잘 됐습니다. 어차피 작전이니까?"

"알겠다."

후펑은 누군가와 이야기를 나눈 후 핸드폰을 그의 작업대 위에 내려놓았다. 후펑은 즈사호(紫砂壺)를 만드는 기술자다. 경지에 다가서면 기능인이나 예술가 칭호를 받지만, 아직 금형을 이용해 제품을 만드는 초보자나 마찬가지인 신분인 거다.

즈사호는 이씽이 본 산지이며 중국을 대표하는 수제 찻주전자를 말하며 붉은색의 돌을 곱게 갈아 만들며 예술적 가치가 있는 작품은 몇 억 원을 호가하는 제품도 있다.

이씽시의 120만의 시민 중에 즈사호 작업에 종사하는 인원이 4만 5천 명에 이른다니 한 직업에 종사하는 인원치고는 어마어마한 숫자라 해도 될 것이다. 특히 딩산취(頂山区)의 경우는 한 집 걸러 즈사호 작업실이거나 아니면 관련업 종사자들이다. 아파트의 1층에도 즈사호 작업실이 있는 경우가 허다하다.

"바람이 분다. 서러움 많아 텅 빈~"

후펑이 잽싸게 핸드폰을 집어 들었다. 마침 작업을 중단하고 깊게 담배를 들이마시던 중이었기 때문에 호흡이 엉키게 되었는지 콜록거리며 핸드폰을 잡았다. 하지만 기침을 하는 통에 핸드폰의 통화 거절 스위치를 작동시키고 말았다.

"아이, 마더!"

후펑은 입맛을 다지면서 화면을 살피고는 빙그레 웃으면서 다시 자판을 누른다. 그리고 이내 누군가와 통화를 했다. 여유가 있는 웃음이 얼굴 가득하다. 만족한다는 의미일 것이다.

"어이 장량~ 방금 김국진이 전화를 했는데 받으려다 끊겼다."

"왜 다시 걸지 나한테 하는 건데?"

"갑자기 재미난 생각이 들어서 말이다. 그자를 시험할 기회인 것 같아서 말이다."

"무슨 시험, 형한테 그러면 안 되지?"

"형은 무슨 개나발 형이냐? 작전상 형인 거지. 인마, 정신 차려!"

전화를 끊고 나서도 한동안 핸드폰을 응시하던 후펑이 빙그레 웃었다.

"시발, 왜 전화를 끊는지 모르겠네?"

김국진이 투덜대며 화면을 응시했지만 한 번 끊긴 전화가 다시 연결될 리는 만무하다. 하지만 다시 핸드폰의 자판을 눌렀다.

"쇼티엔! 전화 받았어?"

말소리가 곱게 나가지 않았다.

후펑이 자신의 전화를 일부러 받지 않았다는 것이 그의 기분을 잡친 것이다. 마음 같아선 다시 걸고 싶었지만 무슨 꿍꿍이가 있을 거라는 생각에 참고 대신 애인에게 전화를 건 것이다.

"전화 받았잖아! 뭔 소리래?"

쇼티엔이 볼멘소리를 하자 국진이 짜증을 낸다.

"아이 제기랄, 후펑 말이야!"

"아니~ 안 왔어?"

"제기랄, 그 자식 왜 그래?"

"뭘?"

"내 전화를 씹네?"

김국진이 이죽거리자 쇼티엔이 우습다는 듯이 조잘거렸다.

"에이고 사정이 있겠지~ 아니면 누군가와 작당 중일 수도 있고……."

김국진은 쇼티엔의 '작당'이라는 말에 눈이 뒤집혔다. 미처 생각하지 못한 것인 양 자리에서 일어났다. 그러고는 서둘러 전화를 끊었다.

"개자식이 장난을 치는군! 나를 테스트해 보겠다. 이거지?"

김국진이 주먹을 불끈 쥐고는 중얼거렸다.

얼마나 화가 난 것인지 모르지만 옆에서도 씩씩거리는 소리가 들릴 정도였다.

김국진은 밥을 먹다 말고 자리에서 일어났다. 어차피 사장이 값은 지급했을 테니 그냥 나가기만 하면 되는 것이다.

종업원이 이미 영수증은 발급해 놨을 터였다. 이 식당의 종업원이나 사장은 이정수나 김국진이 왔을 때는 말하지 않아도 영수증을 발급해 놓기로 약속이 되어 있었기 때문이다. 지급이야 사장 개인 호주머니에서 나오지만, 회사라는 것이 영수증 없이 처리되어야 하는 부분이 있으므로 영수증을 발급받았다가 요긴하게 사용하는 경우가 많으므로 늘 영수증을 발급받도록 하고 있었다.

"안녕히 가십쇼!"

종업원이 김국진의 엉덩이에 대고 꾸벅 인사를 했다. 하지만 김국진은 눈빛도 교환하지 않고 휭하게 밖으로 나갔다.

싸늘한 바람이 매섭게 불고 있다.

김국진은 머플러를 돌려 목에 감고 길을 건넜다. 쇼티엔을 만나러 가는 길이다.

"자기 오늘 일찍 왔네?"

이정수가 집 출입문을 밀고 들어서자 왕자인이 뛰어와 이정수의 가슴에 안기면서 반갑게 맞는다.

애써 전화를 하지 않고 왔다.

왕자인이 집에 없을지도 모른다는 막연한 생각을 하고 들어섰지만 잘못된 생각이었다.

김국진의 보고에 의하면 후펑의 집엔 여전히 드나들고 있고, 특히 점심은 후펑의 집에서 같이하는 경우가 많다는 이야길 들었기 때문에 오후 두 시도 채 지나지 않은 시각에 퇴근한 것이었다.

"응. 집에 있었네?"

"퇴근한 거예요? 집에 있지 그럼 어디에 있어요?"

이정수의 말에 두 가지 대답을 같이했다. 그러면서 이정수를 향해 눈을 흘겼다. 당연한 이야기를 하는 이유를 모르겠다는 표정이다.

"난 또 시장에라도 간 줄 알았지! 아니면 같이 시장에 가자. 갑자기 붕어찜이 먹고 싶어서 일찍 들어왔어. 아님 자고 있을까 봐 전화하지 않았어! 미안해."

이정수는 능글맞게 거짓말을 했다. 그래야만 일찍 들어오면서 전화를 하지 않은 것에 대한 이유를 만들지 않아도 되기 때문이다. 아니, 그 자체로 이유가 될 것이다. 도둑이 제 발 저린다는 의미가 이런 곳에서 통하는 것인지도 모른다.

"그런데 김치는 언제 담글 거예요? 난 김치가 좋은데, 김치 맛에 빠졌어요."

언제부터인가 왕자인은 한국의 배추김치 맛에 길들여져 있었다.

고향에서도 김치를 얻어서 먹었다고 했다. 고향에는 조선족 사람들이 몇 명 있었고 알고 지내는 친구도 있다고 했다.

왕자인은 특히 이정수가 담근 배추김치와 깍두기를 즐겨 먹었다. 배추김치의 국물이 남아도 버리는 법이 없었다. 시큼한 국물에 국수를 말아 먹는 모습은 여느 한국 사람과 다를 바 없다는 생각을 하였다.

"그럼 시장 가는 길에 준비할까?"

"좋아요. 가요."

왕자인은 이정수의 팔짱을 꼈다.

이정수는 머릿속이 바쁘게 돌아가고 있다.

사실 김치를 담그겠다는 생각은 없었던 거다. 그냥 던진 말이지만 왕자인이 적극적으로 호응하고 나서자 되돌릴 수 없는 상황이 된 거다.

어떤 때는 웃자고 한 말이 진실이 되는 황당한 상황으로 연출되기도 하는데 지금의 상황이 여지없이 김치 담글 준비를 하여야 할 상황이 되었다는 것을 안 순간 머리가 지근거리며 아파졌다.

"왜요? 어디 안 좋아요?"

눈치는 제법 빠르다. 왕자인이 이정수의 표정이 안 좋게 보였는지 근심 어린 눈으로 정수를 바라보았다.

하지만 이정수는 대수롭지 않다는 듯이 대답을 했다.

"아니, 괜찮아요. 무슨 김치를 담글까 생각했거든?"

"김치? 김치는 배추김치 아니에요?"

근심스럽게 바라보던 눈빛이 의아한 표정의 눈빛으로 변했다. 하지만 눈길을 거두지는 않았다.

맑고 크고 투명한 눈이다.

빠지지 않을 수 없는 고요함이 있다.

"김치가 어디 배추김치뿐인가?"

"……."

왕자인의 눈빛은 이제 호기심 어린 눈빛으로 변해 있었지만, 여전히 아름다운 눈빛이다. 동공이 약간은 더 커진 건지도 모른다.

"김치의 종류는 너무 많아요. 재료나 지방에 따라서 종류가 다양해서 다 알지는 못하지만, 음……. 배추도 일반적인 배추김치, 백김치, 겉절이김치, 무를 재료로 한 깍두기, 동치미, 생채 김치, 파김치……. 맞아 파김치도 있구나!"

"파김치? 파~ 김치가 뭐예요?"

왕자인이 살짝 눈을 흘겼다.

파김치를 '파~ 김치'로 알아들은 것이겠지만, 그렇더라도 '파~ 김치'의 의미를 알고 있다는 뜻인가?

이정수는 순간 왕자인에게로 눈길을 돌렸지만, 왕자인은 이미 그의 눈길 밖에 있었다. 어쩌면 한국 드라마를 보고 그 의미를 알았을 수도 있을 것이다.

왕자인은 살짝 이정수의 팔을 당겨 앞으로 발걸음을 옮겼고 이정수도 엉겁결에 왕자인과 발의 보폭을 맞추었다.

어떤 때는 대화의 끝을 보지 않는 것이 더 좋을 수도 있다는 것을 알기 때문이다.

"자인이 날 좀 도와줘야 하겠어!"

"그래야지! 당연히 내가 할 수 있는 일이 있다면 말해 줘!"

왕자인이 후펑의 부름을 받고 후펑의 집으로 갔다.

점심시간이었기 때문에 왕자인이 국수를 삶아 냈다.

왕자인이 이씽에 왔을 때 후펑의 집에 있었기 때문에 주방이 낯설지는 않다. 하지만 그간의 공백이 조금은 어설퍼 보이는 것은 어쩔 수 없는 노릇이다.

"내가 돈이 좀 필요하거든? 집을 옮겨야 하고 강아지 미용도 해야 하고 용돈도 부족하고……."

후펑은 왕자인이 어쩔 줄 몰라 당황하는 모습을 비웃는 듯, 눈을 가늘게 뜨고 응시하면서 답을 기다렸다. "네가 어쩔 건데!"라고 되묻는 것 같은 표정이다.

"저번에 주지 않았어? 그 돈도……."

왕자인이 말을 채 마치기 전에 후펑이 말을 가로챘다.

"알아! 안다고, 이사 비용에 보태라고 준 것, 하지만 그 돈은 없어 지금은 빈털터리라고, 알잖아. 자인~ 저번에 옷을 산 거 말이야. 멋있다고 했잖아? 그 옷을 샀다고."

왕자인은 먹던 젓가락을 상 위에 조용히 내려놓고 후펑을 바라보았다. 그리고 천천히 입을 열었다.

"정수 씨에게 말하기 힘들어! 전번에 우리 아빠 아파서 입원비도 지원받았고, 네게 준 돈도……."

이번에도 후펑은 자인의 끝말을 듣지 않고 가로챘다. 그리고 팔자 눈썹을 만든 후 재빠르게 입을 열었다.

"안다고 했잖아! 안다고~ 하지만 그땐 그때고, 지금 없다니깐? 그리고 그게 돈이야? 그 돈으로 어떻게 이사를 하지? 네 집은 얼마짜리야?"

후펑의 목소리가 반옥타브쯤 올라갔다. 왕자인은 여전히 고개를 숙이고 있었다. 그러자 후펑이 말을 이었다.

"네가 이씽에 내려와 갈 곳 없을 때 내가 도와줬잖아? 그러니까 지금은 자인이 날 도와줘야 한다고요. 우리가 어디 남인가?"

"알았어! 하지만 시간이 필요해!"

왕자인이 애원하듯 떨리는 음성으로 대답을 했지만, 이번에도 후펑은 왕자인의 말이 끝나기도 무섭게 말을 받았다.

"알아! 이틀 주지!"

후펑의 말은 곧 명령이나 다름없이 들렸다. 왕자인은 그 명령에 따라야만 되는 것처럼 조용히 듣기만 할 뿐 아무런 대꾸를 하지는 않았다. 그리고 조용히 후펑의 집을 나왔다. 가슴이 미어지는 것 같았지만 애써 마음을 추슬렀다.

'맞아! 내가 어려울 때 날 도와줬으니 몇 배로 갚아도 많지는 않아!' 라고 생각했다.

하지만 눈가가 촉촉하게 젖어 오는 것을 자인도 느끼지 못한 채 계단을 내려왔다. 후펑은 비열한 웃음을 지으며 밖으로 나가는 왕자인의 엉덩이를 바라보았고 입을 들썩이다가 입을 닫았다.

그 모습을 유심히 살피던 식당의 종업원이 핸드폰을 꺼내 들었다.

"다음 주에 누나에게 빌린 돈 모두 갚을게! 늦어서 미안해!"

후펑이 쇼티엔과 식사를 하면서 말했다. 쇼티엔의 집 길 건너편의 소고기면관이다.

점심시간이 이미 지난 지 두어 시간쯤 지난 시간이기 때문에 손님은 이들 둘뿐이다.

"어디 주문이라도 받았나? 천천히 갚아도 되는데……."

쇼티엔은 후펑이 호기롭게 말하는 이면에 뭔가 있음을 직감적으로 느꼈다.

늘 돈이 모자라 투덜대던 그였기 때문이다.

그렇다고 그가 만든 즈사호가 가격이 나갈 만큼 작품성이 있는 것도 아니다. 배우기 시작한 지 1년이 지났지만, 아직도 고향의 아버지로부터 매달 5천 위엔씩 생활비를 받아 쓰고 있기 때문이다.

5천 위엔이면 적은 돈이 아니지만, 남자애가 웬 액세서리며 옷에 관심이 많은지 상당한 돈을 투자하고 있다는 것을 알고 있었다.

"주문이 많아! 이젠 머지않아 독립을 해야지 않겠어?"

후펑의 야심 찬 얼굴에 이글거리는 안광이 있었기 때문에 마치 그가 상당한 위치에 오른 것 같은 착각을 일으키게 하였다.

하지만 쇼티엔의 입에서 나온 말은 후펑을 믿지 않는다는 말투였다.

말은 늘 생각과 일치하여 나오는 것은 아니다.

"얘 뭐라니! 귀신을 속여라. 야!"

쇼티엔이 물컵을 들이키면서 말했다. 전혀 동감하지 않는다는 눈치다.

그러자 후펑이 환히 웃으면서 말을 받았다.

"누나가 귀신은 아니잖아? 그러니 속일 수 있는 거고, 하지만 속아 주어도 되는 거 아닌가?"

"그래 속아 주진 않았지만 모르는 체할 순 있겠지! 작품 갖고 사기는 치지 마라!"

쇼티엔의 생각은 후펑이 그를 가르치는 스승의 작품을 모방하여 만들어 파는 것은 아닐까 하는 것이었다.

즈사호를 전수받는 제자들이 돈이 궁할 때 자신 스승의 작품을 모방

하여 진짜로 둔갑시켜 판다는 소문을 익히 들어 알고 있었기 때문이다. 하지만 그런 일은 이미 스승의 경지에 다다른 제자들만이 할 수 있는 일이다.

후펑이 그럴 만한 경지에 다다랐다고는 생각하지 않고 있었기 때문에 말을 그렇게 한 것이다.

하지만 후펑의 눈치를 살폈다.

"그럼요. 그럴 리가요!"

후펑이 손사래를 쳤다. 전혀 아니라는 의미이다.

"스스로 찍는 내 발이 더 쓰린 법이다. 아니?"

"아니, 몰라~"

"알고 하면 바보고, 모르고 하면 병신이고, 이도 저도 아니면 등신이다……."

쇼티엔이 다음 말을 잇기 전에 후펑이 말을 가로챘다. 다른 어떤 악담이 더 나올지 모르기 때문이다. 이나저나 좋은 말은 안 나올 것이다.

"글쎄, 아니라니까?"

후펑이 날카로운 금속성 소리를 냈지만, 전혀 기죽지 않고 쇼티엔이 말을 걸어찼다.

"글 세는 출판사에 받고! 요즘 너어 어딘가 변한 것 같지 않니?"

"아니, 전혀~"

후펑이 두 손을 옆구리에서 가슴으로 올려 보였다. 전혀 아니라는 의미다. '전혀'라는 단어는 발음까지 길게 하였다.

"자인은 잘 살고 있다던?"

쇼티엔이 갑자기 화제를 바꾸자 당황한 것은 후펑이다.

얼굴이 붉게 물든 후펑이 어설프게 말을 받았다.

"나도 만난 지 오래야! 잘 살고 있겠지!"

하지만 쇼티엔은 그의 당황함을 눈치챘다.

아는 체를 하지 않았을 뿐이다. 직감적으로 뭔가가 있다는 의심을 하지 않을 수 없었다.

"이 사장 잘나간다며?"

"조금 있나 봐? 잘은 모르지만 많지는 않은 것 같던데?"

후펑은 전혀 관심이 없다는 제스처를 했지만 그런 모습은 그가 더욱 의심스럽게 보이도록 만들 뿐이었다.

이정수 사장하면 이씽에서도 이름이 알려진 사람인데 모르는 체하는 후펑이 도리어 이상하다는 생각을 했다.

"너어 씨발 새끼야! 이정수를 조사한 거 맞긴 한 거냐?"

딩산(頂山)의 작은 술집이다.

술을 주문하면 무료로 기본 안주를 주는 집이기 때문에 주머니 사정이 여의치 않은 사람들이 드나드는 곳이다.

한국의 포장마차와 비슷하여 바닥은 맨땅이지만 벽돌로 담장을 쌓고 지붕을 올렸기 때문에 겉으로 보기에는 전혀 다른 어엿한 술집이다.

술집으로 들어오는 입구는 허름하지만 그래도 안은 제법 넓어 탁자가 열 개도 더 되었다.

초저녁이지만 이미 빈 탁자가 없었기 때문에 시끌벅적했다. 중국의 어느 술집이든 시끄럽기는 매한가지다. 중국어의 특성상 네 개의 성조가 있으므로 조용조용한 대화가 힘든 구조인지도 모른다.

"내가 뭘~"

장량이 후펑의 모진 소리에도 굴하지 않고 입을 삐죽거렸다.

후펑이 이정수의 재산 상태를 조사해 달라고 부탁 아닌 명령을 했지만 정확하게 조사할 수는 없었다. 이정수가 출근하는 회사의 회계를 통하여 알아보기도 했지만 신통한 대답을 얻을 순 없었다. 괜히 돈만 깨졌다고 생각한 장량이다.

매월 생활비로 받는 금액만을 확인했을 뿐이다. 이정수는 한국인이기 때문에 정확한 한국의 재산을 조사한다는 것은 불가능에 가깝다고 생각했다.

이정수가 중국의 세 개 회사의 업무를 담당하고 있으므로 각각의 회사에서 경비나 비용 등을 받는다는 사실을 간과한 결과였다.

"으이구, 이걸 그냥? 인마, 이 사장이 중국의 세 개 합작회사를 관리하는 것 몰랐냐?"

"그럼 미리 알려 주지 그랬어?"

"그러니까 너의 한계인 거라고 인마!"

"시발 그렇게 잘났으면 네가 해라. 좆나 잘난 체는 지가 다하고 나만 고물 취급하냐?"

장량이 눈을 부라렸다. 그러자 후펑이 소리를 질렀다. 화가 갑자기 머리끝까지 끓어올랐기 때문이다.

"개새끼야, 그러니까 너한테도 콩가루라도 주기로 아니, 주는 거 아니냐 시발놈아! 시발 좆같네!"

"넌 인마 그 더러운 말솜씨부터 바꿔야 한다고! 너처럼 곱상한 얼굴로 아무리 화를 내 봐라. 전혀 그런 얼굴로 보이지 않는다는 뜻이다. 아니?"

후펑의 곱상한 얼굴을 두고 하는 말이다. 어디 그뿐이겠는가? 말하는 톤마저도 여성과 같은 음색이므로 처음 듣는 사람은 고개를 갸웃거리기에 십상인 목소리이다.

"너어? 이게 정말!"

"됐다. 인마! 나, 간다아~"

장량이 얼른 자리에서 일어나 밖으로 나가 버렸다.

꼴사나운 광경을 만들기 싫은 까닭이다.

후평이 화가 나면 무엇이든지 집어 던지는 고약한 버릇이 있다는 것을 잘 알고 있기 때문이다.

혼자 남은 후평은 기분이 상할 대로 상한 상태인지라 호흡을 가다듬지 못하고 씩씩거리고 있다. 그렇다고 상대방도 없는데 허공에 대고 분풀이를 할 수는 없는 노릇이다.

조금 시간이 지나고 가슴이 진정되자 후평은 핸드폰을 꺼내 자판을 두들겼다. 예전보다는 거친 손놀림이었다. 아직은 화가 완전히 가라앉은 것은 아니라는 뜻이다.

5

증발의 원인을 묻다

이씽에 눈이 내렸다.

이곳 이씽은 좀처럼 눈이 없는 도시다.

방송에서는 50년 만에 내리는 폭설이라 했다. 갑작스러운 폭설은 도심의 교통을 마비시켰으며 동시에 기온도 급격히 내려갔기 때문에 모든 상업 활동이 정지된 유령 도시 같았다.

도로에 차량은 없었으며 오가는 인적마저 없었기 때문에 그저 황량한 눈에 덮인 소설 속의 유령 도시라 해도 될 것 같은 경관을 연출하고 있었다.

자연은 위대했으며 인간이 도저히 범접할 수 없는 경지임을 위용으로 보여 주고 있는 것이다.

이씽시 정부에서도 어쩌지 못하고 날이 풀리기만을 기다리는 형국이 된 것이다.

그나마 다행인 것은 퇴근 시간인 오후 4시 반부터 폭설이 시작되었으며 야근을 하던 직원들마저도 겁에 질려 퇴근을 독려하였다는 것이다.

가로등의 불빛에 눈꽃 송이들이 아롱지게 빛을 발했지만, 낭만적으로 바라보는 사람들은 거의 없었다.

정수는 사무실 4층에 마련된 자신의 방에서 가로등 불빛에 반사되어 흩어지는 눈꽃 송이들을 하염없이 바라보고 있다. 몇 번인가 핸드폰이 울렸고 한국에서 걸려 오는 IP 전용 전화기마저 외면한 채 창밖을 응시하고 있다.

이정수는 생각에 잠겼다.

왕자인이 자신을 속이고 있다는 사실이 무엇을 의미하는 것인지 고민하는 것이다. 김국진이 말을 전부 신뢰하는 것은 아니지만 그렇다고 무시할 수 없는 노릇이었다.

왕자인의 임신은 사실일까?

사실의 확인이 이제는 왕자인을 신뢰하는가의 문제로 변했고, 신뢰의 회복을 위한 일이라는 말도 안 되는 변명으로 확인한 바는 참담함 그 자체였다.

두 번의 간이 검사는 모두 임신반응이 나오지 않은 것이다.

첫 번째 검사에서 반응이 없자 아예 한국에서 검사 테스트기를 공수받아 테스트했었지만 그 결과는 같았다.

자신의 행동이 자인을 시험에 들게 하는 것이었기에 맘이 편치만은 않았다.

"여보 난, 왜 신 것이 먹고 싶은지 몰라?"

가증스러운 자인의 행동을 보면서 '역겹다'는 생각보다는 왜 이런 연기를 해야 하는지에 대한 슬픔이 앞섰다.

자신이 사랑하는 사람이 어떤 연유에서 이런 상황을 연출해야 한다는 것은 자신을 신뢰하지 못하는 것에서 출발하는 것으로 생각했기 때문에 가슴이 무너지는 것만 같았다. 그게 아니면 상상 임신은 아닐까 생각해도 마음은 역시 무너진다.

"그래? 원래 임신을 하면 신 음식이 먹고 싶다고 하던데? 당연한 거야~"
정수는 평정심을 찾고 부드러운 음성으로 대답했다. 그렇지 않으면 자신이 스스로 무너져 내릴 것만 같았기 때문이다.

언젠가는 스스로 확인이 될 사항이라는 것, 어떤 결론으로 연출이 되어도 왕자인의 마음을 아프게 하고 싶지는 않다는 것을 먼저 생각해 취한 행동이었다.

왕자인이 어떤 연유로 연출을 하는 것인지는 모르지만 그럴 만한 사유가 있을 것이고 그런 사유가 어떤 사유라 하더라도 자신이 왕자인을 사랑하는 맘보다는 작은 일이라 생각했다.

"나 당신이 해 주는 김치찌개가 먹고 싶은데, 해 줄 거죠?"
왕자인은 해맑은 웃음을 만면에 피우고 정수의 팔을 끌어안았다.
뭉클하게 느껴지는 젖가슴에서 숨결이 출렁이는 것만 같았다.
이정수는 가만히 고개를 돌려 왕자인을 바라보았다. 그리고는 입을 열었다.

"아직 김치가 시지 않은데 괜찮아요?"
"괜찮아요. 자기가 해 주는 김치찌개는 정말 환상적이었거든요. 최고예요."

돼지고기를 숭숭 썰어 넣고 굵은 대파를 곁들인 일반적인 김치찌개다. 다만, 건강을 생각해서 햄프씨드(껍질을 벗긴 대마씨)를 듬뿍 넣은 것과 약간의 조미료를 넣는 것이 차이라면 차이일 것이다.

조미료 하면 L-글루타민산을 이야기하는 것으로 한국에서는 한동안 화학조미료로 알려지는 바람에 시장에서 버림받은 조미료이지만 정수는 개의치 않고 넣는다.

L-글루타민산은 주원료가 사탕수수나 옥수수 전분 등으로, 발효 식품의 꽃이라 할 수 있는 가장 안전한 식품의 일부라는 것을 알고 있기 때문이었다.

기업의 광고가 사회에 미치는 영향의 결과를 생각했을 때 기업이 광고를 할 때는 사회적인 책임을 고려해야만 한다.

발효에 관한 한 한국은 선진적인 자질을 가진 나라이며 한동안 세계 조미료 시장을 좌지우지한 한 시대를 풍미했던 시절이 있었지만, 어느 기업의 지속적인 광고는 바람직한 발효 식품을 화학 식품으로 탈바꿈시켜 놓았던 것이다.

"침대는 가구가 아니라 과학이다."라는 광고가 한때 유행했던 적이 있다.

이 광고에 익숙한 초등학교 어린이가 학교 시험에서 침대는 가구가 아니라고 답을 하는 어처구니없는 일이 발생하여 사회를 경악하게 했던 기사를 읽은 적이 있다.

광고는 이익 실현을 위한 것이지만 사회적인 책임을 다하는 것은 기업의 이미지에도 영향을 주는 것이라는 것을 염두에 두어야 하겠다.

"별거 아니야, 김치가 맛이 좋으면 찌개도 맛이 좋은 거지!"

"그래도 손맛이 있다고 들었어요."

이정수는 깜짝 놀랐다.

손맛이라는 뜻을 과연 알고 쓰는 것인지 궁금하기도 했지만 묻지는 않았다. 하지만 웃으면서 말을 받았다.

"손맛이란 정성을 말하는 거나 마찬가지예요."

"에이, 그런 게 어디 있어요?"

왕자인은 믿지 않는 눈치이지만 재미있다는 표정을 했다. 그렇다고 더 깊은 설명을 하고 싶지는 않았다.

"그런 게 있답니다."

이정수는 끝말을 빙 돌려 말했다. 그러자 왕자인도 이정수의 말을 따라 했다.

"그런 게 있답니당~"

이정수는 생각했다.

같이 밥을 먹고 같이 잠을 자고 같이 눈을 뜨고 또 같이 아침을 먹는, 그렇게 살아가는 이 일상적인 생활을 행복하다고 생각하는 이유는 무엇일까? 많은 사람이 그렇게 생활하고 있을 텐데 모든 사람이 다 행복한 삶을 사는 것은 아니기 때문이다.

삶은 생각하는 사람의 마음의 자세와 그런 환경을 어떻게 받아들이고 어떻게 행동하는가의 차이에서 나오는 자연스러운 의식이 아닐까 생각했다.

이정수는 지금의 이 순간이 행복하다는 생각을 했다.

지나간 세월은 아등바등 사는 일에만 열중했던 것 같다는 생각을 한 것이다.

중국에 온 초기에는 먹고사는 일에만 매달리다 보니 삶의 근원이어야 했을 행복이라는 단어조차 잊고 살았다.

인생을 미리 살아 보지 못하고 스스로 찾아야 하는 능력은 거기에 미치지 못했기 때문이다.

누군가를 통하여 적절한 학습을 받고 자신을 찾을 수 있었다면 경험을 통하여 얻지 않아도 즐겁고 행복한 삶을 젊은 시절부터 영위했을 수도 있었을 것이라는 생각을 하자 지금의 이 순간이 최고의 행복이어야 한다는 생각이 들었다.

그런 생각이 머리에서 떠나지 않았고 그날은 정성스러운 사랑을 나누었다. 다소 공격적인 사랑의 행위가 일상적이었다면 더욱 부드럽고 유연하게 대응했으며 자인을 배려하는 행동들로 가득했다는 의미다.

적절한 배려와 인내는 최고의 밤을 구가할 수 있다는 것을 모를 리 없지만, 더욱 침착했고 더욱 집중했으며 왕자인의 솜털 하나의 움직임까지 파악하려 하였다. 그러는 것만이 오늘의 하루를 완성하는 것으로 생각했다.

열정적인 사랑의 행위는 적어도 행복의 한 부분을 완성하는 것으로 생각할 수 있지만, 이정수가 놀라 기절할 만한 일이 벌어졌다. 왕자인의 젖꼭지에서 새하얀 젖이 나온다는 것을 확인한 거다.

"Tombs la neige Tu ne viendras pas ce soir, Tombe la neige Et mon coeur s'habille de noir……."

이정수가 핸드폰을 찾았다.

컬러링 〈눈이 내리네〉 아다모의 노래다.

설원으로 변해 가는 거리를 내려다보면서 감상에 젖은 지 얼마나 지났는지도 모르고 있었다.

가로등이 하얀 눈꽃 송이에 아린 눈을 비비듯이 슬픈 눈길을 쏟아내고 있지만 정작 눈길을 주는 이는 이정수뿐이다.

핸드폰은 점퍼의 주머니 안에서 나왔다. 늘 들고 다니던 손가방에 있을 거라는 정수의 생각은 여지없이 빗나갔다.

"여보 바빠요? 눈이 많이 내렸어요."

왕자인이다.

눈이 많이 내리는 것을 낮잠을 자다 일어나 뉴스를 보고야 안 왕자인이 남편이 걱정되어 전화를 한 거였다. 무슨 뚱딴지같은 얘기인가 눈이 내리기 시작한 지 벌써 몇 시간이나 지났는데…….

"자다가 이제야 일어났어요. 어젯밤에 무리했나 봐요. 참으려 했는데 그만 잠이 들었어요. 미안해요. 어디예요?"

이정수가 생각할 여유도 없이 왕자인은 속사포를 터트렸다.

미안한 마음을 감추고 싶었을지도 모른다.

눈이 내리기 시작한 시각도 모르는 것 같았다.

"나~ 아직 회사예요. 아니, 회사의 4층에 있는 내 방이에요."

이정수가 창문을 열었다. 바람은 없지만, 방 안의 온도와 창밖 온도의 차이에 찬 공기가 안으로 휘익~ 밀려들어 왔다.

이정수의 얼굴에 찬바람이 할퀴듯 지나치면서 눈송이가 그의 눈가에 묻었다 떨어진 것일까? 이정수의 눈가에 물기가 촉촉하게 젖었다. 어쩌면 눈물인지도 모르겠다.

요즘 들어 눈물이 많아진 그였기 때문이다.

"집으로 돌아올 수 있겠어요? 방송에선……."

왕자인이 뒤의 말을 스스로 잘랐다.

돌아올 수 없다는 것을 이미 인지하고 있었기 때문에 뒤의 말을 할 필요는 없다고 생각한 것일 수도 있다.

말이 생각보다 먼저 나온 탓이다. "너 돌아올 수 있겠어? 방송에 의하면 돌아오기 힘들 것 같은데?"라고 들려 마치 자신의 감정이나 의지를 시험하는 말로 들릴 수도 있다는 생각을 한 탓이다.

우리는 수많은 시험을 받으며 살아가고 있는지도 모른다.

오죽했으면 기독교의 기도문에서까지 "시험에 들지 않게 하옵시며…"라고 말했을까. 하지만 오늘의 세상을 살아가려면 많은 시험을 거쳐야 하고 또 많이 인내하여야만 한다.

정의롭지 않다거나 자의적이라 해도 자신만 아니면 된다는 시각이 팽배한 세상이 된 지 오래다.

자신의 시각에서는 정의롭고 진실한 사랑이지만 다른 사람의 시각에서는 허구이며 불륜이라 생각하는 것이 당연한 세상이 된 것이다.

나만 아니면 된다는 생각은 결국 극히 개인주의적인 사상을 만들어 버린다.

바로 옆에서 치한에게 당하는 시민이 있어도 아무도 그를 말리거나 도와주려는 사람이 없는 메마른 감정의 세상이 되는 것이다.

세상을 향해 몸을 던져 정의를 구하는 일에 전념할 필요는 없을지 몰라도 자신의 앞에 닥친 일들이 정의롭지 못하다면 한 번쯤 반성하고 일말의 정의를 지키는 일에 동참하여야만 좋은 세상이 될 수 있을 거라는 생각을 했었다.

"지금 생각 중이야. 차를 운행할 수는 없을 테고. 걸어서 갈 수는 있을 것 같아! 그런데…….."

이정수는 무릎까지는 눈이 내렸을 거란 생각에 '어떤 신발을 신어야 하지?'라는 엉뚱한 생각과 '회사에서 집까지는 얼마만 한 거리이지?'라는 생각이 미치자 뒤의 말을 다 하지 못했다. 하지만 왕자인이 빠르게 뒤의 말을 이었기 때문에 이정수가 뒤의 말을 잘랐다고 생각하지는 않았다.

"그냥 거기서 자는 것이 좋겠어요. 눈이 너무 많아요. 하지만 보고 싶어요."

눈이 많아 오기가 힘이 들 터이니 집에 오지 않아도 좋다. 하지만 보고 싶다.

'너의 진정한 생각은 어떤 건데?'라고 묻는 것만 같았다.

이정수는 자신의 생각이 좌로 밀려가는 느낌에 정신을 차렸다.

보고 싶은 맘이야 마찬가지다. 이 설원에서 아름다운 사랑을 나누는 일은 힘이 드는지 몰라도 아름다운 추억을 만들면 좋겠다는 생각이 튀어 오르자 정수는 창문을 닫고 외투를 걸쳤다.

회사의 앞마당은 말끔하게 치워져 있다.

수위 두 명이 눈이 쌓이기가 무섭게 치워 버린 탓이다.

눈은 희끗희끗 휘날리고 있지만, 눈이 내리는 것 같지는 않았다. 다만 건물 사이를 흐르는 바람의 영향으로 가로수나 전봇대에 내린 눈이 날리는 것으로 보였다.

이정수가 마당을 질러 정문에 다다르자 수위 한 명이 나와서 거수경례를 한다. 중국에서는 좀처럼 보기 드문 광경이다.

중국에서는 회사의 회장이나 사장이 나와도 멀뚱멀뚱 바라보기만 하는 것이 얼마나 어색하고 한편으로는 얼마나 신기했는지 모른다.

회사의 주인이 아니라도 직책이 회장이고 사장이라면 적어도 이런 사람들에게는 인사를 하여야 한다고 생각했다.

인사가 반드시 존경의 발로라고만은 생각하진 않는다. 하지만 조직은 계급적인 특성을 내재하고 있으므로 직급을 보고 인사를 한다 해도 좋겠다. 그것은 조직의 단결을 결속하게 하는 마력이 있기 때문이다.

정문의 수위가 나와서 인사를 한 까닭은 그들을 지도했기 때문이다. 그들과 친해진 후 그들이 외부 인사나 영도들이 오면 인사를 하는 것이 회사의 이미지 제고에 좋은 영향을 줄 수 있다는 교육을 몇 번 한 후부터는 그들이 스스로 경례를 하게 된 것이다. 하지만 쑥스러워하면서 언제나 웃는 얼굴로 경례를 한다. 그래도 기분은 좋다.

가끔 그들이 잊고 경례를 먼저 하지 않을 땐 이정수가 먼저 인사를 한다. 직급이 낮은 사람이 직급이 높은 사람에게 먼저 인사를 하여야 한다고는 생각하고 있지 않기 때문이다.

"아니, 이 눈길에 어딜 가시려고요?"

이정수의 인사를 받은 수위가 다가와 근심스러운 눈빛으로 물었다.

4층에 집이 있으므로 뭐라도 사러 나가려는 것으로 생각했을 수도 있다. 저녁에 군것질하기 위해서 주전부리를 사러 나가는 경우가 종종 있었기 때문이다.

"요 앞 차오스는 몰라도 멀리는 못 갈 겁니다. 혹시 문을 닫았을지도 모릅니다. 통행하는 사람들이 없거든요. 100년 만에 내린 폭설이랍니다."

수위는 자랑스럽게 말했다. 눈이 많이 내린 것에 대한 자랑이라기보다는 100년 만에 내렸다는 정보를 알고 있다는 것을 자랑스럽게 생각했는지도 모른다. 50년 만이라더니 그동안 100년으로 바뀌었다.

집 창문을 통해 내려다보던 광경과 실제는 많은 차이가 있었다.

차량이나 사람들이 다니지 않는 거리에 내린 눈들이 그대로 쌓여 있었기 때문에 걸음을 떼기조차도 어려운 상황이었다. 무릎까지는 빠지는 것 같았다. 다행으로 생각한 것은 온화한 기온이라는 것과 바람이 없다는 것이었다. 바람이라도 분다면 내린 눈이 다시 휘날릴 거라는 생각이 들었다. 그만큼 가볍게, 소복하게 쌓였다는 얘기다.

이정수는 50여 미터도 못 가고 지치고 말았다.

한 걸음 한 걸음 앞으로 나갔지만 한번 빠진 다리를 옮기기 위해서 눈

속에서 다리를 빼내어야만 했기 때문에 운동 강도가 대단했던 것이다.

100여 미터를 더 가면 차오스(超市)다. 하지만 차오스의 불빛은 없다. 이미 문을 닫은 것이다.

"자인 한번 볼까?"

후평의 전화를 받은 왕자인의 손이 가볍게 떨렸다.

"지금 안 돼, 매형이 있거든."

왕자인의 목소리에는 자신감이 없었다. 목소리마저 가볍게 떨려 나왔기 때문에 긴장의 강도가 컸다는 것을 알 수 있다.

"매형? 누구? 이정수?"

후평이 거들먹거리는 목소리로 물었다. 아니, 조롱인지도 모른다. 모든 것을 다 알고 있는데 무슨 개 짖는 소리냐는 의미다.

"……."

아무런 말을 할 수 없다.

남편 이정수와의 통화에서 그는 분명 회사의 4층 집에 있었다.

오후 들어 몸이 피곤하여 낮잠을 잔다는 것이 저녁까지 이어졌고 일어났을 땐 이미 폭설에 온 도시가 마비된 후였다. 그렇지만 이정수가 집으로 돌아올지도 모른다는 희망을 버리지 않았다. 그는 언제든 자신의 편이었고 자신이 원하는 것은 뭐든지 해 주려는 사람이라는 것을 잘 알기 때문이다.

"하지만 보고 싶어요."라고 말했던 것이 어쩌면 정수가 길을 나서게 한 것은 아닐까 생각했다.

하지만 들리는 음성은 수화기 건너편의 후평의 목소리다.

"장난해? 이정수는 지금 회사에 있어. 이정수 말고 또 다른 놈이 있나 보지?"

후펑은 여전히 능글거리는 목소리를 냈다. 어쩌면 자신과 이정수의 이야기를 들었을지도 모른다는 생각도 들었다. 아니면 지금의 시간에 이정수가 집에 없다는 것을 알 순 없는 노릇이기 때문이다.

"아니야. 지금 오는 중인데 거의 다 왔다고 그랬어!"

여전히 자신이 없는 목소리에 왕자인 스스로가 놀랐다. 아니, 그렇게 이야기한 자신이 후회스러웠다. 차라리 "눈이 많이 내렸으니 다음에 만나자."라고 말하는 것이 훨씬 좋았을 거라는 생각을 한 것이다.

"그랬어요? 거의 다가 얼마? 나 지금 문 앞이야!"

왕자인이 몸을 움츠렸다. 이마에서 송골송골 땀방울이 맺혔다. 그가 문 앞에 있다는 소리에 몸이 굳은 것이다.

얼른 앞섶을 여몄다. 잠옷 차림이었기 때문이다. 이정수가 사 준 것으로 진하지 않은 핑크색 바탕에 작은 꽃무늬가 있는 박힌 두툼한 옷이다. 둘이 있을 때는 일상적으로 입는 옷이지만 이정수가 아닌 다른 사람이 있을 때는 입지 못하는 옷이다.

중국 사람들은 잠옷을 집 밖으로 나갈 때도 입지만 정수는 질색했다. 아예 비키니로 나가라고도 했었다.

옷은 구색을 갖추어 자리에 맞게 입어야 하며 장소에 맞는 옷을 입어야 한다고도 했다. 해수욕장에서 정장을 입지 않는다거나 파티에 비키니를 입지 않는 거와 같은 이치라고도 했다.

"하지만 안 돼! 남편이 온다고 했어. 절대로 안 된다고!"

어디서 나오는 소린지 모를 정도로 왕자인이 소리를 꽥 질렀다. 더 이상의 말싸움은 소득이 없을 것으로 생각했기 때문이다.

왕자인의 입에서 어떻게 그런 용기가 나온 것인지 모른다.

이정수가 거리에 쌓인 눈을 헤치고 집으로 돌아오고 있는 모습이 아른거리며 눈앞을 스쳤다.

"그래~ 안 된다고~"

방금이라도 문을 두드릴 기세다. 여전히 능글거리는 목소리다.

"그래! 안 돼!"

왕자인이 발악했다. 더는 안 된다는 생각을 한 것이다.

왕자인은 볼을 타고 흐르던 눈물이 입에 다다라서야 울고 있다는 것을 알았다.

"후펑, 안 돼."

분명히 방문을 잠갔었다.

환영한다면서 마신 술의 양이 많았는지도 모른다.

어떻게 잠긴 문을 열고 들어온 것일까. 문을 잠갔다는 사실에 그리고 한때는 같이 자란 친구 같은 동생이었기 때문에 너무 믿었는지도 모른다.

초대소에 가겠다는 것을 후펑이 애써 말렸고 갖고 있던 돈도 많지 않았기 때문에 못 이기는 척 그의 집에 온 것인데 후회가 막심했다.

"미안해. 하지만 다 괜찮아~"

"뭐가 괜찮아! 이러면 안 된다고. 난 너의 누나야!"

왕자인이 애원했다.

하지만 후펑의 한 손은 이미 자신의 젖가슴을 점령했고 다른 한 손은 허벅지 사이의 계곡을 점령한 상황이었다.

전혀 눈치를 채지 못했었다.

꿈을 꾸고 있는 줄만 알았다.

"지금까지 가만히 있었잖아!"

여전히 꿈이려니 생각했다. 지금까지 가만히 있었다는 얘기는 또 무슨 소리인지 몽롱하게만 들렸다.

"무슨 소리야?"

왕자인이 목소리를 높였지만 후평은 더욱 세게 젖가슴을 움켜쥐었기 때문에 하마터면 비명을 지를 뻔했다.

옷을 벗고 자는 버릇 때문에 너무도 쉽게 점령이 된 것이다.

후평의 뜨거운 입김이, 그 입술과 혀가 동시에 음습한 곳을 점령했을 때 왕자인은 온몸에서 힘이 빠져나가는 것을 느꼈다. 그리고 자신도 모르게 그의 머리를 감싸 안았다. 하지만 목소리는 울부짖었다.

"안 돼! 안 돼!"

흐느끼는 목소리다.

얼마간의 시간이 흐른 것일까? 온몸은 이미 땀으로 흥건하였고 다리에서 힘이 빠져나갔을 즈음 후평이 자신의 심벌을 동굴로 밀고 들어왔다.

왕자인은 그제야 눈을 떴다.

지금까지는 꿈이었을지도 모른다는 생각을 했지만 뭔가 자신의 몸속을 후비고 들어오자 꿈에서 일시에 깨어난 거라고 생각했을지도 모른다.

능글거리는 얼굴이 땀방울을 흘리면서 인상을 쓰고 있었다.

전혀 남자답지 않은 곱상한 얼굴이다. 하지만 그도 남자는 남자다.

하지만 너무 작다.

가운뎃손가락이 밀고 들어오는 줄만 알았다.

자작거리는 모습이 안쓰럽다는 생각까지 들었지만 더는 안 되겠다는 생각이 들자 허벅지와 팔에 힘을 주어 그를 밀어내려 함과 동시에 후평이 엉덩이를 부르르 떨었다. 동시에 자인의 팔이 그를 밀쳐 냈기 때문에 그는 옆으로 쓰러지고 말았다.

악몽이려니 생각했다.

허무하게 몸을 내준 것은 아닐까 생각했지만, 현실은 현실이다.

역겨운 비릿한 냄새가 코를 찔렀고, 왕자인은 뛰듯이 샤워실로 향했다.

눈에서는 한없이 눈물이 흘러내렸지만, 소리를 내지는 않았다. 샤워실 문을 잠그고 뜨거운 물로 몸을 적셨다.

거울에 비친 자신의 모습이 마치 악마처럼 비웃고 있었다.

허벅지의 힘이 빠지자 진한 액체가 흘러내렸다. 아니, 어쩌면 뜨거운 물줄기인지도 모른다.

왕자인은 물줄기를 세게 한 후 그곳에 쏟아부었다. 몸의 모든 불순한 것들이 씻겨 내려오기를 바랐다.

얼마간의 시간이 흘렀는지 모르지만, 꽤 많은 시간이 흘렀다는 생각이 들고 방으로 돌아왔을 때 후펑은 방에 없었다.

자기 방으로 돌아간 것인지 밖으로 나간 것인지는 모르겠다. 방으로 들어오면서 만약 그가 있다면 어떻게 하여야 할까 고민을 했었다.

왕자인은 곧바로 옷을 입고 나가리라 생각했다. 돌아온 방에는 역겨운 냄새가 그대로 남아 있었다. 왕자인은 옷을 주섬주섬 찾아 입고 조용히 방을 나왔다.

후펑이 키우는 강아지가 고개를 갸웃거리면서 눈을 껌벅이다가 왕자인의 눈과 마주치자 고개를 돌렸다. 꼬리는 여전히 살살 흔들고 있었다.

거실의 불은 켜지 않았지만 이미 여명이 찾아와 모든 사물을 분간할 정도는 되었다.

꼬리를 흔들던 강아지의 모습이 눈에 확 들어오자 눈물이 다시 주르륵 흘러내렸다. '요놈은 모든 것을 알고 있겠지?'라는 엉뚱한 생각을 하면서 집을 나왔다.

  싸늘한 바람이 자인의 얼굴을 스치자 후드의 깃을 올렸다. 후평의 집을 나오자 도리어 개운하다는 생각이 들었다.

  이정수는 4층의 방으로 돌아왔지만 좀처럼 잠을 이룰 것 같지 않았다. 술이라도 한잔하여야 하겠다는 생각에 옥상의 주방으로 올라갔다.
  눈 속에서 헤매다 도저히 어렵다고 생각하여 되돌아온 것이다.
  이미 왕자인과는 통화했다. 하지만 왕자인의 목소리가 왜인지 슬픈 목소리였기 때문에 맘이 편치는 않았다.
  술은 여름에 담근 양메이주가 있었다. 양메이는 이씽의 주산지로 한국의 산딸기와 비슷하지만, 과일의 표피에 부드러운 섬모 같은 것이 나있는 것이 특징이다.
  과일주를 담그기 위해서 60도 주정을 사용했기 때문에 꽤 독한 술이 되었을 것이다.
  문제는 안주였다. 안주 없이는 술을 마시지 않기 때문이다.
  냉장고에서 꺼낸 것은 소시지 몇 개와 달걀 두 개가 전부였다. 소시지는 어슷썰기를 하고 달걀과 얼버무려 팬에 기름을 두르고 볶아 낼 요량이었다.

  "술은 안주와 같이 먹어야 해! 그냥 술만 마시면 위를 상하게 하거든? 그러면 평생 고생을 할 수도 있어요."
  차경욱의 어머니, 이정수에게는 장모였던 분, 장모님을 어머니라 불렀다.
  이정수는 친모를 본 적도 없으므로 장모님께는 엄마처럼 대하고 어머니의 사랑을 받기를 바랐다.

 이정수가 술병을 들고 들어오면 얼른 앞치마를 두르고 부엌으로 향하면서 말씀하셨다. 술을 즐기시는 아버님을 위해서 습관이 드신 거겠지만 아들이 술을 즐겨 마시는 것에도 관대한 생각을 하시는 분이었다.

 창가로 작은 식탁을 옮겨 놓고 싸늘하게 변한 가로등 불빛을 따라 흐르는 옅은 바람을 쫓아갔다.
 시선은 마음을 움직인다.
 누군가가 남긴 발자국이 정수의 시선을 움직이고 있다. 그 마음속에는 왕자인과 장모님의 얼굴이 교차하여 나타났다.
 차경욱의 얼굴은 아니다.
 남자들은 왜 여자를 만날 때 어머니와 비교를 하는지 모르지만, 정수도 그랬다.
 얼굴의 형태부터 마음 씀씀이며 말하는 태도까지도. 부족함이 많았지만 지금 왕자인을 잡지 않으면 평생 후회할 수도 있을 거라는 생각을 했다.
 매 순간 그런 마음이 들 때마다 장모님의 얼굴이 나타났다. 왜 장모님이 나타나는지는 모르겠다. 그것은 진중하고 자신의 위치를 생각하라고 말씀하시는 것은 아닐까? 자기 생각을 합리적으로 여기는 것은 누구나 마찬가지일 것이다. 그렇지 않다면 생각을 결정이라는 결과물로 만들 수 없기 때문이다.
 목을 타고 흐르는 양메이주는 달콤한 맛과 독특한 향이 알코올과 어울려 제법 양주다운 품격을 만들어 내고 있었다. 포도주잔을 흐르는 진득함은 그 어느 포도주보다도 더 안락함을 제공하는 풍미가 있었다. 싸구려 포도주는 알코올 도수는 낮으면서 당의 함량이 높아 즐기지 않지만, 양메이주는 거의 양주에 버금가는 품격이 있다고 생각한 것이다.

이정수는 양메이주를 한 모금 머금은 채 시선을 창밖으로 돌렸다.

섬뜩하게 무엇인가 지나치는 것이 있다는 생각이 들었기 때문이다. 그것은 눈에 보이지 않는 것임에도 보이는 것처럼 선명하게 망막에 실루엣을 만들었다.

'뭐지? 이 섬뜩함이……'

이정수는 머리칼이 서는 것 같은 공포감이 밀려왔음에도 애써 외면하고 입안의 양메이주를 삼켰다.

천천히 창가로 다가간 이정수가 창밖을 살펴본다. 아직 안주는 입속에서 맴돌고 삼키지 않은 상태다. 차가운 달빛만이 외롭게 설원을 비출 뿐 아무런 움직임도 없다. 어느새 나왔는지 밝은 달이 설원과 어울렸기 때문에 아름다운 광경을 만들어 내고 있지만 이를 감상하는 이는 없다.

눈이 너무 많이 내린 탓이다.

마치 설원이 유령의 도시 같다고 생각했다.

순간 이정수의 눈과 마주친 창밖의 또 다른 눈이 있었다.

이정수는 화들짝 놀랐다.

하지만 상대는 더욱 놀랐는지 푸드덕 날개를 펴고 창을 박차고 창공으로 날아갔다.

박쥐였다.

"여보, 난 집에 혼자 있는 것이 무서워요."

이정수는 언젠가 왕자인이 품에 안기면서 한 말이 생각났다. 다 큰 어른이 밤이 무섭다는 것이 이해가 되지 않았지만, 창밖의 박쥐의 눈에 화들짝 놀란 자신을 발견하곤 왕자인을 생각했다.

이정수는 책상 위에서 무선 충전 중인 핸드폰을 집어 들었다. 그리고 자판을 눌렀다.

"야! 너 죽을래? 인마 오라면 오지 무슨 말이 많아?"
후펑이 장량을 향해 소리를 꽥 질렀다.
"이런 성질머리 하고는, 인마 넌 텔레비전도 안 보냐? 이런 날씨에 어떻게 나가냐?"
장량은 핸드폰을 귀에 대고 커튼을 열어젖혔다.
함박눈이 내리며 하늘을 덮은 모습이 마치 소설 《대지》 속의 메뚜기 떼들이 하늘을 덮어 버리는 것보다도 더 무서웠다.
이렇게 눈이 많이 내리는 것을 본 기억이 없다. 당연한 것은 100년 만의 폭설이라 하지 않던가?
"인마 보병이 가면 길이지 눈이 온다고 안 가냐?"
"내가 군인이냐? 보병은 또 뭐야?"
장량이 어이없다는 듯이 말을 비틀었다. 하지만 기다렸다는 듯이 후펑이 말을 받았다.
"인마, 걸어 다니면 다 보병이지 그럼 뭐냐! 넌 차가 있냐. 아니면 말이 있냐. 엉?"
이건 뭐 조롱이다. 장량은 그렇게 들렸다. 지가 언제부터 돈이 많았다고 조롱을 하는지 배알이 뒤틀린 장량도 비틀어 말했다.
"야, 너는 인마를 보기나 했냐? 그리고 이 작은 도시에서 무슨 차가 필요하냐? 자전거면 되지. 그리고 자식아 지금은 자동차도 무용지물이다. 아니?"
"자식, 배알 하고는……."

후평이 혀를 찼다. 하지만 장량이 다시 말을 이었다.

"어딘데?"

아무래도 후평의 말을 들어야 한다고 생각한 장량이다.

후평과 같이하는 것이 무엇을 의미하는지 아는 탓이다.

어차피 할 일도 없을 뿐 아니라 가끔 용돈을 받는 것이나 밥과 술을 얻어먹을 수 있으니 그의 말을 거역하기는 어려운 실정이다.

"왜, 오려고? 눈이 많이 내려 못 온다며?"

후평이 말을 비틀었다. 속으로는 '네놈이 안 오나 보자'라고 생각했기 때문이다.

"그럼 안 가도 된다는 뜻이네! 알았어."

장량도 말을 비틀었다. 전화를 끊겠다는 뜻이다. 하지만 실제로 전화를 끊지는 않았다. 말만 그렇게 했을 뿐이다.

"……"

후평이 다음 말을 이어야 했지만, 말없이 듣고만 있었다. 아니 기다리고 있다고 해야 할 것이다. "네가 전화를 끊을 수 있어? 그러면 끊어 봐!"라고 말하는 거와 같다.

"어디냐?"

"왜 오게?"

"가지 마?"

"아니. 와!"

말이 단답형으로 바뀌었다. 심사가 뒤틀렸다는 의미다. 그렇다고 서로 끝까지 감정을 건드릴 필요는 없다고 생각한 때문이다.

"그러니까 어디냐고?"

"네놈 집 맞은편 초대소다."

장량 집 맞은편의 초대소라면 대명초대소(大明招待所)다. 초대소는 한국의 여인숙과 같은 저렴한 여관을 말한다.

"웬 초대소?"

장량은 이해가 되질 않았다. 이렇게 눈이 많이 내린 날 여행을 오거나 출장을 온 사람이 아니고야 왜 집 놔두고 초대소에 든 것인지 전혀 감이 잡히지 않은 탓이다. 하지만 후펑이 먼저 말을 받았다.

"그러니까 오면 알겠지 않겠니? 자식 말이 많아?"

"알았다. 간다! 가!"

"805호다. 올 때 술 한 병 갖고 와라!"

장량은 "술이 어디 있니? 차오스도 문을 다 닫았는데!"라고 말하려다 참았다. 일전에 후펑이 집에 놀러 왔을 때 아버님이 마시기 위해서 사다 놓은 홍싱고량주(红星高粱酒)가 있다는 것을 알고 있기 때문이다.

말씨름하기도 싫었다.

점퍼를 걸치고 방을 나서면서 주방에서 바이주 한 병과 낱개로 포장된 꼴뚜기 봉투를 주머니에 쑤셔 넣고 집을 나섰다.

"805호 갑니다."

초대소의 문을 열고 들어서자 종업원이 얼굴을 내밀자 장량이 먼저 입을 열었다. 아니면 그가 물을 것이고 그 말을 듣고 설명을 한다는 것은 귀찮은 일이기 때문이기도 했지만, 주인아주머니가 아니라는 것을 곁눈질로 알아차린 탓이다.

아마도 주인아주머니였다면 먼저 그렇게 말하진 않았을 거다.

"일찍 왔네?"

장량이 초인종을 누르자 문을 연 후펑이 반가운 얼굴로 말했다. 아마

증발의 원인을 묻다 | 105

도 그렇게 빨리 나오리라고는 생각하지 못했다는 의미일 거다.

장량은 대꾸하지 않고 방으로 들어섰다. 그리고 주머니에서 '메이란' 상표의 바이주 한 병과 포장 꼴뚜기를 꺼내 놓았다. 탁자에는 이미 빈 맥주병 다섯 병이 있었고 잔도 두 개가 있었다.

누군가가 같이 있었다는 뜻이다.

"잔은 챙겨 오지 않았겠지?"

후평이 장량이 챙겨온 '홍싱고량주'의 병마개를 따면서 물었다. 당연히 챙겨 오지 않았을 것이라는 의미일 것이다.

사실 장량이 생각을 하지 않은 것은 아니지만 잔까지 챙겨 나오기는 싫었다.

어차피 마실 거라면 적정량을 따라 마셔도 좋다고 생각하는 타입이기 때문이다.

"당연하지. 내가 잔까지 챙겨 들고 다니면서 술을 마시는 주당으로 보이냐?"

장량이 슬그머니 핀잔하였다. 당연한 생각과 당연한 행동을 둘은 이미 알고 있었다는 것이 그리고 자기 생각을 들켜 버린 것에 대한 심술이다.

"자식, 성질머리하곤……. 앉아라!"

후평이 빈 맥주잔에 바이주를 조금 따라 잔을 가시면서 말했다.

후평은 장량이 술을 챙겨 들고나와 준 자체로 고마운 일이라 생각한 탓이다. 안 올 수도 있을 거로 생각했는데 와 준 친구가 고맙다는 생각을 한 것이다.

맘속으로야 '네놈이 안 오나 보자'라고 했지만 안 온다고 안 볼 놈도 아니다.

"그런데 무슨 일이냐? 초대소엔?"

"누구와 같이 있었는지 더 궁금하지 않냐?"

그랬다. 방에 들어오는 순간 맥주잔이 두 개인 것을 보았고 먼저 묻고 싶었지만 참았는데 용케도 안다. '귀신같은 놈!'이라 생각했지만 지기는 싫었다.

"아니. 별로?"

"그래? 그럼 술이나 마시자!"

"넌 술 때문에 날 불렀냐?"

"왜, 그럼 안 되냐?"

"된다. 마시자! 마셔!"

장량이 의자를 끌어당겨 앉으면서 후평이 따른 잔을 들었다. 그러자 후평이 정색을 하면서 장량을 막는다.

"잠깐! 잔은 부딪쳐야 하지 않겠니?"

"너, 오늘 왜 그러냐?"

"넌 모르냐? 술은 입으로만 마시는 것이 아니고 귀로도 마시는 거라는 사실을 말이야."

"왜? 또 개똥철학 하시게?"

"인마, 알아 둬라! 알아서 남 주냐?"

"……."

장량이 후평을 쏘아보았다. 웬 서술이 이렇게 긴 것인지. 불안한 마음마저 생긴 것이다.

더 이상 입을 열지 말아야 한다는 생각을 했다. 대신 손에 든 술을 입에 털어 넣어 버렸다. 그러나 후평이 개의치 않고 말을 이었다.

"인마, 잔을 부딪쳐야 소리가 나지 않니? 그 소리를 즐기라는 뜻이 있다고 하더라! 알아 둬라!"

후평도 술잔을 들어 잔을 비웠다.

이번에는 장량이 병을 들어 후평의 잔과 자신의 잔에 술을 따랐다.

후평은 장량이 술을 따르는 모습을 조용히 지켜보다가 장량이 병을 내려놓자 입을 열었다.

"크게 한 방 하자!"

"……."

장량은 갑작스럽게 후평이 쉰 목소리를 내자 긴장을 했다. 뭐를 크게 한 방 하자는 것인지 감도 잡히지 않았기 때문에 눈만 껌벅일 뿐이다.

"왕자인 말이다."

"……."

후평의 입에서 왕자인의 이름이 나오자 순간 장량은 더 긴장했다.

왕자인이 어떤 위치에 있는지 잘 알고 있기 때문이다. 하지만 맘 한 구석에서는 왕자인이 불쌍하다는 생각이 없는 것은 아니었다.

감히 후평을 막고 나서지 못하는 것은 자신의 선천적인 성격이라고 자신을 위로하고 있었다.

맘 한구석에서는 불쌍한 생각을 하면서 동시에 그러면 안 된다고 생각했다.

하지만, 장량은 이율배반적이게도 그를 지지하고 따르고 있는 자신이 초라하다는 생각도 들었다. 그러기에 한없이 작아지는 것만 같았다.

"인마! 정신 차려라! 왕자인이 아니고 왕자인과 같이 있는 놈을 털자는 거다. 아니?"

후평은 앞 틀니를 드러내고 비열한 웃음을 토해 내고 있었다.

"그게 그 말 아니니?"

"인마, 그 말은 그 말이고, 저 말은 저 말이지. 왜 그 말이 그 말이냐?"
"너 개그하냐?"
장량이 얼굴을 찡그렸다. 좀처럼 자리가 편치를 않은 것이다.
"어차피 인생은 개그다. 지나면 다 웃기는 인생인 거다. 웃기는 인생이 우리 인생보다는 낫지 않니? 사람은 포섭해 놓았다."
예의 후평의 금니가 빛을 냈다.
장량이 잔을 다시 비우고 나서 입을 열었다.
"난, 빠진다."
"시발 새끼야! 빠지긴 어딜 빠져 이 새끼야! 어디 넣기는 했더냐?"
후평이 장량을 노려보면서 언성을 높였다. 너무나 갑작스러운 후평의 높은 목소리에 장량은 겁이 덜컥 났다.
잘못하면 잔이 날아올 수도 있다는 것을 알기 때문이다. 언제던가 후평이 던진 술잔에 이마를 찢은 적도 있기 때문이다.
"왜? 또 던지게?"
장량이 말을 비틀었다. 맘 한 곳에서는 진짜 그럴 수도 있을 거라는 두려움도 있었지만 그렇지 않으면 놈의 성격을 영원히 안고 가야 한다는 불안함이 입을 먼저 열게 한 것이다.
어떤 때는 생각과 다르게 입이 먼저 반응을 할 때도 있는 것이다.
"헤헤헤, 그리기야 하겠니?"
후평이 갑자기 입을 벌리고 킥킥거리며 웃었다. 놈도 같은 기억을 했을 터다.
"아니, 그럴 것 같은데?"
여전히 장량이 말을 비틀어 댔다. 그러자 후평이 강하고 낮은 톤으로 말을 뱉었다.

"그럴 수도 있다. 하지만 지금은 아니다. 하지만 언제든지 다시 던질 수 있다는 의미이기도 하다. 하지만 오늘은 아니다. 아니? 왜, 왜 오늘은 아닌지 아니?"

"……."

"씹새끼야. 오늘은 네가 술을 갖고 왔지 않니? 그러니 참는다. 내가 말이다. 참는 거라고, 너 이 은혜를 잊으면 안 된다. 앞으론 말이다 말대꾸하지 마라! 그러면 다시 네놈 이마에 생채기를 내 주마!"

후펑은 잔을 들어 잔을 단숨에 비웠지만, 장량은 오금이 저리는 것만 같았다. 갑자기 오줌이 마렵기까지 한 것을 참고 있다.

장량은 지금의 상황이 위기라 생각한다면 신속하게 벗어나야만 한다는 생각이 미치자 용기를 내 입을 열었다.

"나, 간다!"

장량은 말을 하면서 동시에 자리에서 일어섰다. 그리고 이내 방문을 열고 밖으로 나왔다. 이내 유리잔이 깨지는 파열음과 둔탁한 소리가 동시에 들렸다.

후펑이 잔을 장량이 나서는 문을 향해 던진 것이리라. 장량은 발걸음을 움직이면서 후펑이 사람을 포섭해 놓았다는 의미가 무엇을 의미하는 것인지 생각해 보았다. 얼마 지나지 않아 사건이 생기리라는 것은 짐작할 수 있는 대목이다.

장량은 깊이 한숨을 쉬었다.

창을 통해 눈부신 햇살이 빛나고 있었다.

밤새 뜬눈으로 지내다가 새벽녘에 잠깐 눈을 붙인다는 것이 많은 시간이 흐른 것이다.

이정수는 핸드폰의 자판을 눌렀다. 하지만 대답이 없다. 아니 배터리를 분리한 것이 맞다. 배터리를 분리하면 안내음이 다르다.

번뜩 정신을 차린 이정수는 자리를 박차고 일어났다.

외투를 걸치고 밖으로 향했다.

의자에 걸쳐 있던 목도리는 그냥 손을 낚아채듯이 손에 쥔 채다.

"왜 전화를 받지 않는 것일까?"

정수는 밤새 되뇌었던 말을 중얼거리면서 공장 문을 향해 걸었다. 그러자 수위가 나와 걱정스러운 음성으로 물었다.

"나가시게요? 임시휴일입니다. 방송으로……."

"아~ 예, 압니다. 급한 일이 있어서요."

정수는 수위의 말을 끝까지 듣지 않고 말을 잘랐다. 그렇지 않으면 구차하게 변명을 늘어놓아야 한다.

예의상 발걸음이라도 멈추어야겠지만 빨리 집으로 가야만 한다는 생각과 충돌하면서 적지 않은 시간이 정체될 수 있다고 생각한 거다.

통상적으로 두 가지 생각을 한 행동으로 나타내야 하면 그렇게 생각하고 그렇게 말하는 경우가 허다하다.

생각은 두 가지 혹은 여러 가지를 동시에 할 수 있지만, 행동은 그중 하나를 선택하여 행동하여야 한다는 것이다.

"조심하세요. 아직 눈이 많아서……."

수위도 분위기를 눈치챘는지 말을 스스로 잘랐다. 하지만 눈은 여전히 정수의 뒤통수에 꽂혀 있었다.

정수는 아랑곳하지 않고 한 손을 들어 가볍게 흔들었다. 알아들었다는 의미일 것이다.

구름 한 점 없는 맑은 날씨! 태양이 눈부시게 밝다.

눈에 반사되어 나오는 빛이 눈을 아리게 한다.

회사의 정문에서 대로로 나오는 길은 아직 눈이 많았다.

많은 사람이 먼저 간 사람들의 발걸음을 따라갔기 때문에 구렁이 기어간 자국처럼 길게 길이 나 있는 정도다.

자동차 전용 도로에 나오자 시에서 밤샘 작업을 했는지 자동차가 다닐 수 있을 정도의 제설작업은 되어 있었다. 되돌아가 차를 갖고 갈까 생각하다가 그냥 걷기로 하고 걸음을 재촉했다. 얼마 후면 많은 자동차가 거리로 나올 것이고 그 후는 어떤 현상이 나타날 것인지 상상이 되기 때문이다.

아파트단지의 출입문은 깨끗이 치워진 상태다.

아직 잔설이 남아 있어 수위(門卫)들이 마지막 작업을 마치는 중인지 부산하다.

변변치 않은 제설작업 도구들이 어설프다.

워낙 눈이 많이 내리지 않는 지역이다 보니 준비가 안 되었을 것이리라.

"어이구, 일찍 나갔다 오시네요?"

수위 한 명이 아는 체하며 인사를 했다.

이정수가 바라보니 얼마 전에 담배 한 상자를 건네준 사람이었다. 조장이라 했지만 이름은 잊었다. 다니던 직장에서 퇴직하고 재취업을 했다고 했다. 그러니 육십은 넘었을 것이다. 중국의 정년은 60세라고 했다.

"안녕하세요. 고생이 많으시네요."

정수가 웃는 모습으로 인사를 받았다. 그는 손에 들린 작은 삽을 들어 보인다. 밤새 고생을 했겠지만 애써 웃는 모습을 보이려 하는 모습이 얼굴에 묻어 있다. 반갑다는 표현일 것이다.

"누군데? 중국 사람 같지 않은데?"

"왜, 있잖아. 전번에 담배 주고 간 사람! 한국 사람이야."

그들이 나누는 소리가 들려왔지만, 더 이상의 대화를 듣고 이야기할 기분이 아니다. 예전 같으면 인사라도 나누었을 것이다.

집까지는 멀지 않은 거리다. 201동이니 아파트 정문을 지나 반원으로 지어진 관리동을 지나면 된다.

인도의 길가에 있는 주차 위치엔 아직 차들은 폭설 속에 묻혀 있다. 몇몇 사람들은 자동차 위의 눈을 치우고 있지만, 그마저도 쉽지는 않은 상황이다. 왜냐하면, 눈이 너무 많이 쌓여 차에서 쓸어내린 눈이 다시 차를 눈 속에 묻히게 할 수도 있기 때문이다.

어떤 사람은 깨끗이 눈이 치워진 인도에 눈을 뿌리기도 했지만, 그것은 다른 사람에 의해 제지당하고 말았다.

자기만을 생각하고 행동하는 사람이 많은 나라가 중국이지만 요즈음의 세태는 많이 달라지고 있었다.

올림픽을 준비하는 과정에서 문화적으로 많이 성숙해졌다는 생각과 경제적인 향상과 더불어 외국 여행을 통하여 한층 성숙한 문화인으로 거듭나는 것이라 생각했다. 아니, 교육의 효과인지도 모른다.

계단을 오르면서 잠잠하던 심장의 박동이 빨라지고 있다. 한번 빨라지기 시작한 심장은 문 앞에 다다르자 터질 듯이 요란하기만 하다. 마치 쿵쾅거리는 소리가 심장 밖으로 삐져나오는 것만 같았다.

초인종을 누르기 위해서는 심호흡을 하여야만 했다.

'딩동딩동. 딩동딩동!'

연달아 초인종을 눌렀으나 인기척이 없다.

으레 초인종을 누르면 3초 정도는 기다린다.

안에 사람이 있다면 반응을 위한 시간은 기다려야 한다는 생각에서다. 하지만 한참을 기다려도 그러니까 5초 이상은 기다렸을 것이지만 인기척이 없다.

초인종 소리에 잠잠해졌던 심장이 다시 요동을 치기 시작한다.

초인종을 다시 눌렀지만, 심장의 박동은 저금 전과는 다르게 멈추질 않았다.

내가 나빴어요. 사랑했지만 내 욕심이 과했던 것 같아요. 당신을 사랑하기에 정말 많이많이 사랑하기에 당신을 떠납니다. 찾지 말아 주세요. 당신을 사랑한 자인.

정수는 식탁 위에 가지런히 놓인 메모지를 들고 단박에 그것이 아내 왕자인이 쓴 글이라는 것을 알았다. 그리고 한눈에 읽을 수 있었다. 단, 두 줄에 불과했기 때문이다. 하지만 그 내용을 이해한다는 것은 어려웠다. 도저히 무슨 연유인지에 대한 설명은 없었기 때문에 답답했다.

가슴이 숨을 몰아쉬어야만 했다.

가슴이 미어진다는 소리를 들어는 보았지만, 어렴풋이나마 지금 자신의 정황이 그런 것은 아닐까 생각되었다.

주르륵 뜨거운 눈물이 흘러내렸다.

어디서부터 잘못된 것인지 가늠조차 할 수 없었다.

정수는 컴퓨터 책상 위에 가지런히 놓여 있던 사진틀을 들고 방을 나섰다. 그 사진틀 속에는 아내 왕자인과 같이 항저우(杭州)에 여행을 갔을 때 다정히 찍은 사진이 들어 있었다.

조금은 우스꽝스러운 표정이지만 사랑을 듬뿍 담은 부드러운 눈길로 서로를 바라보고 있었다.

아내가 없는 집에 봐 주는 사람도 없이 홀로 쓸쓸히 걸려 있다는 것이 애처롭게 느껴졌다. 한편으로는 자인이 스스로 집으로 돌아올 것이라는 생각을 접은 때문인지도 모른다.

그녀가 남긴 글 속에는 자신을 향한 진한 사랑이 느껴졌으며 어딘지 모를 자신을 도우려는 의지가 담겨 있다는 생각이 들었기 때문이다.

그렇더라도 전화 한 통 없이, 아무런 말이나 대화도 없이 훌쩍 떠나 버린 아내를 용서하고 이해하기는 힘이 들었다.

다만, 어떤 상황에서인지는 모르지만 최선의 결정을 했을 것이라는 동정심이 든 것은 사실이다.

"무슨 사정이 있겠지! 그럼 내가 찾는 수밖에 없지 않아?"

자신도 모르게 중얼거린 정수다.

우선은 회사 숙소로 돌아가야겠다고 생각했다.

아파트를 나서면서 출입문 열쇠로 문을 잠그려다 말고 다시 뒤돌아보았지만 찬 바람만 밀려들어 갔다. 사람이 없어도 자동으로 가동되도록 설정한 냉난방용 에어컨이 쓸쓸히 가동되고 있었다.

계단을 내려오는 발걸음이 무거웠다.

몇 번인가 뒤돌아보았지만, 가슴은 울먹거릴 뿐이었다.

"시발! 어디로 사라진 거야?"

후평이 중얼거렸다.

저녁때 장량이 와서 속을 뒤집어 놓고 간 뒤 수없이 핸드폰의 자판을 눌렀지만, 전화는 연결이 되고 있질 않았다.

전화기의 전원을 끄지 않고 배터리를 분리했는지 전화기의 위치를 찾지 못한다는 코멘트가 계속되고 있다.

간혹 신호가 닿지 않는 곳에 있을 수도 있을 테지만 이렇게 오랫동안 연결이 안 되는 경우는 드물다는 생각에 이르자 강제로 전화기의 배터리를 분리하고 다른 번호의 칩을 꽂았을 것으로 생각했다.

생각은 생각의 꼬리를 물고 수많은 상념을 유발한다.

거의 밤을 새우다시피 한 후평은 새벽녘에 단잠에 빠진 후 여명이 밝아 오는 시점에서 잠에서 깨어났다.

후평은 곧장 옷을 갈아입고 집을 나섰다. 아무래도 왕자인의 집을 찾아가 보리라는 생각을 한 것이다.

이정수는 공장 사무동의 숙소에 있다는 것을 전화 통화에서 확인한 상황이기 때문에 아침 일찍 집으로 돌아가지 않았다면 설사 이정수가 아침 일찍 들어갔다고 하더라도 인기척만으로도 확인할 수 있는 상황이라는 생각을 했다.

초대소에서 자인의 집까지는 1.5km 내외다.

이미 대로의 눈들은 모두 치워진 상황이기 때문에 걱정은 하지 않아도 된다.

길 가장자리에는 도로에서 치워진 많은 양의 눈들이 전장에서 쓰러진 시체들처럼 어지럽게 쌓여 있다. 하긴 폭설에 막힌 도로를 복구하는 데 가지런하게 정리를 하기는 어려울 것이다. 어차피 시간이 지나면 녹아 물이 될 것이기 때문이다.

'아니, 저 사람은……'

후평이 가던 길을 멈추고 소스라치게 놀랐다. 그것은 앞서 빠른 걸음으로 걸어가고 있는 사람이 이정수라는 것을 알아차렸다.

그는 빠르게 움직이고 있었지만, 뒤에서 보면 그의 발걸음은 마치 군의장대의 발걸음 같은 부분이 있다는 것을 알고 있었기 때문이다. 그는 군대에 근무할 때 수도 사령부의 헌병이었다고 했다.

앞에서는 잘 분간이 되지 않지만, 뒤에서 보면 분명하게 보이는 그만의 특징이다.

후평은 정수가 그의 집으로 들어간 뒤 그가 다시 나오기까지 10여 분간을 밖에서 기다렸다.

이정수가 계단을 오르기 위해서는 계단으로 오르는 출입문의 비밀번호를 누르거나 열쇠를 사용하여야 하는데 그는 열쇠로 문을 열었다.

계단을 오르고 초인종을 두 번이나 누를 때에는 후평도 계단을 통하는 문 앞까지 다가가서 그의 행동을 살폈다.

후평은 이정수가 다시 문을 열고 나오는 인기척을 뒤로하고 서둘러 길을 재촉했다. 구태여 직접 확인을 할 필요가 없다는 생각을 한 것이다.

머리가 지근거렸다. 왕자인을 통하여 얻으려던 금전적인 계획이 차질을 빚은 것은 물론 왕자인이 왜 사라진 것인지 도저히 상상되질 않았기 때문이다.

자신이 자신의 행동에 정당성을 부여하기 시작하면 자신의 행동에 대한 책임이 있는 평가는 거의 불가능하다는 것을 후평이 알 리가 없었다.

"너 왕자인 어디 갔는지 알지?"

후평이 장량을 찾아가 밑도 끝도 없이 물었다. 숨 가쁘고 힘이 실린 목소리지만 가녀린 목소리다.

질문을 받은 장량이 긴장했고 오금이 저렸다. 분명 후평이 자신을 의심하고 있다는 것을 알고 있기 때문이다. 그는 그런 놈이라 생각했다. "아냐?"라고 묻는 것은 단순하게 아는지 모르는지 묻는 것이지만 "알지?"라고 묻는 것은 의심을 담은 직설적인 도전이나 마찬가지인 질문이라는 것을 알고 있기 때문이다.

"너, 어디 아프냐? 무슨 똥딴지야? 우물에서 숭늉 찾는 격이네?"

오금이 저리다고 모르는 것을 안다고 말할 순 없는 노릇이다.

장량이 적극적인 방어적인 대답을 쏟아 내자 적지 않게 놀란 후펑이 장량을 노려보았다. 그러고는 이내 주먹을 장량의 안면에 날렸다.

"이 시발 새끼가 눈에 뵈는 게 없나? 어디서 개소리야!"

목소리는 가냘픈 여성이다.

하지만 후펑이 주먹을 날릴 땐 단타는 없다. 양 타 아니면 삼 타를 날린다. 이번에는 삼 타였다.

후펑의 주먹을 정면으로 맞고 쓰러지지 않는 놈은 없었다.

장량은 이미 그로기 상태가 되어 비틀거렸다. 그것은 후펑이 힘을 조절했다는 의미다.

"내가 왕자인이 어디 있는지 어떻게 알아! 씹~ 할!"

장량이 자세를 고쳐 잡으며 투덜댔지만, 그것은 주먹을 부르는 것이나 마찬가지다. 이내 후펑의 주먹이 장량의 이마를 두들겼다. 이번에는 연타다.

"이런 개새끼를 봤나. 아느냐고 물었지 개소리를 내라고 했냐? 아직도 정신을 못 차리지? 이 새끼는 맞아야 정신을 차린다니까?"

후펑이 얼굴을 가리고 주저앉은 장량을 향해 소리를 질렀다.

노여움이 담긴 목소리는 아니다. 계산된 행동이라는 뜻이다.

후펑의 얼굴은 알지 모를 옅은 미소까지 묻어 있었다.

동료를 주먹으로 날리면서 화를 낸다면 그것은 동료를 잃는 행동이나 마찬가지이며 적을 만드는 행동이라는 것을 후평은 교묘하게 이용하는 것이다. 양아치라는 의미다.

"씹새끼, 아예 죽여라! 그러면 귀신 돼서 알아봐 줄지 아냐?"

장량이 악다구니를 썼다. 그것은 얼마 전부터 나오는 장량의 행동이다. 그렇지 않으면 영원히 그의 종으로밖에 살 수 없다는 위기감에서 벗어나기 위한 나름의 행동인 것이다. 이 정도의 주먹을 상상하지 않은 것은 아니기 때문에 참을 만하다는 생각도 동시에 들었을지도 모른다.

"내가 널 왜 죽이냐. 그러니깐 개소리를 말아야지!"

"멍멍멍! 내가 개냐? 멍멍거리게? 말도 말라는 뜻이냐! 내가 개의 친구면 너는 개새끼야, 인마."

장량이 대들었다. 그것은 이미 과거의 장량이 아니라는 강한 메시지인 거라는 것을 후평도 안다.

"그러니까 인마, 묻는 말에 대답해야지. 왜 개소리를 나불거리다가 얻어터지냐. 네가 스스로 주먹을 부른 거라고 인마! 알아?"

한층 느슨해진 말이다.

더 이상의 주먹은 없다는 의미다. 그것을 안 장량이 푸념했다.

"네놈은 언제나 말은 잘하더라! 너 그러다가 임자 만나는 수가 있어. 조심하라고 새끼야!"

"이 새끼가 아직 정신을 못 차리고 있네!"

후평이 다시 주먹을 쥐자 장량이 뒷걸음을 치면서 재빠르게 입을 열었다.

"왜? 또 때리게? 그럼 넌 영원히~"

"이런 씹~ 쌔~ 야! 가자!"

후펑이 장량 팔을 잡아끌었다.

술로 풀자는 의미다.

장량은 더 이상의 반발은 무의미하며 이로울 것도 없다는 것을 알기에 빼지는 않았다.

"너 솔직히 말해 봐라! 왕자인이 어디 간지 알고 있지?"

후펑이 식당 구석의 자리에 앉자마자 장량 향해 입을 열었다. 그 질문 속에는 "네놈은 반드시 알고 있을 거야."라는 의미를 담고 있었다. 하지만 장량은 즉시 입을 열었다.

"그만하시지! 모르는 것을 집요하게 묻는다고 알 수 있는 일도 아니고 조진다고 모르는 일을 알 수 있냐?"

"씹~새~ 오늘따라 꼬박꼬박 말도 잘 받네!"

"그러기로 했다. 내 너한테 맞다 보니 이제 이골이 났다."

후펑이 다시 입을 열려 할 즈음에 주문한 술과 안주가 나왔기 때문에 잠시 침묵이 흘렀다. 하지만 종업원이 돌아간 뒤에도 후펑은 다시 입을 열지는 않았다.

조용히 빈 잔에 술을 따랐고 잔을 들어 장량 바라보았을 뿐이다.

같이 마시자는 의미다. 하지만 장량은 몹시 두려운 눈빛을 했다. 후펑의 눈이 자신을 향하여 강하게 빛이 났기 때문이다.

하지만 모르는 일이니 어쩔 도리가 없다. 유추해서 생각한 바는 있지만, 공연히 말을 꺼냈다가는 집요한 후펑의 질문을 다 받아 낼 자신이 없다는 표현이 더 정확한 표현일 것이다.

후펑은 깊은 생각에 잠긴 듯 벌써 넉 잔째 잔을 비우고 있다. 둘은 여전히 아무런 말도 하지 않고 있다. 고요한 침묵이 계속되고 있다.

6

또 다른 인연은

"국진아 따라 봐라!"

이정수는 비서인 김국진과 같이 쇼티엔이 마담으로 있는 주점 노래방을 찾았다.

이미 식당에서 48도 바이주를 한 병이나 비운 뒤다. 주량으로 본다면 많은 편은 아니다.

김국진은 맥주를 마셨기 때문에 괜찮다. 하지만 이정수가 마음이 심란해서인지 급하게 술에 취하고 있다는 것을 김국진은 알았다.

"너무 과음은 하지 않는 것이 좋습니다. 이럴수록……."

"인마, 술이나 따라라!"

김국진의 말이 채 끝나기도 전에 이정수가 말을 잘랐기 때문에 김국진은 입을 다물고 조용히 술을 따랐다.

하얀 거품들이 잔의 면을 따라 용솟음쳤다.

"오늘은 취해 보련다. 되지?"

"……."

김국진은 이정수의 눈을 바라보았다.

이슬이 고인 눈이 슬퍼 보였다. 마음이 아려 왔다. 후평을 돕고 있다는 사실이 미안해졌다. 하지만 어쩔 수 없는 노릇이라 마음을 다잡았다.

"씹할, 여긴 여자 없냐?"

이미 혀가 꼬인 말이다.

바이주에 맥주를 마시면 급격히 술에 취한다는 것을 김국진도 알고 이정수도 안다. 하지만 이정수가 작정한 이상 김국진으로는 어쩔 수 없는 노릇이라 생각했다.

김국진은 쇼티엔을 찾아갔다.

얼마 후 쇼티엔이 아가씨 한 명을 대동하고 들어섰다.

"어머, 이 사장님 오늘은 더욱 멋있네요?"

쇼티엔이 교태를 부리며 이 사장 곁에 앉는다. 그리고는 이내 이정수의 귀에 대고 속삭였다.

"여기 온 지 삼 일째 되는 애예요. 아직 아다예요. 아다~"

이정수가 게슴츠레한 눈으로 옆에 앉은 아가씨에게 눈을 돌렸다.

"홍란(紅蓮)입니다."

이내 이정수의 잔에 맥주를 따르면서 홍란이 인사를 했다. 동시에 쇼티엔이 이정수의 귀를 당겼다. 그리고는 다시 속삭였다.

"오늘 2차 가야만 해요. 쟤를 좀 도와줘야 하거든요."

이정수는 고개를 끄덕였다. 그것이 무엇을 의미하는지 알고 있다는 의미다.

시골에서 고생하다가 노래방으로 흘러든 애들이 집을 구하지 못하면 성을 주고 돈을 받아 집을 구한다는 소리를 들은 적이 있기 때문이다.

얼굴이 받쳐 주는 애들은 많은 돈을 단번에 손에 쥘 수 있으므로 마담들이 손님을 선택하는 일이 허다하다는 것도 알고 있다.

이정수도 몇 번인가 제의를 받은 적이 있지만, 성을 돈을 주고 산다는 것과 스물도 안 되는 애들을 취할 수 없다는 생각에 거절했었다.

그런 애들이 반드시 처녀라는 의미도 아니다. 누가 그걸 알 수 있겠는가? 다만 업소에 나와 처음이라는 의미라는 것이다. 웃기는 일이지만 그렇게 마담들은 손님을 우려먹는 경우도 많다는 것도 안다.

"몇인가?"

이정수가 잔을 들어 맥주를 입에 털어 넣으면서 물었다.

"둘요!"

"열여덟요."

둘이 동시에 대답했다.

이정수는 다시 고개를 아래위로 흔들었다.

나이가 열아홉이라는 의미일 테고, 2만 위엔을 달라는 의미일 것이다. 중국은 만으로 나이를 말하기 때문에 한 살을 더해 주어야만 한다. 어쩌면 스물, 아니면 그보다 더 많을 수도 있을 것이다. 어차피 고무줄 나이이다.

"진짜 처녀예요. 보장한다니까요?"

이정수의 반응이 적극적이지 않다고 생각했는지 쇼티엔이 다시 이정수의 귀에 속삭였다.

이정수는 아랑곳하지 않고 잔을 다시 집어 들었다. 연거푸 석 잔을 비웠다. 그리고는 지갑을 꺼내 들었다.

"자! 네 팁이다."

이정수가 지폐를 쇼티엔에게 내밀었고 쇼티엔이 얼른 손을 내밀어 받았다.

"감사합니다. 역시 이 사장님은 멋져~"

"돈이 멋진 거 아니야? 이젠 나가 봐도 되지?"

이정수가 쇼티엔을 바라보면서 말했기 때문에 엉덩이를 들던 쇼티엔이 다시 속삭였다.

"2차 가야만 돼요. 아셨죠? 쟤 도와줘야 하거든요."

"야아!"

이정수가 소리를 질렀기 때문에 놀란 것은 홍란이다.

쇼티엔은 이정수가 같은 말을 여러 번 하는 것을 싫어한다는 것을 안다. 하지만 다짐을 하라는 의미였다.

작은 도시에서 홍란의 처녀를 2만 위엔에 살 사람을 찾는 일은 쉬운 일은 아니다. 더군다나 소개비로 40%를 떼고 주기 때문에 시골에서 처녀들이 오기만 하면 기를 쓰고 2차를 막는다.

2차를 나가는 것에 대한 권한은 마담이 지기 때문에 마담은 좋은 손님을 찾는 것이 자신의 이익과도 부합하는 일이 되는 것이다. 마담은 확보한 아가씨들의 특별 관리를 받는다. 아니면 남자 종업원이 채 가는 경우가 허다하기 때문이다. 그러면 수입은 없는 거나 마찬가지다.

"너도 한잔할래?"

이정수가 홍란을 훑어보면서 물었다. 슬쩍 본 얼굴은 이제 그의 눈 속에서 춤을 추었다. 예쁜 눈에 반반한 얼굴이다.

"제가 따를게요."

"아니다. 받아라."

이정수가 홍란의 잔에 맥주를 따랐다.

잔이 작아 단숨에 마셔야만 한다. 두 번에 마시기에는 너무 작기 때문이다. 그래서 그럴까 홍란이 단숨에 잔을 비웠다. 그러자 이정수가 입을 열었다.

"술 잘 마시냐?"

"아니요. 언니한테 배웠어요."

언니란 마담을 이야기하는 것이다.

홍란의 양 볼에 보조개가 생기면서 붉게 달아올랐다. 그 모습이 귀엽다고 생각한 이정수가 다시 술을 따르면서 물었다.

"두렵지 않니?"

이제 홍란의 얼굴은 홍당무가 되었다. 그렇게 붉은빛을 띨 수 있다는 것이 신기할 정도라 생각했다.

"두렵지 않니?"

김국진이 후펑을 불러 속삭였다. 김국진은 이정수가 아가씨를 찾자 즉시 전화를 걸었고 후펑이 이내 노래방에 나타났다. 쇼티엔이 홍란을 데리고 이정수의 방에 들어간 바로 다음이다.

"두렵긴? 왜?"

"몰라 묻니? 이 사장 중국에도 꽤 발이 넓다."

"누가 어쩐대?"

"인마 조심해야 하는 일이라는 뜻이다."

"알았어."

"어떻게 하려고 하는데?"

김국진이 근심 어린 얼굴로 물었다. 하지만 후펑은 대답 대신 빙그레 웃을 뿐이다. 그러자 김국진이 다시 입을 열었다.

"오늘은 어쩔 건데?"

"그냥 살피러 온 거다. 왜? 맘 변한 건 아니지?"

"그냥 애처로운 거 같더라. 정말 사랑한 것 같아!"

김국진이 슬픈 표정을 짓자 후평이 가소롭다는 듯이 혀를 끌끌 차면서 말을 받았다.

"그래야지! 그래야 하고말고."

"무슨 뜻이야?"

"술에 떡이 됐다며? 그리고 아가씨를 찾았고."

"그게 무슨 상관이야?"

"넌 설명해도 모른다."

"잘났다!"

"인마, 그게 왕자인을 죽도록 사랑한다는 의미인 거야. 아니?"

김국진이 눈을 껌벅이자 후평이 다시 말을 이었다.

"잘되어 가고 있는 일이다. 징조가 좋아요! 형."

후평이 진지하고 끈적끈적한 미소를 얼굴에 그렸지만, 김국진은 어딘지 모를 두려움이 엄습해 오는 것만 같아 불안하기만 했다. 그런 김국진의 맘을 눈치라도 챈 것일까? 후평이 입을 열었다.

"사랑은 아파 봐야 성숙하는 거라고요. 그러니 염려하지 마시라고!"

"말은 잘한다. 그게 네 생각이지 이정수나 왕자인의 생각은 아니니 문제지!"

"문제는 무슨 문제? 문제를 낸 사람은 아무도 없어. 공연히 답을 찾으려는 애매모호한 행동은 금물이야. 아니?"

후평은 "아니?"를 혀를 길게 끌면서 발음했기 때문에 김국진은 코미디의 한 장면이 떠올랐는지 키득키득 웃고야 말았다.

후평도 왜 김국진이 키득거리는지 알았기 때문에 같이 웃고야 말았다.

후평은 나이도 어린 것이 항상 말이 짧다고 김국진이 생각했지만 개의치는 않았다.

그리움이 밀물처럼 밀려온다.
모든 것을 걸어서라도 왕자인을 찾아 나서야 하는 것인지 아니면 자기 자신을 스스로 태우면서 타락시켜야 하는지 고민이 되었다.
그런 고민을 한다는 자신이 미웠다.
아직도 감정이 현실을 저울질한다는 생각이 들었기 때문이다.
모든 것을 접고 왕자인을 찾아 나서야 한다는 생각과 현재 상황으로 그러한 결정을 하지 못하는 자신의 행동이 오버랩되면서 자신의 모습이 마치 괴물처럼 떠올랐기 때문에 방황하고 있는 것이다.
차경욱과 헤어진 후 단 한 번도 여자를 찾지 않았었다.
새로운 만남이 진전되어 사랑으로 매어지고 또 싫어하는 과정을 거치지 않을까 두려웠다.
"미치겠군!"
이정수는 호텔방을 나서면서 가벼운 신음을 냈다.
어제저녁에 얼마나 많은 술을 마신 것인지 어떤 상황에서 호텔에 든 것인지 도무지 그 처음을 찾지 못한 까닭이다.
어젯밤, 술을 찾아 주점 노래방에 들어섰고 마담 쇼티엔의 부탁으로 한 여인을 옆에 앉히고 술을 마셨었다.
홍란이라고 했었다.
여인이란 표현이 성숙한 여자를 뜻하는 것은 아니다. 그런 취지라면 소녀라는 표현이 맞는지도 모른다. 하여튼 쓸데없는 농담들을 주고받으면서 마셨었다. 아니, 마신다기보다는 부었다는 표현이 맞을는지도 모른다. 처음엔 48도 바이주로 시작하여 맥주를 걸치고 양주로 종목을 바꾼 것까지 그리고 같은 양주가 두 병째 들어온 것까지 정수의 기억에 남아 있다.

현실을 잊고자 찾은 술집이었다면 굉장한 성과를 얻은 것인지도 모른다.

한밤의 고통으로부터 왕자인을 잊을 수 있었던 것이기 때문이다.

그래서 많은 사람이 술집을 전전하는 것인가? 현대의 많은 사람은 너무 많은 정보 속에서 완벽한 삶을 영위하려 하는지도 모른다. 망각을 잊고 모든 것을 기억하는 삶들은 완벽한 삶을 영위하는 것일까?

현실의 문제가 자신이 인위적으로 해결할 수 없는 벽과 같은 경우엔 그저 문제를 잊고 싶을 때도 있다. 그렇지 않으면 자신을 지탱할 힘마저 지키기 어려울 테니까.

정수가 그랬다.

어떻게든 현실을 잊을 수 있다면 잠시라도 잊을 수 있다면 자신을 타락시키면서라도 잊고 싶었다.

사십이 넘어 늦은 나이에 찾은 행복이 이렇게 아무런 대책도 없이 끝을 맞아야 한다면 그것은 재앙이라 생각되었다.

차라리 오지 않아 경험할 수 없는 것이라면 이렇게 슬프고 황당하고 괴로워하지 않았을지도 모른다.

사람들은 아침이면 후회를 하면서도 왜 술을 마시는가? 많은 사람이 적절한 음주를 하는 것은 아닐 것이다. 마시면서도 생각한다. 아침이면 부대낄 텐데……. 하지만 술을 마신다. 여건상, 분위기상 그런저런 변명을 스스로 만들면서 마시고 또 취한다. 그런 의미로 본다면 지금의 정수가 그랬다. 어떠한 변명을 만든다는 것이 아니라 어느 날 갑자기 후회할 수도 있다는 생각을 하면서 한편으로는 자신을 핍박하고 자신을 스스로 괴롭히고 싶은 것이다. 홍란에게는 미안한 맘이지만 어쩔 수 없었다고 애써 위안했다.

'어떻게 찾아야 하지? 이렇게 애를 태우면서도 찾아볼 방법을 깊게 생각하지 않은 것은 아닐까?'라고 생각한 정수가 핸드폰을 꺼내 들었다. 그리고는 서둘러 자판을 두들겼다. 이윽고 귀에 익은 남자의 목소리가 수화기를 타고 흐른다. 김국진이다.
"예, 사장님! 국진입니다."
김국진은 긴장했다.
머릿속에서는 후평의 얼굴이 나타났다가 사라진다.
"그래 어디니? 한번 보자!"
흥분한 것인가? 정수는 하나의 질문과 자신의 의견을 동시에 밝혔다.
"예, 회샵니다. 어디 계신데요?"
김국진도 대답과 질문을 동시에 했다. 이정수가 한 것처럼.

이정수는 핸드폰을 접고 호텔 로비에 있는 차관(茶倌)으로 향했다. 후평과의 관계를 안 것인가 하는 엉뚱한 생각에 잠시 걱정을 했는데 다행이라 생각했다.
차관은 홍차나 녹차 혹은 푸얼차(普洱茶)를 우려내 주는 찻집이다.
커피전문점을 찾기 어려운 것이 중국의 현실이다. 이정수가 있는 중국의 작은 소도시에서 커피 전문점을 찾는 것은 가당치 않다는 것을 잘 알고 있었다.
이정수는 커피를 즐겨 마시기에 원두커피를 내려 마실 수 있는 커피 추출기를 회사에 갖출 정도다.

이정수는 구차하게 회사에서 왕자인에 관한 이야기를 나누고 싶지는 않았기에 호텔의 차관으로 김국진에 전화로 나오라 한 거다.
김국진은 이정수와 전화를 끝내고 곧장 자리에서 일어섰다.
어제저녁엔 녹초가 되어 나갔다는 이야기를 쇼티엔을 통하여 들었다.
이미 후펑도 쇼티엔을 통하여 보고를 받았을 거다. 후펑이 그런 사실을 알고 있다는 것은 그런 생각을 할 만하기 때문이다.
쇼티엔이 후펑에게 이정수와 관련한 정보를 제공하고 있었다는 것도 처음 안 일이다. 거기까지 생각이 미치자 어쩌면 후펑도 쇼티엔과 잠자리를 같이했었을 수 있다는 생각까지 들었다.
술집의 마담이야 언제든지 자신을 버리고 이익을 위한 행동을 할 수 있다는 생각이 들자 자신은 무슨 연유로 같이 잠을 잔 것인지 궁금해지기 시작했다. 그렇다고 대놓고 물을 수는 없는 노릇인데……. 질투가 났다.
한 여자를 취하고 그 여자가 다른 남자와 잠자리를 같이했다는 것을 알고 질투를 하는 것은 당연한 일이라 생각하기까지 했다.

"어서 오십시오."
김국진이 깜짝 놀란 것은 그만큼 깊게 생각을 했다는 증거다.
호텔의 직원이 출입문을 열어 주면서 인사했다. 하지만 전혀 반가운 얼굴이 아니다. 말은 찾아 주어 환영한다고 했지만, 습관적인 수사일 뿐이라고 얼굴에 쓰여 있다. 김국진은 인사를 하지 않고 로비를 가로질러 차관으로 향했다.
"어서 와라."
차관의 문을 밀고 들어오는 김국진을 바라보면서 정수가 말했다. 일

그러진 얼굴이다. 숙취가 심하다는 것을 말하고 있었다.

"이른 아침에, 웬일이세요. 사장님."

김국진의 의례적인 인사다. 하지만 그 말속에는 어제저녁 홍란과 같이 잤는데 왜 혼자 차관에 내려와 있냐는 의미까지 담겨 있는 것이다. 당연히 이정수도 김국진이 한 말의 의미를 알고 있다.

"홍란은 아직 잠에 빠져 있다. 속이 쓰리다. 차 한 잔 마시고 해장하러 가자! 우선 앉아라."

정수가 앞의 의자에 눈짓했다. 앞의 의자로 앉으라는 의미다.

차를 우려내 주는 복무원 아가씨가 얼른 의자를 빼 주었고 국진이 자리에 앉으면서 입을 열었다.

"무슨 일이 있으신가요?"

국진의 말이 느리다. 자신의 의중을 들키고 싶지 않음을 애써 감추려는 것이다.

이런 행동을 정수는 다 알고 있다.

"너는 알고 있을 거로 생각하고 있다. 왕자인을 찾아라."

정수의 말에 힘이 들어가 있었다. 그의 말을 들은 김국진의 가슴이 벌렁거리고 있었다. 하지만 김국진도 말할 수 있는 범위가 아니다.

"……."

김국진의 얼굴이 붉게 물들었다. 이를 눈치챈 이정수가 얼른 말을 이었다.

"가자."

이정수가 자리에서 일어났으므로 김국진도 얼떨결에 의자에서 엉덩이를 일으켜 세웠다. 갑작스러운 정수의 행동으로 차를 따르던 복무원이 놀란 얼굴을 했다.

김국진이 앞서 나가 이정수의 전용차인 아우디 A6 차의 문을 열었다. 그리고 음식점으로 몰았다.

"저도 전혀 감이 없습니다. 도대체 무슨 일이었는지 말씀해 주시면 좋겠습니다."

양탕을 전문으로 하는 음식점이다.

아침에 문을 여는 음식점은 많지만, 정수가 좋아하는 음식 중 해장으로 즐기는 것이 양탕이라는 것을 잘 알고 있는 김국진이다. 양탕은 양고기를 주재료로 만드는 탕류 음식이다.

"나와 자인 사이에는 어떤 일도 없었다. 다만, 네가 후평에 대하여 알아보고 있다는 것을 왕자인이 알았고 그런 일로 인하여 스트레스를 받았지 않았을까 생각했다. 그래서 당연히 너는 알고 있으리라 생각했다."

이정수가 짧은 신음을 했다.

"저 역시 전혀 감이 없습니다. 저 역시 후평에 대한 조사를 했었지만, 전혀 의심할 여지가 없었습니다."

조용히 숟가락을 응시하던 정수가 고개를 들자 김국진이 말을 이었다.

"사실 진즉에 보고를 했어야 했는데……."

김국진이 말끝을 흐리자 이정수의 눈길이 김국진을 향했다. 그러자 김국진이 다시 말을 이었다.

"알고 보니 후평은 남자를 좋아하는 동성애자였습니다."

"후평이 게이였다고?"

이정수가 놀란 눈으로 김국진을 응시하며 물었다. 아니, 물어보았다기보다는 놀라서 나오는 자연스러운 물음의 표현을 빌리는 반어적 표현일 것이다. 그러나 김국진은 대답 대신 설명을 이어 갔다.

"그래서 후펑의 목소리가 여성의 음색이었고 몸을 치장하거나 액세서리 등을 좋아했던 거 아닐까 생각했습니다."

맞는 말이다. 그는 액세서리를 좋아했고 목소리도 얇아 여성스러운 몸매였고 얼굴도 작은 여성형이다. 하지만 그가 게이일 거라고 생각하지 못한 것은 행동이나 말은 남자들보다 더 남자다운 성격을 지녔다고 생각한 때문이기도 했다.

"확실한 정보냐? 후펑이 게이라는 것 말이다."

정수가 뒷말을 얼버무리자 국진이 즉시 말을 이었다.

"확실합니다. 후리엔이나 쇼티엔이 확인해 줬습니다. 아직 수술하지는 않았지만 지금 돈을 준비하고 있다고 합니다. 확실합니다. 돈을 모으면 태국에 가서 수술한답니다."

김국진의 말은 힘이 있었고 무게가 있었다.

이정수는 휴우 한숨을 내쉬었다.

김국진은 왕자인의 거처나 현재 상황을 알고 있을 거라고 생각한 것이다. 그 한숨 속에는 아쉬움이 담겨 있었을 것이다. 하지만 겉으로 그런 표현을 할 일은 아니라 생각한 이정수가 입을 열었다.

"내가 후펑이 게이라는 사실을 알고 있다는 말을 누구에게든 할 필요는 없다. 알겠지?"

'내가 이곳을 떠나는 것만이 내가 살 길이야!'

후펑의 협박이 계속되자 왕자인은 이곳을 떠나야 한다고 생각했다.

후펑이 게이라 할지라도 그는 남성의 성기를 가진 엄연한 남자이고 그에게 당한 일도 있기에 그가 게이라는 사실도 인정할 수 없었다.

중국에서 여자 나이 삼십이면 결혼이 여의치는 않다는 것이 일반적인 생각이라 여겼다.

어렵사리 좋은 사람을 만났고 짧은 시간 그와 생활했지만 행복했다. 아니, 이 세상에 태어나서 처음으로 행복이라는 단어가 나에게도 어울릴 수 있음을 알았다.

그러나 지금은 그를 떠나야 한다.

이 행복이 영원하기를 바라지만 영원할 수 없다 할지라도 맘속에 간직할 수 있다면 후회하지 않을 것이라 생각했다.

왕자인이 펜을 들었다. 그리고 남편이나 다름이 없는 이정수에게 쪽지를 남겼다. 그리고는 간단히 짐을 싸고 서둘러 집을 나섰다.

수중에는 이정수가 아버지에게 드리라고 준 1만 위엔이 있었다.

바로 보내 드리지 않은 것은 후평의 협박에 망설이고 있었기 때문이다. 그러던 차에 이런 결정을 한 것이다.

"정수로부터 돈을 우려내기 위해서는 임신을 가장해야 해. 그래야만 자인을 믿게 될 것이고……."

후평의 말이 끝나기도 전에 자인이 쏘아붙였다.

"아니, 돈이 필요하면 빌리면 되잖아. 내가 어떻게든 빌려 볼게. 그렇게 하자."

"자인이 너 웃긴다. 내가 왜 돈을 빌려. 빌리면 갚아야 하잖아. 난 그럴 맘이 전혀 없거든."

후평이 누런 이를 드러내며 실실 웃었다.

자인은 후평과 대화가 되지 않는 사람이라는 것을 알았다. 아니, 그날 후평이 덮쳐 왔던 일이 있었던 날 알았어야 했다.

게이가 어쩌다 남성성이 살아나 실수한 거라 생각했다.

조용히 덮고 싶었다.

빨리 후평에서 벗어나면 될 일이라 생각했다. 앞으로 아무 일도 없다면 다 좋은 일이라 생각했다.

후리엔이나 쇼티엔도 모르는 일이다. 그러나 후평은 집요하기만 했다. 그가 왜 돈이 많이 필요한 것인지 모를 일이다. 치장에 신경을 쓰는 편이기는 했지만, 시골에서도 부유한 편인 그의 아버지가 매달 5천 위엔이나 보내 준다고 들었는데 무슨 돈이 그리 많이 필요한 것인지 이해되지 않았다.

"넌 왜 그렇게 돈을 많이 쓰는데? 도대체 어디에 쓰는 거야. 남자 친구라도 생긴 거니?"

자인이 쏘아붙였지만 날아온 것은 후평의 날카로운 손이었다. 뺨이 얼얼하다 못해 불이 난 것처럼 화끈거렸다.

자인은 크게 놀랐고 굳게 입을 닫았다.

"너는 시키는 대로 하면 돼. 나는 명령하고 너는 따르고, 그러면 아무 일도 없는 것처럼 지나갈 수 있어. 알았지 누나?"

후평의 이야기는 "노예처럼 살아야 해!"라고 말하는 것처럼 들렸다. 그러나 대꾸하지 않았다. 다시 그의 매서운 손맛을 볼 필요는 없다고 생각한 것이다.

"어디 가나요?"

이씽의 고속철 역사에서 자인이 표를 사려는 것이다. 판매원이 상냥한 표정을 지었다. 이른 아침이어서일지도 모른다.

"상하이."

자인이 퉁명하고 간단하게 대답을 했다. 일반적일 때와는 사뭇 다른 대화 방식이다.

"몇 시?"

이번에는 청도 역무원인 판매원이 퉁명스럽게 묻는다.

"가장 빠른 표로 주세요."

왕자인이 정신을 차린 것인지 상냥하게 대답을 했다.

상하이에서 일하고 있는 친구를 찾아가려는 것이다. 아직 전화도 하지 않은 상황이지만 우선은 출발하려고 한다.

표를 손에 쥐자 두 뺨으로 눈물이 주르르 흘러내렸다. 하지만 소리 내어 울지는 않았다.

검표기를 통과할 때 검표원이 야릇한 눈길을 주었지만 개의치 않았다.

왕자인이 차에 오른 후 자리에 앉자마자 눈을 지그시 감았다.

"사랑해."

이정수가 고르지 못한 호흡을 가다듬으면서 말했다. 자연스럽게 사, 랑, 해로 단절된 음으로 울려 나왔다.

"나도 사랑해요. 죽을 만큼요."

왕자인은 한 음절 한 음절이 저음과 고음으로 갈려 나왔다. 절정으로 흐르고 있음을 방증한다.

제주도의 이호태우 해수욕장과 빠알간 등대가 아름답게 한눈에 들어오는 작은 호텔이다.

왕자인의 눈에서 눈물이 흘러내렸다. 일 년도 되지 않는 짧은 만남이었지만 이렇게 끝내고 싶지는 않았다. 모든 일이 꿈만 같았다.

후평과의 그날의 일이 없었다면 당당히 맞서고 싶은 맘이었다. 하지만 이정수 씨에게는 아플 그날의 기억을 전할 수는 없다고 생각했다. 이것은 여자의 운명이라 생각했다. 눈을 질끈 감자 더 많은 눈물이 주룩 흘러내린다.

"아버님이 편찮으시다면 다녀와야 하잖아요. 한 번 다녀오세요."

"아뇨. 병원비만 보내 드리면 돼요. 내가 간다고 더 좋아지는 것도 아니고, 동생이 둘이나 있으니……."

"언제 시간을 내 결혼 등기를 해야 하지 않겠어요?"

"결혼식을 올리고 싶어요. 정수 씨만 괜찮다면요."

"나는 제주도에서 올리고 싶어요. 당신의 결혼식에 참가하고자 하시는 모든 분을 제주도로 초청하고 싶거든요. 제주도는 비자가 필요 없으니 편리할 수 있어요."

"어휴, 그 비용을 대면서 우리 결혼식에 올 사람은 얼마 안 돼요."

"아니요. 난 그런 의미가 아니고……. 비행기를 전세 내면 좋을 거라고 생각했어요. 인원수에 맞추어 비행기를 전세를 내면 금액이 그리 많이 드는 것은 아니거든요."

"에이, 그런 말도 안 되는 이야기는 하지 마세요."

마치 꿈을 꾸는 것만 같았다.

결혼식을 올리고 결혼 등기를 하지 않은 것이 다행이라는 생각을 했지만 흐르는 눈물을 주체할 수는 없었다.

앞으로의 계획도 없다.

우선은 이정수 씨를 지키기 위해서는 그를 떠나야 한다는 생각만이 뇌를 지배할 뿐이었다.

한편으로는 후펑과 그날 있었던 일들이 정수 씨에게 알려지는 것 자체가 억장이 무너지는 일이라 생각했다.

후펑의 협박이 결혼 후에 일어나지 않은 것이 도리어 다행이라는 생각을 했다.

왜 이런 일들은 여자가 책임져야 하는 일인지 억울한 생각이 없는 것은 아니었다.

중국에서의 강간은 생명을 담보해야 하는 큰 사건이고 만약 공안에 신고한다면 어떤 일들이 발생하는가를 잘 알기에 그런 용기를 낼 수가 없었다.

이정수의 얼굴에 오버랩되면서 후펑, 후리엔, 쇼티엔, 국진의 얼굴이 잠시 떠올랐다가 사라졌다.

두 눈에서는 여전히 눈물이 그칠 줄 모르고 흐르고 있었지만 닦으려 하지도 않았다. 인생 자체가 허무하다는 생각을 하고 있는지도 모르겠다.

왕자인이 꿈처럼 과거를 회상하고 있다.

마치 꿈을 꾸고 있는 것은 아닌지 현실 감각이 거의 없다. 그냥 감각적으로 움직이는 것만 같았다. 핸드폰의 배터리는 집에서 나오면서 이미 분리한 후다.

"사장님 이제 잊으시는 게 좋지 않을까요?"

김국진이다.

왕자인이 사라진 후 석 달이나 지났다.

벌써 해가 지나고 봄이 다가오는 어느 날이었다. 그동안 국진은 이정수의 부탁으로 아니 명령으로 자무쓰에도 다녀왔고 왕자인의 알고 지내던 많은 사람을 만나 봤다. 하지만 어느 누구도 왕자인의 소식을 들은 사람은 없었다.

일부러 감춰 줄 수 있겠지만 그럴 이유는 없다고 김국진은 생각했다. 만약 그들이 숨겨 줘야 했다면 그것까지 확인할 수는 없는 노릇이다.

"아직 난 그를 잊을 준비가 안 되었다. 그리고 자인이 날 떠난 이유도 모른다. 어떻게 잊을 수 있겠니?"

이정수는 긴 한숨을 내쉬었다.

애석함과 그리움이 묻어 있었다.

흰머리도 더 늘어난 것 같았다. 그리움이 사무치면 흰머리가 늘어난다고 하더니 이정수에게 어울리는 말 같았다.

"사장님! 잊을 준비가 안 되었다면 고민이나 걱정은 접어 두시고 기다려 보는 것이 어떨까요? 그냥 일상으로 돌아가야 합니다."

그동안 정수는 왕자인을 찾기 위하여 무진 애를 썼다. 하지만 아무런 효과를 얻을 수는 없었다. 돈도 꽤 많이 썼다.

왕자인의 부모님에게 전달한 돈도 몇십만 위엔은 된다.

경비도 그의 몇 배는 될 거다.

사람을 찾아 준다는 업체에도 많은 돈을 지급하였기 때문에 김국진으로서는 아깝다는 생각을 한 적이 한두 번이 아니다.

중국에서 사람을 찾아 준다는 것이 가능이나 한 일일까 생각해 본다면 로또가 연속해서 몇 번이라도 맞는 일이나 다름이 없을 거라고 생각했다.

거의 불가능하단 이야기다.

"돈이야 벌면 된다. 하지만 지금 내가 하는 행동들은 지금 해야만 가능한 일들이기도 하다. 나중이라도 후회가 없기를 바라는 마음일 수도 있다. 그러니 참으라는 이야기는 사양한다."

시간은 흐르는 것이고 그 시간 속에는 나도 함께하는 것이고 자인도 함께하는 것이려니, 각자 떨어져 있지만 같은 시공간에 존재하는 것이기 때문에 때를 기다리는 것인지도 모른다. 다만 그때를 좀 더 앞으로 당기고자 노력할 따름이다. 그것은 내가 영원히 영면할 시간이 다가오면 다가올수록 더하는 마음일지도 모른다. 언젠가는 만나게 될 거야 하면서 나태한 맘을 먹는 것은 사치이며 변명에 불과하다고 생각했다. 왕자인을 사랑하기 때문에 그렇다고 생각하는 것은 당연하다고 여겼다.

계속해서 이정수는 왕자인을 찾는 일을 멈추지는 않았다. 시간은 무심하게 흘러 해가 바뀐 지 오래다.

벌써 여름이다.

그동안 바뀐 것이 있다면 이정수가 자주 술집을 찾는다는 것과 홍란과 같이 자는 횟수가 늘어나고 있다는 것이다. 왕자인을 생각하면서 그 반동으로 나타나는 행동은 아닌가 생각할 수 있겠다.

"사장님과 홍란은 어떻게 돼 가고 있어?"

김국진이 쇼티엔에게 물었다.

김국진도 회사의 일로 바빠 오랜만에 쇼티엔을 만나 같이 저녁을 먹는 중이다.

이정수도 같이 와야 했지만, 이정수는 한국에서 찾아온 손님이 있어 같이 나갔다.

"요즈음엔 일주일이 멀다고 찾아와 홍란만 찾아. 그냥 조용히 술만 마시고 나가."

"홍란은 같이 안 나가?"

"왜 아니겠어? 늘 같이 나가지. 팁도 많이 준다고 하더라고."

"그래, 다행이네! 요즈음은 왕자인 이야기를 하지 않더니 다 생각이 있었네?"

김국진이 쇼티엔의 얼굴을 살폈다. 무슨 이야기라도 있을 거라는 생각에서다. 그는 직감적으로도 안다. 쇼티엔이 다른 무엇이든 알고 있다고 생각한 거다.

"음, 사장님이 후펑에게 거액을 줬다고 하더라고. 알고 있어?"

쇼티엔이 "무심한 듯 알고 있지?"라는 표정으로 말했지만, 김국진은 처음 듣는 소리다.

"아니, 왜? 무슨 일이 있었어?"

"사흘 전인가? 후펑이 찾아와서 나한테 이야기하더라고, 아무 말 없이 봉투를 주더래. 아마도 소문을 들은 거 같아."

순간 김국진의 얼굴이 붉게 물들었다. 하지만 쇼티엔은 눈치를 채지 못한 모습이다.

"무슨 소문?"

김국진이 정색하며 물었지만, 음성이 가늘게 떨려 나왔다. 하지만 쇼티엔은 무심하게 대답한다.

"후펑이 게이라는 것을 알게 된 거 같아."

"그건 사장님도 알고 있는 일인데? 다른 뭔가가 있겠지."

"맞아. 후펑이 수술을 하려고 돈을 모으고 있다는 것을 알고 도와준 거로 생각해. 그렇지 않고는 후펑에게 돈을 줄 일은 없지 않겠어?"

김국진은 잠시 뜸을 들였다가 말을 이었다.

"사장님이 후펑을 달갑게 생각하지 않았는데, 다른 계기가 있는 것이 아닐까?"

김국진이 의미심장한 표정으로 물었지만 쇼티엔은 두 어깨를 가볍게 올리면서 전혀 모른다는 표정이다. 그러자 김국진이 다시 입을 열었다.

"후리엔은 어떻게 지내고 있어?"

후리엔은 후펑의 친누나이다. 얼굴은 예쁘지만 신장은 작은 편이다. 술집에서 왕자인 앞에서 사장님한테 꼬리를 쳤던 기억을 한 김국진이 물었다. 김국진이 그렇게 생각한 것은 하루가 지난 오전에 김국진에게 물었던 내용을 기억한 탓이다.

"국진아. 홍바오로 521위엔을 달라는 의미가 뭐냐?"

"네에? 주는 의미이지 달라는 의미는 아닌데요? 워아이니? 사랑한다. 뭐 그런 뜻으로 이야기합니다. 하지만 다 수작입니다."

"그럼 달라는 의미는 사랑을 달라는 거야? 뭐야 그게."

김국진도 그 광경을 봤었다. 그때 후펑과 속삭였던 기억도 있지만, 그땐 사장님이 후리엔에게 관심이 있나 하는 오해를 했었다. 그렇게 보였기 때문이기도 했다.

"근데 왜 후리엔에게 친절하게 홍바오를 두 번이나 보내고 그랬어요?"

"임마, 내가 보낸 것이 아니고 후리엔이 그렇게 누르라고 한 거야, 인마. 그런데 어떻게 안 된다고 하겠니? 그럼 후리엔이 얼마나 무안하겠어. 그래서 어쩔 수 없이. 관두자. 내가 변명하는 것이 어쩐지 궁색하게 느껴진다."

"후리엔은 요즈음 잘나가. 드디어 즈사호 대가(紫砂大家)를 만났어. 명성이 있고 돈도 많은 늙은이. 그래서 후펑도 그 대가 밑에서 기술을 연마한다고 하던데?"

"……."

김국진이 눈만 껌뻑이자 쇼티엔이 다시 말을 이었다.

"원래는 직원으로 들어갔는데 이 늙은이가 꼬신 거 아니겠어?"

"꼬신 게 아니고 후리엔이 꼬리를 쳤겠지!"

"그럴 수도 있겠지? 아무렴 어때? 잘된 일 아니야? 늙은이가 그렇게 젊은 예쁜 여잘 어떻게 만나겠어? 후리엔도 경제적으로 어려운데 도움을 받으니 상부상조하는 거 아니겠어. 안 그래?"

쇼티엔이 웃으면서 이야기했지만 김국진의 얼굴이 순간 굳었다가 피었다.

"남자는 늙었어도 돈만 있다면 젊고 예쁜 여자를 얻을 수 있다는 말로 들린다?"

김국진의 말을 듣던 쇼티엔이 정색을 하면서 말을 받는다.

"아니, 당연하지 않아? 중국에서 그런 일들이 한둘이 아닐 텐데? 거기에 권력이 있으면 더 좋겠지. 마누라가 아홉 명인 사람도 있다고 하던데? 그런데 생각해 보라고 여덟 명의 마누라들은 뭐지? 다 그를 인정한다는 거 아니겠어?"

"……."

김국진은 결국 입을 닫았다. 언제인가 그런 이야길 들은 적이 있기 때문이다. 하긴 북경에 알고 지내는 형도 아내가 넷이라고 했다.

7

꿈 그리고 회귀

　이런 일들이 있은 후 이정수는 중국에서 일들을 정리하고 한국으로 돌아갈 계획을 실행으로 옮기고 있다.
　왕자인이 그의 곁을 떠난 지 1년이 지났다.
　요 몇 개월이 웬일인지 정신적으로 더욱 어렵다고 생각했다. 매사에 힘이 없고 마치 꿈이 없는 사람과도 같았다. 꿈을 꾸지 않는 사람은 결코 꿈을 이룰 수 없다. 꿈은 미래에 다가가는 원천이며 꿈을 꾸는 사람만이 사회의 일원이 될 수 있다고 생각하는 사람이 이정수였다. 하지만 요즈음 그는 꿈이 없어진 듯 행동했다.
　왕자인이 떠난 후 확연히 그의 행동이나 언어가 바뀐 것은 틀림이 없었으나 요즈음 그가 그랬다.
　이정수는 자신이 직접 관여하던 회사들을 정리하기 시작했다. 지분이나 기술특허사용료를 정리하는 것은 아니다.
　직책을 갖고 있는 회사의 직책을 정리하는 거다. 직책을 내놓으면 지급되던 생활비는 없다. 당연하다.

이정수의 의지에 따라 변호사가 선임되고 일을 정리하기 시작한 지 며칠, 이정수가 떠나갈 날이 다가오고 있다.

김국진에게는 그가 보유하고 있던 한 회사의 주식을 넘겼으며 홍란에게는 자가용을 한 대 사 주었다. 집을 새로 구하라고 꽤 두꺼운 봉투도 줬다. 홍란이 자가용 영업을 통하여 살아갈 수 있게 도와준 것이다. 작은 집을 사 주겠다고 이정수가 제안했지만 홍란은 결사코 자가용을 원한 것이다. 집을 보유한다고 그녀가 살아갈 수 있는 뾰족한 방안은 아니라 생각한 때문이다. 생각이 기특하여 별도로 봉투를 준비한 거다.

후리엔은 집을 받은 후 팔아서 자가용을 사는 것이 더 유리한 방법이라고 홍란에게 방안을 제시하였지만 홍란은 그렇게 하지 않았다.

중국에서의 십수 년의 생활을 정리하고 떠난다는 것이 결코 쉬운 결정은 아니었지만 그렇지 않으면 죽을 것만 같았다.

이정수의 마지막 선택지는 한국밖에 없다는 것을 스스로 결정한 것이고 그런 결정을 한 이정수는 신속하고 부단하게 밀어붙였다.

이정수는 한번 결정이 어렵지 결정한 순간부터는 무서울 정도로 밀어붙이는 성격이다. 그런 연유로 정수의 나이 만 마흔넷이 되던 해 가을 중국을 떠났다.

많은 세간을 주변에 나누어 주고 아주 작은 물품들만 이삿짐으로 보냈다. 반드시 휴대하기로 한 몇몇 물품들만 가방으로 챙겨 국진과 같이 공항으로 떠났다.

김국진이 모는 차는 이정수가 운행하던 차량 중 한 대로 오래된 차이지만 아끼던 차다. 브랜드로는 유명도가 떨어지지만 활용하기 유리한 상무용 뷰익이다.

이정수가 몰던 차는 한국으로 보냈다. 옅은 하늘색 아우디다.
중국에 정상적으로 투자와 경영이 이루어진 회사이기 때문에 이삿짐으로 분류하여 한국으로 보낼 수 있었던 거다.

이정수가 한국을 떠난 지 정확히 15년 만에 한국으로 귀국했다. 영원히 중국에서 살겠노라 했었고, 죽어서도 뼈를 중국에 묻겠다던 그였지만, 허무하게도 그런 자신과의 약속은 지켜지지 못했다.
어쩌면 자신과 한 그런 약속들은 아픔을 잊기 위한 마음을 다잡으려는 방편이었을지도 모른다. 자신과의 약속은 때에 따라서 지키고 싶은 욕망을 대변하기도 한다.
그에게는 깊은 상처가 있다는 뜻일 수도 있다.
공항에는 늘 연락하던 이정수의 유일한 친구인 최경호가 나왔다. 둘은 한동안 부여안고 눈물을 뿌려야만 했다. 수많은 인파가 둘을 응시하며 지나갔지만 개의치는 않았다. 얼마간의 시간이 흐르고 가슴이 진정되자 서로의 얼굴을 확인한 후 다시 끼어 앉으면서 정수가 속삭였다.
"너 고생 많았구나!"
"너도 그래!"
많이 늙었다는 의미일 거다.

그의 차를 몰고 마중을 나왔다. 현대의 구형 소나타다. 실내가 꽤 넓은 편이지만 많이 낡았다는 느낌이 물씬 드는 것은 어쩔 수 없다.
"야, 이거 굴러가기는 하는 거냐?"
"음. 아마도 천안까진 갈 수 있을 거야."
"그럼 됐네. 가다가 서는 불상사는 없겠지."

우리는 곧장 천안으로 향했다. 이정수가 살 집이 천안이기 때문이다. 천안으로 정한 것은 이정수이지만 천안의 집을 구한 것은 최경호다.

공항을 출발한 차는 고속도로로 진입하여 막힘없이 달린다.

도로변의 잘 다듬어진 논에는 금물결로 장관이었을 벼들이 사라진 것을 증명이라도 하듯 하얀색의 새 비닐로 둘둘 말려 있는 마치 드럼통 같은 것들이 흩어져 널브러져 있었다. 아직 정리가 안 된 것은 아닐까 생각했다. 좋은 시절을 영원히 보낼 것 같지만 우리네 인생이 고민과 번민이 동반하고 마침내는 아무런 쓸모없는 한 줌의 흙으로 변하고 마는 것처럼 말이다. 좋은 시절 마다하고 소먹이로 전락한 볏짚단들이 속살을 감추고 널브러져 있는 것만 같았다.

그간 못다 한 이야기들을 나누다 보니 만남의 광장 휴게소를 지나고 있다. 곧 천안 톨게이트일 것이다.

"여기가 자네 집일세!"
"사진으로 본 것과 다르지 않은데? 고생 많았네. 자네가."

최경호의 차가 천안으로 진입한 후 대형 병원인 단국대병원을 지나 조금 더 진입한 후 한가로이 작은 마을을 지나치며 미끄러지듯이 어느 한 집의 대문으로 들어갔다. 리모콘을 누르니 대문이 스르르, 열렸.

한동안 빈집이었다더니 잘 정리되지 않은 정원이 눈에 들어왔다.

2층의 건평 45평 건물로 대지는 150여 평이라고 했다. 넓은 평수는 아니어도 알맞은 넓이라 생각했다.

"커튼은 아직 달지 않았어. 자네가 골라야 할 거 같아서, 가구나 전자기기들은 가능하면 좋은 것으로 준비했고, 저기 서랍 속에 집문서가 있으니 나중에 확인해 보시게. 거기에는 정산서도 있으니 살펴보고."

최경호가 주절주절 떠들어 댔지만, 이정수는 가슴이 먹먹함으로 정신이 없었다. 그도 그럴 것이 15년여 만에 돌아와 자신의 집을 맞았으니 당연한 결과인지도 모를 일이다. 한국을 떠날 때는 빈손이었으니 먹먹할 일이다.

"귀국을 그리고 자네의 집에 입주를 환영하네."

최경호가 먹먹한 가슴을 깨웠다. 집을 구하고 등기며 가전이며 세간들을 준비하느라 고생이 많았을 것이다.

"고마워. 자네가 정말 고생했네! 우리 술 한잔해야겠지?"

"당연하지. 막걸리 못 마셔 봤지? 그래서 막걸리로 준비했다네."

경호가 양문형 냉장고를 열고 주섬주섬 막걸리와 안주를 끄집어내 식탁을 채워 나갔고 정수는 그런 광경을 물끄러미 바라만 보았다.

"형. 이러면 안 되는 거잖아. 범법행위라고!"

"야, 인마! 네가 뭘 안다고 그래."

"나도 알 만큼은 알아요. 아무리 감춘다고 해도 드러날 수 있다는 것을 알아야 한다고요."

이정수는 형과 말다툼을 하고 있다.

그의 형 이름은 이춘광. 둘의 관계는 아버님이 교통사고로 사고로 돌아가시기 전 입양한 이정수로부터 시작된다.

대전의 보육원에서 자라던 이정수는 어머니와 아버지의 사랑으로 입양되어 형을 만나게 되었다.

이정수 나이 일곱이던 해 어느 봄날이었다.

양부모를 만나는 것은 보육원의 생활을 청산하게 되는 날이기도 했기 때문에 흥분되어 밤잠을 설친 기억이 새롭다.

형 이춘광은 이정수가 입양되어 들어온 초기부터 매우 친절했고 동생을 많이 도와주던 형이었다.

친하게 지냈고 자상하고도 배려심이 많은 형이었다. 하지만 이정수가 중학교에 입학하고 공부를 잘하는 아이로 성장하면서 질투심이 더해지고 시기심이 많아지더니 관계가 악화되었다.

매사가 불만이었고 걸핏하면 쥐어박기 일쑤였다.

이정수는 쥐어박으면 쥐어박는 대로, 고자질을 하거나 모함을 당해도 말없이 모두를 받아들였다. 오죽했으면 고등학교 때는 일부러 모든 과목의 시험에서 낙제점을 받기도 했으나 그런 행동이 형을 만족시킬 수는 없었다.

어쩌면 정수가 장난을 친다고 생각했을 수도 있다.

부질없는 일이라 생각했다.

어머님은 언제나 다정했으며 무슨 일이든 상의하고 협의했으며 어린 정수에게 어른 대하듯 말씀하셨다. 정수가 존경하던 어른이었다.

그런 행동들 모두가 형은 불만이었겠다는 것을 나중에야 알았지만 한번 틀어진 관계를 회복한다는 것은 결코 쉬운 일은 아니었다.

결국, 정수가 군에 입대한 후 아버님이 불의의 교통사고로 유명을 달리하고 난 후 보험금 처리 문제와 관련하여 크게 다툰 후 더욱 틀어지게 되었다. 이때는 어머님도 어쩔 수 없는 사이라는 것을 직감하셨을 거다.

이춘광은 아버님의 사망 보험금으로 사업체를 인수했고 그 회사는 한방 의약품 제조하는 회사였다.

이정수가 군을 예편하고 나왔을 때 그는 잘나가고 명망이 있는 사업가였다.

지역사회에서는 더욱 그랬다. 학교 동창회에서 돈 잘 쓰고, 향우회에서 돈 잘 쓰는 사업가로 동창회장이나 향우회장 등을 지냈을 정도이니 명성이 있을 만도 했을 것이다. 하지만 그를 옆에서 지켜본 사람들은 그의 참모습을 보고 난 후 세 부류로 나뉘게 된다.

그중 한 부류는 그의 주변에 서성이면서 빌붙어 사는 사람이다. 적어도 빌붙어 사는 사람은 보살펴 주는 성격이 있기 때문이다.

두 번째 부류는 그의 곁을 과감히 떠나는 사람들이다. 그를 통해서는 자신의 미래를 볼 수 없다는 것을 아는 사람들이라 할 수 있겠다.

세 번째는 이도 저도 아닌 부류다. 우선은 입에 풀칠이라도 해야 하니까 우선은 살아가야 하니까 따라가는 부류들이다.

"내가 인마 뭘 감춰!"

이춘광이 악을 썼다. 얼굴이 붉게 달아올랐고 안구가 커진 것으로 알 수 있는 일이다. 그의 눈 속에는 많은 정보를 담고 있는 인간이다.

"왜 모르겠어요? 도난 사건! 화재 사건! 왜 기억에서 지우셨나요? 보험회사의 친구분은 아직도 잘 계신가 모르겠네요?"

순간 이춘광의 입술이 가늘게 떨렸다. 붉게 달아올랐던 얼굴이 창백한 얼굴로 바뀌었다. 그러나 노여움은 더한 극치로 올라가고 있었다.

"이런 쥐새끼 같은 놈~"

이춘광이 재떨이를 집어 들었다. 이정수를 노려보며 소리쳤다.

"이 씹새야. 할 말 다 했으면 꺼져 버려! 족보도 없는 놈 키워 줬더니 이제는 막되어 버린 후레자식이 다 됐네. 이 쥐새끼 같은 놈아!"

이춘광이 악다구니를 썼다.

"맞아요. 이 후레자식은 꺼져 버리겠습니다. 내가 쥐새끼면 아버님도 쥐새끼였을 테고, 그럼 당신은 쥐새끼를 잡아먹는 개새낍니다."

드디어 이춘광은 정수를 향하여 손에 들고 있던 유리로 된 재떨이를 냅다 집어 던졌다. 하지만 이정수는 가볍게 피하면서 야릇한 미소를 뿜었다. 가소롭다는 뜻일 게다.

"쥐 잡아먹는 개새끼는 복날을 무서워해야 합니다. 아시겠어요?"

이정수는 사장실의 문을 힘차게 열고 나가면서 이춘광을 향해 던진 말이다. 전혀 흥분한 표정은 아니다. 정수는 그랬다. 화가 나면 날수록 차분해지는 성격이다. 화가 나면 웃는 얼굴, 흥분하면 저음의 톤으로 느릿느릿 말하는 성격 어떤 때는 무서울 정도의 인내력이 있는 사람이다.

이정수가 악몽을 꾸었다.

한국으로 돌아온 첫날 밤, 여지없이 트라우마 속에 빠지고 만 것이다. 밤새워 악몽을 꾼 것만 같았지만 흐릿한 광경이 많았다.

냉장고 문을 열고 생수병을 꺼내 뚜껑을 열고 병 채로 벌컥벌컥 들이마신 정수는 깊게 한숨을 내쉬었다. 이마에는 송골송골 땀이 맺혀 있었다. 최경호는 아직 잠에 빠져 있다.

여명은 아직 창문에 걸려 있는 시간이다. 창문을 통해 들어오는 햇볕을 통하여 무서리가 내린 것을 알았다.

이름 모를 나무의 꼭대기에서는 태양 빛에 서리가 녹아내려 물로 변하여 밑으로 느릿느릿 흘러내리면서 나무 아래의 서리들을 점령하고 있었다.

그것은 마치 우리 인간사에서도 많이 보는 광경이라 생각했다. 힘이 있는 자들은 휘하의 모든 이들이 자기 생각과 같이 행동하고 자신의 의지를 따라 행동하는 로봇이 되기를 바란다.

당연하다고 생각한다.

그들은 결코 다름을 인정하지 않는다. 그러다가는 결국 자신의 세계에서 헤어 나오질 않는다. 아니, 헤어 나올 생각조차 하지 않는다.
 이미 길들여지고 습관화된 탓이다.
 이들은 주변에 자신을 따르는 사람이 없는 것을 참지 못하고 도리어 두려워하기까지 한다.
 그를 따르는 사람들은 거의 습관처럼 그를 지지하고 따르는 것이다. 그들 또한 그가 없는 것을 무서워하고 두려워하는 것은 매한가지인 것이다.
 이미 그들은 공생의 길에 접어들었기 때문에 주변의 평가는 염두에 두지 않는 것이다.
 권력이 있다는 인간들과 그런 인간들 사이에서 벌어지는 현상은 대부분 그렇다고 생각해도 좋을 것이다.

 "일어났어?"
 얼마나 지난 시각일까? 양지바른 화단에서 모든 서리가 사라질 무렵 최경호가 눈을 비비면서 거실로 걸어 나오면서 아침 인사 겸 한 말이다. 이미 일어난 것을 알았다는 의미이기도 하다.
 "잘 잤냐? 그런데 너 술 많이 세졌네!"
 최경호가 소파에 엉덩이를 디밀자 이정수가 작은 소리로 말했다.
 "세월의 한파가 다 그렇게 만들었다."
 한숨을 푹 내쉰 최경호가 눈길을 창가로 보내면서 말을 받는다.
 "우리 해장은 해야 하겠지?"
 이정수가 최경호를 바라보면서 말했다. 그 말인즉 아침을 어떻게 할 생각이냐고 묻는 것이나 다름이 없을 것이다. 최경호도 그 의미를 잘 알았다.
 "난, 아직 술이 덜 깬 상태다. 그냥 집에서 먹자! 대~ 충."
 최경호가 대충이라는 단어를 길게 늘여서 말했다. 그러자 이정수가 그 말을 받았다.

"그러자. 대~충! 그런데 네가 준비하는 거다. 난 바깥 공기 좀 쐬고 들어오마!"

이정수가 소파에서 일어나자 경호가 한마디를 거든다.

"너무 멀리 가지는 마. 혹시 아니? 집을 못 찾아 고생할지!"

"미친놈. 내가 애기냐?"

둘은 실없이 웃었다. 어쩐지 애들 대화 같다고 생각한 때문이다.

멀리 경부선 고속도로가 좌에서 우로 흐르고 있다. 아마도 왼쪽이 서울 방향일 거다. 숲이 우거지고 집 아래로 몇몇 집들이 보인다. 그중엔 새로 증축한 모습의 집도, 오래된 것 같은 집들도 있다. 그 옆으로는 붉은 살을 드러낸 대지가 보였다. 새롭게 개발되는 동네로 보인다. 개발이라기보다는 증축 혹은 개축이라는 것이 맞을 수도 있다. 넓고 큰 개발 단지는 아니라는 의미이다. 뒤편으로는 산이었기 때문에 얼른 보기에는 이 동네에서는 가장 높은 그곳에 있다는 생각을 했다.

화단에는 이름 모를 조경수와 나지막한 꽃들이 심겨 있었다. 정수는 철 대문을 밀치고 나와 살짝 걸쳐 놓았다. 문이 완전히 닫히면 돌아올 때 문을 쾅쾅 두드려야 할지도 모른다고 생각한 것이다. 핸드폰부터 개통해야겠다고 생각했다.

"요즈음 후평이 안 보이던데, 어디 갔는지 알아?"

김국진이 쇼티엔이 근무하는 술집에서 물었다. 술집이라고는 하지만 어쩌면 노래방이라 부르는 게 더 어울린다고 할 수 있다. 이름이 주바(酒吧)이니 술이 우선일 테니까 그렇게 생각해도 될 일이다.

"몰라. 후리엔도 모른다고 하더라고. 어쩜 알면서도 모른다고 할 수도 있겠다는 생각은 들지만. 내 생각이 그렇다는 것이고…….”

쇼티엔은 장황하게 대답을 했다. 왠지 그냥 모른다고 이야기하지 않고 길게 대답한 내면엔 조금이라도 알고는 있지만 아직 말할 순 없다는 의미가 내포되어 있지는 않을까 생각한 김국진이 좀 뜸을 들인 후 말을 받았다.

"장량은 알고 있지 않을까?”

"어쩌면? 둘은 친구 사이니까.”

쇼티엔이 심드렁한 말로 대답을 했지만 달가운 목소리는 아니었다. 하지만 목소리에 하울링이 있다는 것을 김국진은 놓치지 않았다.

"그런데 갑자기 왜 후평을 찾아? 무슨 일 있어?”

표정을 바꾼 쇼티엔이 김국진을 똑바로 바라보면서 물었다. 그 말 속에는 의심스러운 눈길이 포함되어 있다는 것을 아는 김국진이 몸을 잠시 움츠렸다가 기지개를 켜는 시늉을 하면서 말을 받았다. 변명을 할 수 있는 시간을 벌기 위한 수작이다.

"알았어! 내가 찾아보지 뭐. 이정수 사장이 물어보더라고, 연락이 안 된다고…….”

김국진이 말끝을 흐렸다. 하지만 김국진의 입에서 이정수 사장의 이름이 나오자 입을 닫았다.

쇼티엔은 적지 않은 도움을 이정수 사장으로부터 받았다. 단지 김국진과 사귀는 사이라는 이유에서일 거다. 아니면 홍란을 소개해 준 이유일까? 어쨌든 그랬다.

"쇼티엔, 왜 이렇게 풀이 죽은 모습인가?”

김국진이 정수의 명령을 받고 왕자인을 찾으러 자무쓰로 떠난 날 이정수가 쇼티엔이 근무하는 술집을 찾았고 그때 이정수가 쇼티엔의 힘이 없는 모습을 보면서 다정한 목소리로 물었었다. 그때는 집을 옮겨야 할 즈음으로 부족한 돈을 구할 수 없었던 쇼티엔이 김국진에게 사정했지만, 그 역시 자금 사정이 어렵기는 마찬가지인 시기였기 때문에 쇼티엔을 도와줄 상황은 아니었다.

"왜 국진이 말썽을 피우는가?"

쇼티엔이 말없이 맥주를 따르자 물끄러미 바라보던 이정수가 물었다.

"아닙니다. 별일 아니에요. 잠시 고민되는 일이 있어서요."

"얼마나 필요한데 그래?"

"네에?"

쇼티엔이 놀란 얼굴을 하면서 이정수를 바라보았다. 정말로 놀란 얼굴이다.

"젊은 애들이 사랑과 관련한 싸움이 아니면 돈과 관련된 문제겠지. 다른 뭐가 있겠어? 사업자금을 말하는 것은 아니겠지?"

이정수의 말에 다시 놀란 얼굴을 한 것은 쇼티엔이었다. 그러나 이정수가 다시 입을 열었다.

"왜 고향의 부모님이 편찮으신가?"

이정수가 술잔을 비우면서 한 말이다. 하지만 쇼티엔은 말없이 다시 비운 잔을 채운다.

"알았다. 밥이나 먹으러 가련다. 오늘은 일찍 쉬어야겠다."

다음 날 이정수는 직원을 통하여 봉투 하나를 쇼티엔에게 보냈다. 그 속에는 2만 위엔의 돈과 메모가 있었다.

힘내시고 이 돈이 도움이 됐으며 좋겠네! 국진과는 비밀이고~ 부담되면 다음에 벌어서 갚아도 됩니다. 정수.

"누나! 나 어디 다녀올게. 시간이 좀 걸릴 거 같아."

후펑이 누나인 후리엔과 식사를 하면서 갑자기 던진 말이다. 하지만 리엔은 후펑의 얼굴을 빤히 바라보면서 물었다.

"돈은 준비한 거니?"

"응, 다음에 만나면 언니라 부를 거야. 오늘이 누나로서는 마지막 날이야."

누나인 후리엔의 얼굴에 눈물이 주르륵 흘러내렸다. 하지만 울음소리는 내지 않았다. 회한의 눈물이어도 좋다.

후펑이 자라는 과정을 옆에서 보아 왔을 누나 리엔의 속 타는 감정을 억누르면서 말하지 못했던 감정의 그 밑을 끌어 올리게 된 것이다.

후리엔은 생각이 많아졌다. 어쩌면 그의 인생에서 가장 힘든 결정일지도 모른다는 생각을 했다. 어느 결정이든 자신의 운명에 어느 정도의 변화를 이끈다 생각한다. 그 결정이 설령 작은 결정이라도 변화는 있게 마련이다. 하지만 자신의 성을 바꾼다는 것은 큰 변화를 일으킬 것이다.

자신의 운명을 스스로 바꿀 수 있다는 것은 이런 일 말고 또 있을 수 있을까? 인간이 스스로 자신의 운명을 결정할 수 있다는 것은 참으로 인정하기 어려운 영역에 속한다 할 것이다. 신의 영역에 대한 도전이라 할 수 있는 커다란 사건인 것이다. 정말 이렇게 큰 운명의 변화를 스스로 만들 수 있다는 것이 가능하다는 것이 믿기지 않는다. 같은 현상들이 세상에 존재하지만 바로 내 가족 중에 일어나리라고 생각하는 사람은 많지 않을 거다.

"언젠가는 네가 실행에 옮길 거라고는 생각하고 있었어. 하지만 진작 듣고 보니 가슴이 미어지는 거 같아. 하지만 누나는 펑펑을 응원해 알지?"

가볍게 떨리는 후리엔의 목소리에 여태껏 참아 왔던 후펑의 눈에서도 눈물이 흘러내렸다. 하지만 슬픈 얼굴은 아니다. 지금껏 준비했던 일을 시작하는 첫걸음의 시작에 불과한 것이고 희망에 찬 내일이 기다리고 있다고 생각했기 때문에 어쩌면 기쁨의 눈물일 수도 있겠다.

"누나 고마워. 내일이면 떠날 거야! 누구에게도 당분간은 비밀로 해 주면 좋겠어. 왠지 그러고 싶어."

"알았어. 잘 버티고, 잘 치료하고 와~"

리엔의 목소리가 가늘게 떨리고 있었다. 그리고 식당을 나섰다.

"펑펑, 누나가 한번 안아 보자!"

후리엔이 후펑을 불러 세웠고 후펑은 천천히 걸어와 누나 후리엔을 안았다. 서로는 어깨를 토닥거려 주었다.

"여기 조금밖에 준비하지 못했어. 도움이 돼 주려고 했는데 아직은 많이 부족해. 미안하다 펑펑아!"

후리엔은 준비한 봉투를 후펑의 윗주머니에 찔러 주었고 후펑은 거부하지 않았다. 아직 어려운 처지에 있다는 것을 알고 있었지만 거부한다면 누나가 더욱 힘들어할 거라는 것을 알기 때문이다.

"고마워, 누나. 이번이 누나라고 부르는 마지막이라는 거 알지?"

후리엔은 다시 후펑을 끌어안았다.

이정수는 대학을 졸업하고 대학원에 입학한 후 모 제약회사에 입사하였다.

이정수의 꿈은 대학교수였고 스포츠의학과 스포츠 정책을 연구하고 공부하고자 하였다. 그리하여 영어는 물론 일본어도 열심히 공부하던 와중이었다. 공부만 하고 싶었지만, 대학 때 융자받은 통장이 많아 더는 곤란하다는 것을 안 후 직장을 잡아야 한다고 생각하여 입사지원서를 냈는데 덜컥 합격한 것이다.

 스포츠의학에 관심이 많았기 때문에 제약회사를 다니는 것도 도움이 될 거라는 막연한 생각도 있었던 것은 사실이다.

 4개월 동안 대학의 약학과에서 배우는 전 과정에 대해서 집중 교육을 받은 신입사원들은 희망 부서를 신청받아 배속되었는데 이정수는 영업부를 신청하였다. 약학대학이나 의과대학을 나온 사람들을 대상으로 영업을 한다는 것에 매력을 느꼈기 때문이다.

 영업이란 매월 영업 목표가 있으며 맡은 지역에서 열심히 한다면, 처음은 힘이 들겠지만 한번 길을 닦아 놓으면 그렇게 어렵지 않게 목표를 달성할 수 있을 것으로 생각한 때문이다.

 물론 회사의 배려로 대학원은 일주일에 두 번 갈 수 있었다. 다만 조건으로는 영업 목표를 달성하여야 한다는 전제가 있었다.

 이정수가 다니는 회사는 한국에서도 명성이 있는 회사로 본사가 디지털단지역 부근에 있었고 공장은 병점역 부근에 있는 중견 기업이었다.

 돈이 안 되는 병원의 수액제를 많이 공급하는 회사였다. 일찍이 사회 환원을 한다고 하여 이름이 난 회사로 병원에서는 인기가 제법 많았다.

 이런 회사의 명망은 영업사원이 영업하는 데 유리한 조건이 되는 것이다.

 이정수가 영업을 하면서 영업 목표를 단 한 번도 달성하지 못한 달은 없었다. 오히려 목표를 한참 초과하여 달성함으로써 과의 선배들이 나무랄 정도였다.

 하지만 형인 이춘광과의 문제로 어머님의 부탁을 거절하는 과정에서 사직할 수밖에 없는 상황이 되었다.

 한국을 떠나기로 한 까닭이다. 마침 다니던 대학원도 졸업을 하였기 때문에 가벼운 맘으로 회사에 사직서를 제출하게 되었다.

"정수야. 네가 잘못이 없다는 것을 이 어미는 잘 안다. 하지만 네 형은 우리 가족의 기둥이나 마찬가지야. 가장이라고……. 허니 네가 형을 찾아가 무릎을 꿇고 잘못했다고 빌어야 한다. 알겠지?"

절에서 보살로 계시는 어머님을 찾아가 문안 인사를 할 때 하신 말씀이다. 절의 보살이란 절에 기거하면서 청소나 음식을 만들거나 스님들을 공양하는 사람을 말하지만 처사라고 부르기도 한다.

형 이춘광과 다툰 지 겨우 사흘이 지난 날이었다. 어떻게 어머님이 알게 된 것인지… 어머님이 이춘광 앞에서 무릎을 꿇고 빌어야 한다고 구체적으로 말씀하시는 것으로 보아 알 만한 사항이라 생각했다.

보육원에서 정수를 바라보는 그윽하고 사랑이 넘치는 그런 눈빛은 아니었다. 어딘지 모를 슬픔이 진한 갈색의 눈 속에 드리워 있다고 생각했다.

어머니의 눈은 진한 갈색이다.

이정수가 어머니의 말씀을 듣고 거의 울음기가 가득한 얼굴로 그의 엄마를 바라보자 어머니는 얼굴을 돌렸다.

"어머님 죄송합니다. 그럴 수는 없어요. 그런다고 바뀌는 것은 전혀 없습니다."

정수는 참던 울음을 터트리며 말했다. 하지만 조용하고 차분한 목소리다.

"그래야만 한다. 반드시 그래야만 한다. 알겠지."

어머니는 다그치다시피 다시 말씀하셨다. 하지만 이정수는 굽히지 않았다. 이정수의 어릴 때의 행동과는 전혀 다른 반응에 이정수의 어머님이 놀란 눈치다. 잠시 뜸을 들인 어머니의 말씀이 다시 이어졌다.

"다 안다. 정수야! 너의 잘못이 아니라는 것을 잘 안다. 하지만 때로는 억울해도 참고 이 엄마의 말을 따라야 할 때도 있는 거야."

어머님의 말씀은 강단이 있는 목소리로 전달되었다. 하지만 이정수는 즉답했다.

"어머님, 저는 결코 그럴 수는 없어요. 어머님은 잘 모르세요. 지금까지 제가 참아 왔고 어머니의 사랑을 알기에 죽은 듯이 있었거든요. 하지만 제가 무릎을 꿇고 빌어야 할 정도의 일들은 결코 없었고 그러면 안 된다고 생각해요. 저는 그럴 수 없어요."

이정수는 울부짖듯이 말했다. 하지만 형 이춘광의 비리를 말하지는 않았다. 그것은 어머님에게는 충격일 것이고 모르고 사시는 것이 도리어 어머님의 건강에 더 좋다고 생각했기 때문이다.

"정수야, 나는 너를 사랑한다. 알지? 하지만 네가 그럴 수 없다면 네가 우리 곁을 떠나거라. 네가 있어 가정이 깨질 수 있다면 어쩔 수 없는 선택이라 생각한다. 미안하다. 정수야!"

어머님의 눈에서 눈물이 흘렀다.

어미님 말에는 힘이 있었고 강한 어조로 다가왔다.

이정수는 어머니로부터 이런 강한 어조의 말을 들어 본 적이 없으므로 깜짝 놀라지 않을 수 없었다.

"제가 더 많이 생각해 보겠습니다. 그간 안녕하시고 건강하셔야 합니다."

이정수는 인사를 마치고 나오는 길에 얼마나 울었는지 모른다.

절로 향하던 몇몇 스님과 보살님들이 의아하게 바라보았지만 누구도 말을 붙이지는 않았다.

이젠 자신의 길을 가야만 한다는 생각에 지난 모든 일이 한꺼번에 밀려들어 와 감당할 수 없었다. 지금껏 도와주신 어머님을 미워하진 않을 거라는 것은 분명했다.

다니던 회사에는 사직서를 제출했다.

회사에 미안한 일이지만 어쩔 수 없는 상황이라고 자신을 위로했다.

가능하다면 누구를 미워하고 원망해 보지는 않았기에 형이 밉다거나 원망한다는 의미가 아닌 하나의 인격체로서 불쌍하다는 생각이 앞섰었지만, 이제부터는 미워하고 원망해도 좋겠다는 어리석은 생각이 들기도 했다.

"라오궁(老公), 전화 왔어요. 한국인 거 같아요."

쇼티엔이 주방에서 아침을 준비하다가 거실에 있던 핸드폰이 울리자 김국진에게 소리쳤다. 김국진은 쇼티엔이 한국인 거 같다는 소리에 벌떡 일어나 거실로 뛰어나왔다.

"김국진입니다."

국진이 헐떡이는 가슴을 진정시키면서 전화를 받았다.

"그래. 잘 있니? 나 정수다."

"아이구 사장님. 안녕하셨습니까?"

반가운 목소리다. 기다리고 있었다는 의미다.

"그래. 별일 없지? 왕자인의 소식은 있냐?"

이정수는 김국진이 자무쓰(佳木斯)에 간 것을 알고 있어 결과를 알고 싶은 거다.

"왕자인의 동생들도 만났고 부모님도 만나 봤습니다. 그런데 도리어 자인의 소식을 묻던데요?"

"……."

정수가 대답하지 않자 국진의 말이 계속되었다.

"왕자인 부모님께 사장님이 주신 돈은 전달해 드렸습니다. 한사코 받지 않겠다는 바람에 실랑이가 좀 있었지만, 전달은 해 드렸습니다."
"수고 많았다. 전화번호 찍혀 있지? 이게 내 번호다."
"내 찍혀 있습니다."
전화기를 슬쩍 살펴본 국진이 대답했다. 그러자 이정수가 말을 받았다. 힘이 없는 목소리다.
"알았으니 이만 끊자. 무슨 일 있으면 연락하고, 종종 안부도 전해 주고 알았지? 참 쇼티엔한테도 안부 전해 주고."
이정수는 전화를 끊었다. 경호와 같이 시내로 나가 전화를 개통한 후 첫 전화였다. 최경호가 이정수가 귀국하기 전에 전화를 개통해 놓고자 했지만, 정수의 이름으로 개통할 수 없어 하는 수 없이 전화나 인터넷 등을 개통할 수 없었기 때문이다.
옆에서 듣고 있던 경호가 말을 거들었다.
"무슨 일이 있는 거니?"
"별일 아니야." 이정수는 그다지 설명하고 싶지 않았기 때문에 대답이 짧았다. 경호도 정수의 짧은 대답은 말하기 싫다는 의미인 것을 알기에 더 묻지는 않았다.

"장량을 만나 봤는데, 장량도 후평이 어디 갔는지 모른다고 하던데?"
김국진이 이정수의 전화를 받고 나서 쇼티엔한테 한 말이다. 묻지는 않았지만, 김국진은 쇼티엔의 눈치를 살폈다. 그러자 쇼티엔이 커다란 눈을 한 후 김국진을 바라보았다.
"자기가 자무쓰에 간 다음에 내가 알아봤는데 태국에 갔대."
"뭐? 태국? 태국엔 왜? 여행?"
김국진이 놀라서 한 번에 몇 가지의 질문을 쏟아냈다. 결국은 왜 갔냐는 거다.

"자긴 몰랐어? 후펑이 게이였잖아."

"알지~ 왜 모르겠어. 후펑이 나한테 말했는데."

국진은 태국과 게이를 연결하지 못하고 있었다.

"태국이 그 분야의 수술로 인기가 있다고 하더라고, 태국에는 게이가 많다던데?"

국진이 놀란 눈으로 쇼티엔을 바라보았다. 정말이냐는 눈치다.

"후리엔이 말한 거니 맞지 않겠어?"

"정말?"

"정말!"

김국진은 아직도 믿을 수 없다는 표정이다.

"그리고 이번 집 이사하는 데 쓰라고 사장님이 돈을 주고 가셨어. 자기한테 말하지 말라 했는데……."

"그랬니?"

김국진이 다시 놀란 눈을 하자 쇼티엔이 다시 입을 열었다.

"있잖아. 사장님이 수술비에 보태 쓰라고 후펑한테 20만 위엔이나 주고 가셨다고 하던데?"

"뭐라고? 정말이야?"

김국진이 또 놀란 눈으로 바라보자 쇼티엔이 다시 입을 연다. 김국진이 놀라는 모습이 재미있다는 표정이다. 쇼티엔도 놀란 일이니 당연한 결과라 생각했던 일이다.

"후펑이 많이 울었다고 하더라고. 리엔이 말하더라고."

"수술하는 부담이 있었나? 아깝다고 생각했나?"

김국진이 말을 해 놓고 히죽 웃었다. 그런 김국진의 모습을 본 쇼티엔이 핀잔하는 눈빛으로 말을 받았다.

"그런 게 아니고요~ 사장님이 그렇게 자신을 생각해 줄 줄은 전혀 몰라서 감동받지 않았겠어?"

쇼티엔이 정색하면서 말을 하자 무덤덤하게 듣고 있던 김국진이 입을 삐죽이면서 말을 받았다.

"그 녀석이 잘도 감동하겠다."

김국진이 비아냥거리듯이 말을 받자 쇼티엔도 발끈했다.

"이젠 그 녀석이라 하면 안 되지 않겠어?"

"야! 너도 이미 알고 있었다는 기분이 드는데 이 기분은 뭐냐?"

"여자들도 비밀은 있다는 거 알기는 알아?"

"참도 비밀을 잘~ 지킨다."

김국진이 말을 비틀어 말했으므로 쇼티엔의 얼굴이 붉게 물들었다.

최경호가 돌아간 후 덩그러니 집에 돌아와 소파에 앉은 이정수는 왕자인을 생각했다.

오랜 기간 만난 사이도 아니고 오랜 기간 같이 생활한 사이도 아니지만 처음 만나 사랑을 나누고 그 사랑이 깊어지면서 삶의 깊이가 깊어진다고 느낄 즈음 갑자기 자인이 사라진 것이다.

아무리 유추하고 돌이켜 생각해도 아무런 근거를 찾을 수 없기에 더욱 걱정되고 그리운 것이다.

한편으로는 무탈하기만 했으면 하는 바람도 없지는 않았고 한편으로는 욕이라도 해 주고 싶은 감정이 교차하고 있었다.

어디가 잘못된 것인지 어떠한 문제가 있었던 건지 찾고자 하였지만 끝내 그 처음을 찾지는 못했다. 이정수는 메모지를 꺼내 펜을 굴렸다.

〈당신을 사랑하고 있어요.〉

스치듯이 만났지만 서로 사랑했습니다.
짧은 만남 뒤의 사랑이지만
사랑의 깊이는 너무나도 깊었습니다.
말하지 않아도,
눈길만 보아도,
표정만 보아도,
우린 서로의 마음을 읽을 수 있었습니다.
하지만 지금은 안타깝기만 합니다.
혹시 당신은 내 맘을 읽을 수 있나요?

어디에 계시든지 난 당신을 사랑합니다.
쉽게 떠나야 했다면,
쉽게 이별을 생각해야 하나요.
말하지 않아도 될,
눈길만 보내도 알,
표정만 보아도 읽을 수 있을 텐데.
하지만 지금은 기다리는 시간인가요.
기다리면 반드시 돌아올 거라는 믿음이 있어요.
혹시 당신이 내 맘을 읽을 수 있나요?

  술이라도 마셔야 할 것만 같았다. 그렇지 않는다면 내일을 기다린다는 고통이 너무 심해서 못 견딜 것만 같았다.

냉장고를 연 정수는 수정방(水井坊) 한 병을 꺼냈다. 입국할 때 들고 온 두 병 중 한 병이다. 그리고 맥주잔에 가득 따른 후 병마개를 닫았다.
 한 컵만 마시겠다는 의미일 것이다.
 '이젠 혼자 술도 마셔야 하겠군!'
 혼자서 중얼거리던 이정수는 무심코 거실의 창문을 바라보았다.
 절반보다는 조금 큰 달이 창가에 걸려 있었다. 보름달인가 생각되어 허리를 숙여 살펴보니 상현달 같았다. 아니, 하현달인지도 모를 일이다.
 아무래도 좋다고 생각한 정수는 잔을 들었다. 그리고는 천천히 잔을 비웠다.

 후펑은 공항에서 곧장 호텔로 향했다. 태국 방콕의 팟퐁 야시장 근처에 자리 잡은 만다린 호텔은 4성급 호텔로 중국과 비교해도 괜찮은 편이라 생각한 것은 가격을 고려한 때문이었지만 실상 입주해 보니 이씽의 시설보다는 약간 누추한 편이었다.
 순전히 야시장이 근처에 있으며 가이드도 권고하는 지역이었기 때문에 선정한 거였다. 그동안 스스로 준비한 돈과 이정수 사장이 준 돈이면 수술을 하는 비용으로는 충분하고도 남는 돈이었다. 하지만 마음이 무겁다.
 자신의 가고자 하는 길만을 생각했고 당연하다고 생각했다. 그렇다고 남자로 태어나 남자를 사랑한다는 것이 당연한 것은 아니기 때문이다.
 한때는 자신의 삶을 비관하여 자살을 시도한 적도 있었다. 술에 취하여 커터 칼로 손목을 그었고 욕조에 몸을 담갔고 정신을 잃었다.
 하지만 깨어난 곳은 병원이었다. 누나 리엔의 갑작스러운 방문이 작전을 실패에 이르게 한 것이다. 도저히 실수할 수 없는 계획이라 생각하고 실행한 일이었지만 실패하였다. 그리고 누나와 많은 이야기를 나누었다.

도저히 용기가 나지 않아 부모님께는 상의할 수 없는 것이라고 둘은 생각했다.그리고 둘은 고향 자무쓰를 떠나 멀리 이씽으로 향했다. 이씽에는 후펑의 고향 친구인 장량이 있었기 때문이지 아무런 다른 이유는 없었다.

부모님에게는 즈사호 제작 기술을 배운다고 거짓으로 말씀드리고 당분간 학원 비용을 지원받기로 한 것이다.

후펑의 아버지는 자무쓰의 한 시골의 촌장으로 경제적으로는 무리없이 살 수 있는 조건은 갖춘 상태였기에 가능한 일이었다.

후펑이 그렇게 고향을 떠날 수 있었던 것은 순전히 누나인 리엔의 공로였다고 할 수 있다.

아버지 후샹동은 리엔을 너무나도 사랑했으며 딸의 결정을 무조건 따르고 지지해 주는 사람이었다.

그것은 리엔이 똑똑하기도 했지만, 매사의 결정이 확실하고 정확한 결정을 한다고 믿었기 때문이다.

그렇게 생각하게 된 동기는 촌장 선거 과정에 생긴 비리와 선거관리위원회의 고발 과정에서 어려운 상황이 있었지만 리엔이 나서서 해결한 것이 확실한 동기가 되었을 것이다.

놀랍게도 그것도 리엔이 고등학교 2학년 때의 일이다. 물론 그 일 전에도 리엔을 예뻐하지 않을 수 없는 조건을 갖추지 않은 것은 아니다.

그만큼 사랑스럽고 예쁘고 애교도 많은 딸이었기 때문이다.

죽음과 바꾼 삶이라 생각한 후펑은 자신만을 위한 삶을 살기로 작정하였다.

이미 자신은 새로운 인생을 사는 것이라 여겼다.

지금까지는 자신의 성 정체성을 숨겼고 마음 가는 대로 살아왔지만 이제 자신 스스로 성을 결정하게 될 것이며 자신이 결정한 성에 만족하며 어려움을 헤쳐 나갈 것이라 다짐을 했다.

부모님들이 알면 놀라 자빠질 일이겠지만 든든한 지원군 리엔이 있었다.

어차피 인생은 자신의 것이므로 부모라고 해서 개입할 여지는 없다고 굳게 마음가짐을 다듬었다.

내일부터는 금식이고 모레는 입원해야 한다.

나는 내가 되고 싶으며 나는 여자여야 한다. 굳이 남성과 여성으로 구분을 한다면 그렇다는 이야기다.

'그냥 나는 나를 사랑한다.'

후평은 자신에게 수없이 질문과 대답을 하면서 고민을 거듭하고 있다. 지금의 결정으로 이루어질 미래의 삶에 절대 후회하지 않을 자신이 있으며 행복해질 수 있다는 자기암시를 계속하고 있어야 했다.

오후 4시경 가이드가 찾아왔다. 고향이 산토우라고 했다. 태국에 정착한 지 8년이라고 했지만, 방콕에서만 8년이라 이곳을 벗어나면 아는 곳이 없다고 했다. 부모님은 중국의 문구 전문점을 한다고 했다.

공항에서 이름을 이야기했었는데 잊어 다시 물어야 했고 이름을 다시 들어야 했다. 긴장했다는 뜻일 거다. 장족의 지앙신(姜兴), 그래서 그럴까? 키가 185cm라고 했지만, 살이 없어 훨씬 커 보인다. 나이는 후평보다 두 살이 많았다. 하지만 형이라 부르지는 않았다.

둘은 야시장을 향했다.

야시장은 환상적이라는 표현으로도 부족하다고 할 수 있었다. 분명 중국의 시장과는 다른 느낌 어수선할 것 같지만 질서가 있으며 신선한 수많은 과일과 먹거리는 물론 볼거리도 많았다.

오늘의 주 먹거리는 해산물이다.

자무쓰나 이씽에서도 해산물이 없는 것은 아니었지만 신선도가 떨어진다고 생각했고 가격도 꽤 비싸 편하게 먹을 처지는 아니었기 때문이다.

어차피 병원에 입원하는 기간 아니 퇴원해서도 보름 동안은 통원 치료를 해야 한다고 했으니 해산물을 마음껏 먹어 보리라 맘먹은 탓이다. 술도 한잔하리라 맘먹었다.

눈요기를 충분히 점찍어 둔 해산물 전문점에 자리를 잡았다.

타이 랍스터, 블랙타이거 새우, 굴, 가리비 등이 한 번에 나오는 혼합 코스를 택했다.

한 접시가 아닌 두 접시를 주문했다. 충분히 즐기고 싶었기 때문이다.

"후펑 무리하지 마, 한 접시면 충분하다고 한 접시 먹어 보고 더 주문하면 되지 않아?"

지앙신이 만류하자 종업원이 멈칫멈칫했지만 후펑은 됐다는 손짓을 했음으로 종업원이 만면에 웃음을 띠고 사라졌다.

"난 오늘 충분히 먹고 마시고 취하고 싶어! 다음에 온다는 약속을 하는 것도 어렵다는 거 알잖아. 그러니 오늘은 그냥 먹자!"

후펑이 조금은 미안한 맘에서 지앙신을 바라보면서 말했다. 긴장한 표정이 역력했으므로 지앙신도 더는 말리지 않았다. 이미 종업원이 돌아간 후이기도 했기에 더 이상의 말은 필요치 않았기도 했다.

"술은 내가 낸다."

지앙신은 여태껏 들고 있던 봉투를 탁자 위에 올려놓으면서 봉투를 부욱 찢었다.

"뭐야! 박력이 있는데?"

지앙신이 빙긋이 웃으면서 말을 받았다.

"이 술, 알 만하니?"

지앙신이 술이 담긴 상자를 흔들면서 물었다.

"응. 이건 티엔도우(天道)? 중국 술이야?"

술 포장 상자에는 분명 중국 글로 티엔도우(天道)라는 중국 글이 보였다. 그러자 지앙신이 웃으면서 말을 받았다.

"태국의 브랜디 위스키야. 유명한 술이야. 요놈은 10년 숙성이라 가게에서 사기 어려워서 갖고 왔지. 그런데 왜 중국 글로 이름을 했을까?"

"……."

후펑이 멀뚱멀뚱 지앙신을 바라보았다. 모르겠다는 표정이다.

"……."

지앙신도 멀뚱멀뚱 후펑을 바라보았다. 그러고는 얼마 후 둘은 웃음을 터트렸다. 지앙신도 모르겠다는 의미일 거다. 그러나 지앙신이 입을 열었다.

"나중에 만나면 알려 줄게, 그러니 치료를 잘 받아!"

"치료?"

지앙신이 치료를 잘 받으라고 하자, 후펑이 지앙신을 바라다보았다. 그러자 즉시 지앙신이 말을 받았다.

"그래. 내가 자네의 소식을 듣고 꼼꼼히 생각해 봤어. 나도 이런 경우의 가이드는 처음이거든. 그런데 치료라는 말이 맞는다고 생각해. 신의 오류를 자신이 치료하는 거라고 생각해. 분명 신의 오류라고 생각해! 신이 실수한 거지. 신도 실수는 할 수 있지 않을까?"

"후, 신의 실수를 자신이 치료한다."

"그래 맞아!"

"후우~"

후평이 가늘게 한숨을 쉬었다. 생각이 많다는 의미일 수도 있을 것이다. 마침 주문한 해산물이 나왔고 대화는 끊겼다. 하지만 서로의 눈길이 부드럽게 종업원이 내려놓는 접시를 사이에 두고 부드럽게 마주쳤다.

후평은 자신이 스스로 성을 결정하는 죄의식이 자신을 스스로 옥죄고 있었음을 느꼈다.

이 순간만큼은 지앙신의 표현대로 신의 오류를 자신이 치료하는 것이라고 생각하고 싶었다.

오류는 수정하거나 바꾸어야 한다. 그래야만 이 사회가 건강해지는 거 아니겠는가. 건강한 사회의 일원이 되기 위한 몸부림이라 생각했다.

이 순간만큼은 그랬다.

"편하게 생각해."

지앙신이 부드럽게 말했다. 미안한 맘도 담겨 있는 말투다.

"고마워. 우리 술이나 마시자. 고마워 그렇게 말해 줘서."

후평이 고맙다는 말을 연거푸 했다. 그 고맙다는 표현 속에는 적지 않은 고민과 어려움이 존재했었다는 의미일 거다.

둘은 술에 취했고 밤은 깊어만 갔다. 그렇다고 말이 많은 것은 아니었다.

같이 있지만, 각자의 생각이 많다는 의미일 거다.

가끔 나누는 고향의 이야기나 한류에 관한 이야기 등은 침묵을 지속시키지 않기 위한 서로의 배려일 뿐이었다.

이때 식탁 위에 올려놓았던 후평의 핸드폰이 부르르 떨렸다. 로밍하면서 진동으로 해 놓은 탓이다. 이내 후펑이 핸드폰을 들었다.

쇼티엔이 핸드폰을 집어 들었다. 집에서 휴식을 취하면서 DVD로 중국에서 상영이 금지된 탕웨이(汤唯)와 왕조위(梁朝偉)가 주연한 영화 〈색, 계〉를 감상하는 중이었다.
"응, 홍란~"
쇼티엔의 음성이 부드럽다.
이정수가 귀국하면서 쇼티엔한테 1만 위엔을 준 이후 쇼티엔은 홍란을 대하는 모습이 완연히 바뀐 탓이다.
"언니! 시간 있어요?"
"어딘데? 지금?"
쇼티엔이 동시에 두 질문을 했다. 홍란의 음성이 가늘게 떨리고 있었기 때문이다.
"여기 언니 집 앞이에요."
홍란은 쇼티엔이 물은 두 질문을 한 번에 답했다.
"어서 와. 무슨 일이니?"
쇼티엔이 다시 한 번에 두 가지 질문을 했다.
"이거~"
홍란이 조용히 작은 봉투 하나를 내밀었다.
"이거 뭐야?"
쇼티엔이 의아한 표정으로 봉투를 받아 들었다. 작은 봉투였기에 선물은 아니라고 생각했다.
"뭐니? 이건~"
쇼티엔이 봉투에서 꺼내 든 것은 임신 진단기다.

유심히 살피던 쇼티엔이 홍란의 얼굴을 살폈다. 붉은색의 두 줄이 선명했기 때문이다, 임신이라는 의미다.

"이정수 사장. 이 사장입니다."

쇼티엔은 홍란의 말이 끝나기도 전인 이정수를 생각했다.

왕자인이 사라지고 한동안 술에 찌들어 있었고 술에 만취한 날 홍란을 이 사장과 같이 호텔에 들게 한 기억이 떠올랐다.

순간 머리에서 '위잉' 소리가 났다. 아찔하다는 표현이 맞을는지도 모른다. 아니, 현기증이 났다. 마치 달거리로 갑자기 일어섰을 때 나타날 수 있는 현기증과도 같았다.

"이리 와 볼래?"

쇼티엔은 홍란을 당겨 안으면서 어깨를 토닥거렸다. 홍란이 가늘게 떨고 있었기 때문이다. 그리고 다른 어떤 말이라도 해야 했지만 갑작스럽게 어떤 단어도 생각이 나지 않았기 때문이기도 했다.

"괜찮아~ 괜찮으니 우리 천천히 생각해 보자."

둘은 식탁을 마주하고 앉았다. 그리고 먼저 입을 연 것은 홍란이었다.

"언니 어떻게 하지?"

쇼티엔이 근심 어린 얼굴로 홍란을 바라보았지만 엄숙한 얼굴은 아니다.

"신이 내린 축복일 수도 있다고 생각하자. 누구는 하고 싶어도 못 하는 것이 임신이거든. 아기를 잉태한다는 것은 분명 축복할 일이야. 하지만 합의하거나 협의하지 않은 임신이니 고민해 보자. 네 생각이 우선 중요해~" 자상한 말투다.

이 순간 쇼티엔이 할 수 있는 최선의 말이다.

쇼티엔은 불임 환자였지만 쇼티엔 자신 말고는 누구도 모르는 일이다. 하물며 국진도 모른다. 쇼티엔은 순간 홍란이 '부럽다'는 생각을 한 것이다.

"나는 아직은 잘 모르겠어요."

"네 나이 이제 스물인데~"

쇼티엔이 뒤의 말을 얼버무렸다. 어떻게 하자는 말이나 어떤 의견도 큰 도움은 안 된다는 사실을 알고 있었기 때문이다.

"여보세요? 후펑이니?"

후펑의 핸드폰에서 누나 후리엔의 음성이 흘러나왔다.

"어, 미안. 내가 전화한다고 해 놓고 잊었네."

"그래. 잘 도착했으면 됐어. 그런데……."

후리엔이 뒤의 말을 자르고 묵음의 시간이 흐르자 후펑이 말을 이었다.

"누나. 무슨 일 있어?"

"너 언제 돌아온다고 했지?"

뜬금없는 물음이다. 이미 이씽에서 두어 달 걸린다고 말을 했기 때문이다. 무슨 일이 있다고 확신한 후펑이 채근했다.

"무슨 일인데 뜸을 들이실까? 아니면 나중에 이야기하시든지."

"그래, 물어볼게. 너 왕자인과 연락하고 있니?"

누나의 입에서 왕자인이라는 이름이 나오자 후펑은 몸을 움츠렸다. 왕자인이 사라진 후 많은 생각을 했고 두렵기까지 했다. 아무런 소식이나 연락이 없는 것이 그를 더욱더 두렵게 만들고 있는 것인지도 모른다.

"알지 않아? 전혀."

후펑은 "전혀"라는 말에 힘을 주어 말했다. 없다는 것을 강조하기 위함이다.

"네가 떠난 후 연락이 왔었어. 네가 비행기에 앉았을 시간일 거야 아마도."

"……."

"네 전화 바뀐 거 모르더라. 왜 바뀐 건지 묻는데 나야 모른다고 했지. 네가 일부러 전화번호를 바꾼 것으로 들리던데?"

"……."

"나도 모른다고 이야기해서 다음에 전화하면 알려 주겠다고 했는데, 괜찮지?"

후펑은 왕자인과의 관계를 생각하면서 머리가 아려 왔다. 다음에 왕자인이 전화를 다시 한다면 자신의 전화번호를 알려 주겠다는 것인데 왜 자신한테 다시 묻는 것인지 이해가 되지를 않는다. 알려 주지 말라는 이야길 듣고 싶어 한 것일까? 그렇다고 알려 주지 말라 이야기하는 것은 어렵다고 생각한 후펑이 말을 받았다.

"당연히 되지. 하지만 태국에 갔다고 이야기하진 말아 줘요. 그냥 외국에 여행 갔다고~ 아니면 외국에, 외국에 그냥 갔다고 하면 안 될까?"

후펑이 횡설수설하자 후리엔이 얼른 말을 받았다.

"알았어! 너희들 무슨 금전 관계라도 있냐? 내가 대신 갚아 줄까?"

후리엔은 그렇게 말을 던지면서도 다른 무슨 일이 있을 거라 확신했다.

"됐어. 그런 일 없으니 걱정하지 마시고, 이 사장과는 연락했대?"

후리엔은 후펑 걱정만 했지 이 사장과 연락은 하냐고 묻지 않은 것을 생각했다. 사실 물을 시간도 없이 일방적으로 묻고 그냥 끊었기에 그럴 시간도 없었다.

전화를 끊은 후펑은 가슴이 아려 왔다.

왕자인이 갑자기 사라진 후 자신을 돌아보게 되었고 수술비를 이 사장으로부터 받은 후부터는 더욱더 자신을 되돌아보기 시작한 것이다.

분명 왕자인을 겁탈한 것은 잘못이다. 마지막 자신의 남성성의 흔적을 만들고 싶었던 욕망을 참지 못했고 그것은 자신의 집에서 옷 하나 걸치지 않고 잔 왕자인의 잘못이라 생각하고 있었다.

하지만 이제는 모두 자신이 잘못 생각하고 행동했음을 인지하게 되었다는 뜻이다.

언제 다시 왕자인을 만날 수 있다면 무릎을 꿇고 빌리라, 진정으로 빌리라 마음먹었다. 용서를 받을 수 있다면 좋겠다는 생각을 했다.

"후펑, 이러면 안 돼~ 안 돼~ 안 돼, 안 돼!"

후펑이 악몽을 꾸었다. 아랫배에 통증이 왔다. 수술한 곳의 마취가 풀리고 있었던 거다.

왜 이 시간 자인의 꿈을 꾼 것인가. 불안한 생각이 들었다.

동통을 참기에는 너무 힘이 든 후펑은 비상벨을 눌렀다. 그리고는 쓰러졌다. 통증을 버티지 못하고 기절한 것이다.

완시리 병원. 태국에서 꽤나 유명한 병원이다.

수술의 새로운 기법을 적용하여 여성의 성기를 원형에 가깝게 성형하는 기술로 유명하다. 특히 수술 흉터를 표시 나지 않게 한다거나 클리토리스를 구현하고 질을 현실적으로 성형하는 것은 물론 성감대인 엘스폿까지 구현한다는 소문은 세계적인 전문가로 명성을 날리게 하는 계기가 되었다. 이에 더하여 수술이 완료되고 상처가 아물기 시작하면 정신과 진료를 통하여 새로운 인생을 살아감에 있어 도움을 주기도 했다.

이런 정보들을 통하여 후펑 역시도 완시리 병원을 선택하게 된 것이다.

후펑은 진정한 여성으로의 변화는 불가능하다는 것을 잘 알고 있다.

그러나 불가능한 수술이라 하더라도 여성으로 보이고 여성으로의 역할을 수행할 정도의 성형은 원하고 있다.

여성으로 변화를 원하던 그가 왕자인을 탐했다는 것은 아이러니한 일이다.

"여자는 모르지 정말 모르지~ 남자가 왜 혼자 여행을 떠나는지~"

핸드폰에서 이정수가 좋아하는 노래가 흘러나온다. 방에서 나온 이정수가 핸드폰을 집어 들었다.

아직은 이른 여름이다.

5월 말의 날씨로는 상큼한 바람이다. 그 바람 속에 진한 아카시아 꽃 향기가 묻어 함께 들어왔다.

"여보세요. 이른 아침부터 무슨 일이냐?"

최경호의 전화다.

"야! 시간을 봐라. 지금 8시 반이다. 해가 중천이다."

이정수는 고개를 숙여 하늘을 보려 했으나 보이지 않자 걸음을 옮겨 베란다로 향했다. 아카시아꽃 향기가 더 세게 후각을 후비고 들어온다.

"정말이구나!"

"오늘 저녁 같이할까 하는데 시간이 돼?"

"시간이야 되는데. 무슨 일이냐. 저녁 먹자고 전화를 다 하고?"

언제는 전화하고 만났냐는 이야기다. 의아하게 생각한 이정수가 물었다.

"야! 내일이 네 생일이잖아! 혹시 다른 계획이 있을까 봐 전화한 거지!"

"미쳤냐? 내일이 생일이지. 오늘은 아니지 않냐?"

"그래도 오늘은 전야제 아니냐. 그러니 한잔하자는 이야기지. 애기인

즉슨."

"야~ 거창하게 떠들지 마시고 얼른 뛰어오시지 그래?"

"알았음! 수신 양호!"

"알았다. 술은 네가 준비해라~"

둘은 허허허 웃었고 전화를 끊은 이정수는 핸드폰을 탁자에 던지면서 샤워실로 향했다.

최경호가 초인종을 눌렀다. 이정수와 통화를 한 후 겨우 20분도 지나지 않은 시각이다. 그러나 기척이 없자 몇 번 더 연속해서 벨을 눌러야만 했다.

가운을 걸친 이정수가 스크린을 본 후 대문을 여는 스위치를 눌렀다. 양손에 커다란 비닐봉지를 들고 있었다.

"야, 뭐냐? 뭐 이리 일찍 도착해?"

현관문을 열면서 이정수가 소리를 질렀다. 질렀다는 표현이 맞다. 그만큼 큰 소리라는 뜻이다.

"자네가 튀어 오라고 했잖아. 그래서 용수철처럼 튀어 왔지."

"야아~ 뛰어오라고 했잖아. 튀어 오면 안 되지!"

이정수가 만면에 웃음을 담아 대답했다. 반갑다는 이야기다.

"이렇게 좋은 날씨에 집구석에서 뭐 하냐? 밖에 좀 나다니고 그러지."

슬쩍 눈길을 이정수에게 주면서 최경호가 말했다. 이미 슬리퍼를 신고 주방으로 향하면서 던진 말이다.

"야아. 내가 나갔으면 넌 지금 이 자리에도 없는 거야. 고맙다고 해야 한다고. 알간?"

"알았다~ 고맙다~ 됐냐?"

"진즉에 그럴 일이지!"

이정수가 머리를 빗으면서 동시에 최경호를 따라가면서 말했다. 여전히 반가운 톤이다. 소리는 마음을 담는다고 해도 될 일이다. 서로는 그렇게 말하고 그렇게 알아듣는다. 그들은 친구니까.

"안주는 준비하기 쉽게 회다. 노량진 수산시장에서 떠 온 거야. 물이 좋더라고, 아예 매운탕거리도 같이 준비해 왔어."

최경호가 어깨를 올리면서 말하자 즉시 이정수가 말을 받았다.

"야, 매운탕거리는 회를 뜨고 나면 나오는 건데 뭘 준비하셨다고 으스대시는지 몰라?"

이정수가 핀잔 비슷하게 톤을 높이자 이번에는 최경호가 다시 반격을 가했다.

"그러게~ 다 이유가 있지 않겠어?"

"그럼, 새우……."

이정수가 "새우"라고 말하는 동시에 최경호가 한마디를 더하였다.

"낙지?"

낙지까지 더 준비했다는 이야기다. 이정수는 해산물 매운탕에는 새우와 낙지가 포함되는 것을 즐겼었다. 아니, 둘 중 하나라도 빠진 매운탕은 먹지도 않았다. 그것을 알고 있는 최경호가 둘을 준비하지 않을 수 있겠는가.

"그런데 술을 아직 준비하지 못했는데, 나 좀 나갔다 와야겠다."

이정수는 말하면서 방으로 들어갔다. 옷을 갈아입으려는 거다. 이내 현관문이 열리면서 한마디 했다.

"뭐 더 필요한 거 없냐?"

"있어~ 네가 필요한 거 없냐?"

"있어. 있으면 마늘~"

이정수는 이미 알겠다는 현관을 나섰고 이내 현관문이 닫히는 소리를 냈다. 조용히 닫힌다.

식탁에는 푸짐하게 생선회가 차려졌다. 이미 최경호가 차려 놓은 것이다. 매운탕도 가스레인지에서 끓고 있었다. 최경호는 이정수가 준비해 온 마늘을 한 수저 매운탕에 넣으면서 말했다.
"좋은 세상이다. 이렇게 다진 마늘 다 파는 세상이니까."
"좋은 세상이지!"
최경호가 자리에 앉으면서 거들었다. 자리에 앉기 전에 가스 불을 작게 조절하는 것도 잊지 않았다.
"그래, 한 잔 하자~"
이정수가 소주잔을 채웠고 둘은 잔을 부딪쳤다. 그러나 건배라는 말은 하지 않았다. 서로 눈빛만 교환했을 뿐이다.
"우리 이젠 오십이다! 세월 참 빠르지? 자네가 귀국한 지 벌써 5년이나 지났다. 아니?"
최경호가 이정수를 바라보면서 뜬금없이 말했다. 이미 세 번째 잔을 비운 후다.
"쉰 살인가? 쉰하나 아니야? 근데 무슨 말을 하고 싶은 거야?"
이정수가 정색하자 자세를 고쳐 앉은 경호가 대답했다.
"자네가 입국한 지도 벌써 5년이야!"
"글쎄 알겠는데, 무슨 말을 하고 싶은 거야? 여자 이야기면 아예 하지 마시길~"
이정수가 미리 손사래를 쳤다. 몇 번인가 소개하겠다고 제안한 최경호였고 언제나처럼 거부했던 기억이 났기 때문이다.

"왜 아니겠어! 여자 이야기지~"

"관둬라. 재미없고 술맛 떨어진다."

역시 이정수는 손사래를 쳤다.

이정수와 최경호는 중학교부터 고등학교까지 동기 동창이다. 중학교 때 이정수가 보육원 출신이라는 것을 안 반 친구들이 왕따를 시키려는 움직임을 보이자 최경호가 앞서 차단한 거다.

최경호는 반장이었고 당시만 해도 신장도 제일 컸었기 때문이었는지 반 애들이 그의 말을 따른 것이다.

"너 고등학교 때 열애했던 '은려'라고 기억하지?"

최경호가 한 방을 날렸다. 여자 이야기라더니 소개하겠다는 뜻으로 알아들은 정수를 한 방에 훅 날린 것이다. 이에 이정수는 최경호를 노려보면서 말을 받았다.

"첫사랑을 잊는 놈도 있냐?"

이정수가 볼멘소리를 했다.

"'은려'는 승려가 됐다고 하더라. 김포에 있는 승가대학의 교수라고 하던데? 잘나간다고 하드만……."

"미친놈. 그래 찾았다는 것이 첫사랑의 여인이고 스님이 됐다는 소식이냐? 너는 재미있냐? 지금의 대화가 말이다."

이정수가 약간은 화가 담긴 목소리로 말하자 경호가 빙긋이 웃으면서 말을 받았다.

"정말 재미없어. 나도 조금은 알거든 '은려'에 대해서 말이다."

"당연히 알겠지. 같이 만난 것이 한두 번이어야지?"

맞는 말이다. 거의 같이 만났었다.

"가끔 TV에도 나온다네! '은려' 말이야. 얼굴이 좀 예쁘니? 그런데

TV에서 첫사랑 이야길 한 거야. 한참 미녀 스님이면서 강의 내용이 감동을 주어 인기가 많았거든."

"그럼 지금은 인기가 없다는 뜻을 이야기하고 싶은 건 아닐 텐데?"

이정수가 찌르고 돌아오자 최경호가 말을 이었다.

"그러는 거야. 첫사랑은 잊는 게 아니고 잊히는 거라고 그래야 추억이 되고 아름다운 거라면서, 자기도 첫사랑의 남자를 애틋하게 보고 싶지만, 가슴에 새기고 살아간다고 하더라!"

최경호가 진지하게 말하자 이정수가 진지하게 말을 받았다.

"그러니까 네가 하고자 하는 말이 뭐냐고."

술잔을 비운 이정수가 말을 하면서 최경호를 쏘아보았다.

"아니, 그렇다는 이야기이고~ 감정을 살려 보라는 의미로 첫사랑의 이야길 하는 거야! 그럼 다음 이야기는~"

최경호가 본론으로 들어가려 하자, 이정수가 한마디로 잘랐다.

"그만 가라! 난 술이나 마시련다."

"알았고, 한마디만 더 하자. '은려'가 너를 떠난 것은 아버지 때문이라는 거 넌 몰랐지? 아버지가 너를 반대한 거래. 그냥 반대가 아니고……."

"됐다. 근본이 없는 놈이라 했겠지! 고아니까. 그럼 술이나 마시자!"

이정수가 좀 더 큰 어조로 이야기했다. 최경호는 이정수가 중국에서 VPN을 통하여 인터넷을 연결하고 종종 한국방송을 시청했던 적이 있었는데 '은려'가 출연했던 방송을 시청했었기 때문에 이미 알고 있었다는 사실을 모르고 있었던 것이다. 이정수는 그런 사실을 다시 듣고 싶지는 않았다.

미치도록 사랑했고 없으면 못 살 것만 같았지만 지금까지도 미치지도 않았고 죽지도 않았다.

인생은 다 그런 거다. 이거 아니면 안 될 거 같지만 다른 그거가 존재한다는 거다. 그러므로 우리네 인생도 살아갈 가치가 있다고 생각한다. 가치는 스스로 찾아야 하고 스스로 개척하여야 한다고 생각했다.

이정수는 그래 왔다.

마침 최경호가 매운탕을 들고 왔으므로 잠시 대화가 중단되었다. 하긴 술이나 마시기로 했으니 잠시 대화를 중단해도 좋은 일이다.

"언니, 나 홍란이야."

홍란이 쇼티엔에게 전화를 걸었다.

자가용 영업을 하다 보니 좀처럼 시간을 내기 어려운 처지다. 지금은 자가용이 열 대나 되니 사장이라 불러도 좋을 텐데 아직도 자가용으로 직접 영업을 한다.

중국에서는 신고만 하면 자가용 영업이 가능하므로 번성 중이라고 했다.

이래저래 택시는 불만이 많다. 하지만 중국 공산당이 지배하는 한 정부의 정책에 반하여 불만을 단체로 저지르기는 어려울 것이다.

"어이구, 홍 사장님!"

"에이, 언니! 왜 그러세요?"

"야아~ 차 세우고 전화하시지 그래?"

쇼티엔이 귀신같이 알고 나무랐다. 사실 홍란이 운전을 하면서 전화를 하는 중이었다.

"알았어요."

홍란이 차를 길가에 세우고 다시 이야기를 시작한다.

"응 언니, 나 부탁이 있어서 그래요."

"무슨 일이니. 나한테 부탁할 일이 다 있어?"

의아하게 생각한 쇼티엔이 약간 비틀어 말을 받았다. 하지만 홍란은 개의치 않고 말을 받는다.

"요즘, 이정수 사장님과 통화하나요?"

"요즘은 안 오는데, 벌써 오래됐어."

심드렁하게 쇼티엔이 대답하자 이번에는 홍란이 작은 목소리로 말한다.

"국진 오빠는 통화하고 있지 않겠어요?"

"너 모르고 있었어? 김국진은 요즈음 안 만나. 헤어졌어, 지금은 다른 년과 살고 있거든."

쇼티엔의 음성이 가늘게 떨리고 있다고 느낀 홍란이 순간 당황했지만, 말을 이었다.

"응 그랬구나. 미안해요. 저녁에 같이 밥 먹어요. '고향생각'에서요. 시간은 4시! 알았죠? 한 시간 남았어요."

홍란은 자기가 할 말만 하고는 전화를 끊었다. 그만큼 친한 사이라는 의미이기도 했지만 콜이 들어왔기 때문이기도 했다.

쇼티엔과 홍란은 한동안 서로 바빠 만나지 못했을 뿐 관계가 악화한 것은 아니었다. 하지만 철저하게 개인사는 묻지 않기로 하였기 때문에 모르는 부분도 많은 것은 사실이다.

쇼티엔 입장에서는 혼자서 아기를 키우고 있는 홍란을 생각해서 특히 남자 이야기는 철저하게 이야기하지 않았기 때문에 모를 일이다.

시계를 본 쇼티엔이 샤워장으로 향했다.

저녁을 먹기엔 이른 시각인 4시에 만나자는 것은 쇼티엔의 영업시간을 고려하여 이른 정한 것이다.

"일찍 왔네?"

식당 '고향생각'에 먼저 도착한 쇼티엔이 들어오는 홍란을 보면서 말을 건넸다. 시간이 남아 있어서 일찍 나온 탓이다.

"먼저 오셨네요?"

시계를 보면서 홍란이 말했다.

"일은 끝낸 거야?"

"이젠 그만하려고요. 성주가 외로워하는 거 같아서요."

성주는 홍란의 아들이다. 홍란의 얼굴에 가벼운 슬픔이 보였다. 하지만 웃는 얼굴이다. 이제는 제법 물이 오른 여인이 되었다.

"그럴 때지. 지금 유치원 다니지?"

미리 주문한 음식이 나왔기 때문에 대화가 중단되었다. 하지만 이내 홍란이 입을 연다.

"성주한테 아빠 이야길 해야 하지 않을까 고민 중이에요."

이야길 듣던 쇼티엔이 놀란 눈으로 홍란을 쳐다본다. 그도 그럴 것이 한사코 말린 쪽은 홍란이었기 때문이었다.

"요즈음 아빠에 관해서 부쩍 많이 묻고 있거든요. 해외에서 근무한다고 하면서 속여 왔는데 이젠 어려울 것 같아서요."

홍란의 얼굴이 붉게 변하는 것을 본 쇼티엔이 말을 받았다.

"어디까지 이야기하려고 생각하는데? 그럼 이정수 사장한테도 알리려고?"

"그래도 애 아빠인데 알려야 할 거 같아요. 지금껏 고민해 왔는데 아빠 없는 아이가 너무 안 됐다는 생각이 들었어요."

고민하던 쇼티엔이었지만 직접 듣고 나니 마음이 무거워지는 느낌이었다. 이럴 거였다면 좀 더 일찍 이야기하고 협의할 일이었다고 생각했다.

일찍이 고민하지 않은 것은 결코 아니었다. 하지만 그땐 혼자 키우겠다는 의지가 너무 강했기 때문에 참고 있었던 일이었다.

"그럼 내가 이야기할까? 아님 홍란이 직접 할래? 전화번호는 나한테 있어."

홍란이 고개를 숙이고 한참 동안 뜸을 들인 후 대답을 했다. 여전히 고개는 들지도 못하고 있다.

"언니가 먼저 사실을 흘려 보면 어떨까 생각해요. 반응이 나쁘다면 구태여 분란을 만들 필요는 없지 않을까요?"

말을 마치자 홍란이 얼굴을 들었다. 눈에 힘이 들어간 것 같다. 의지의 표명이랄까? 그런 모습이 쇼티엔의 머리를 어지럽게 만들었다. 모든 것이 자신의 잘못으로 시작된 것만 같아 마음이 무거운 것이다.

오늘따라 일찍 잠에서 깬 건 최경호였다. 어제 일찍 술을 마시고 일찍 잠자리에 든 원인도 있겠지만 친구 이정수의 생일을 준비해 주고 싶은 맘이 앞서서일 거다. 최경호는 미역과 당면을 물에 담가 놓고 소고기를 썰었다.

아직 날이 밝지도 않은 시간이다.

2층에서 자고 있을 정수가 깨지 않게 하려고 최대한 소음을 줄이려 노력 중이다. 소고기미역국이야 끓이는 것이 쉬운 일인데 문제는 잡채다. 경호는 인터넷을 검색하여 레시피를 보면서 차근차근 준비해 나갔다.

와이프는 이정수한테 간다면 언제나 환영이었다. 최경호가 집을 구할 때 도움을 주었기 때문이다. 그때 빌린 돈은 아직도 갚지는 못하고 있지만 일절 돈에 관해서는 이야기하지 않는 이정수였다.

생각해 보면 고아인 점 말고는 나무랄 데 없는 친구라 생각하는 최경호다.

초등학교 5학년 때 입양된 후 줄곧 서울에서 나무람 없이 자랐다고 했다. 중학교 고등학교 때는 같이 붙어 있는 시간이 남다르게 많은 사이었지만 형과의 갈등이 존재한다는 것을 안 것은 고등학교 3학년 때의 일이었다.

"이정수 앞으로 나와!"

공통으로 불리는 담임이 씩씩거리면서 이정수를 불러냈다. 그리고는 사정없이 정수의 싸대기를 갈겼다. 담탱이의 한 손에는 중간고사 시험지가 들려 있었지만 반 친구들은 무슨 영문인지 아는 사람이 없었다. 담탱이 역시 아무런 이유도 말하지 않았기에 궁금해할 뿐이었다.

"무슨 일이야?"

모두는 옆 사람과 소곤소곤 서로 물어보기만 할 뿐 대답을 할 수 있는 사람은 아무도 없었다. 담탱이는 체육 선생으로 체격이 좋고 힘이 장사였다. 전직 국가대표 유도 선수라고 했었다.

퍽, 퍽, 퍽.

얼마나 맞았는지 모르고 정수는 맞기만 할 뿐 아무런 저항도 없었다. 그러고서도 분이 덜 풀린 담탱이는 수업시간이 다가오자 씩씩거리면서 나가 버린 일이 있었다.

"무슨 일 있었던 거야?"

수업이 끝나고 공원으로 간 최경호가 묻고서야 이야기를 들을 수 있었고 곧 둘은 비밀을 만들고 말았다.

"야. 이거 무슨 냄새냐?"

갑자기 현관문이 열리면서 이정수가 소리쳤다. 한 옥타브는 올라가 텐션이 있는 목소리다.

최경호는 놀라지 않을 수 없었다. 여태 2층에서 자는 것으로 알고 있었기 때문이다.

"야~ 난 자는 줄 알았더니……. 어디 다녀오는 거야? 일찍 일어났네?"

최경호가 허리를 펴면서 물었다. 마침 잡채를 다 볶고 난 후였다.

"아니, 절 개방 시간이 있는 거 오늘 알았다. 요 건너에 있는 '만불사'에 갔는데 문을 안 열어서 그냥 대웅전에 절을 올리고 오는 길이다."

"그렇더라도 시간이 잘 안 맞는데?"

최경호가 의아한 표정으로 이정수를 바라보면서 말한다. 그러자 즉시 이정수가 말을 받았다.

"뭘 다 알고 싶은 겨?"

정겨운 충청도 사투리다.

"아녀. 됐으니께 어서 와! 밥 먹자! 생일 축하혀잉."

이건 충청도 사투리인지 전라도 사투리인지 모르겠다. 영 엉터리다.

"오늘 정수 생일인데 한잔해야 하겠지? 축하한다. 친구야!"

최경호의 제안으로 잔을 들어 건배했다. 그리곤 단숨에 잔을 비웠다.

"고맙다. 이렇게 찾아와서 생일상도 차려 주고."

이정수가 애써 인사를 하자. 최경호는 고개를 저으면서 말을 받았다.

"우리가 남인가?"

"그럼 남은 아니지 친구 사이지."

"우리 밥 먹고 드라이브할래? 한 바퀴 돌아보고 오자! 오늘은 네 이브 날 아니냐?"

"야아, 나는 가야지 마누라와 새끼들이 있는데 생일날 외박하면 되겠냐?"

"음, 그렇구나? 난 나만 생각했네. 너 장가갔지?"

최경호는 이정수보다 하루 늦은 날이 생일이다. 잊으려야 잊을 수 없는 관계인 거다.

"그러지 말고 우리 '마곡사'나 갔다 올까? 오는 길에 계곡에서 점심 먹고 가면 되지 않겠니?"

이정수의 제안으로 설거지를 마친 둘은 최경호의 차에 올랐다. 점심에 술을 조금 마실 요량이다. 그러려면 최경호가 차를 몰아야 한다. 어차피 최경호는 이정수의 집에 들러서 돌아가면 되는 코스인 거다.

싱그러운 들녘과 하늘이 보기 좋다. 녹음이 우거진 산길을 지날 땐 잠시 초록의 활엽수 밑에서 쉬어 가고픈 생각마저 들었다.

둘은 잠시 마곡사의 대웅전에서 예불을 올리고 내려왔다. 가볍게 삼배만 올렸다. 불전함에 약간의 시주를 하는 것을 잊지 않았다. 이정수는 불교는 아니었지만, 절에 오면 꼭 예불을 올린다. 그것이 예의라고 했다. 불교가 아니어도 부처님께 예를 올리는 것은 나쁘지 않다고 말하는 정수였다. 마곡사를 내려오면서 들른 식당은 계곡을 따라 맑은 물이 흐르는 강가에 있는 크지 않은 식당이었다. 올라가면서 미리 봐 둔 곳이었기에 우왕좌왕하지 않고 곧추 찾아올 수 있었다.

"어서 오세요. 이른 시간입니다."

문을 밀치고 들어서자 예순은 되어 보이는 주인장일 것 같은 사람이 나와 반가운 목소리로 맞이했다. 그런데 이른 시간이라는 말은 무슨 의미일까 잠시 생각한 최경호가 물었다. 궁금한 것을 참지 못하는 성격의 소유자다.

"이른 시간이라는 뜻은 무엇인가요?"

정색하고 물어오는 최경호를 바라보던 주인장이 허허허 웃으면서 대답했다.

"다른 뜻은 없습니다. 집에서 일찍 나오셨겠구나 하는 생각으로 반갑게 한다는 말이……. 맘 상하셨다면 미안합니다."

"아~ 예, 아닙니다. 너무 일찍 온 거라면 다음에 오려 했지요."

"어이구. 선생님도 원, 농담도 잘하시네요. 감사합니다. 이렇게 일찍 찾아 주시니 감사할 일이지요. 오늘 첫 손님 아니신가요? 특별히 잘해 드리겠습니다."

"최경호의 생일 이브이니 오늘은 내가 사야 하겠지? 주문은 네가 해라!"

이정수가 말하자 경호가 흠칫 놀란 표정으로 말을 받았다.

"에이, 그럼 안 되지. 오늘은 자네 생일이니 내가 쏨세, 그러니 자네가 주문하시게~"

최경호의 이야길 듣던 이정수가 주인장을 보면서 입을 열었다. 주인장은 둘의 대화를 빙긋이 웃음 지으면서 듣고 있었다

"그럼 우리 사장님이 권하는 것으로 주문을 하도록 하겠습니다."

주인장은 직접 산에서 기른 오골계를 권하였고 둘은 기꺼이 권하는 메뉴를 주문하기로 하였다.

"두 분의 우의가 대단히 보기 좋습니다. 드시는 막걸리는 제가 내도록 하겠습니다."

"어이구, 감사합니다."

"두 분 생신 축하합니다."

"감사합니다."

준비하는 시간이 대략 30분 정도 걸린다고 하여 둘은 잠시 개울가로 나갔다. 금강의 상류라고 했다. 꽤 너른 하천이다. 바로 옆에 원두막이 있어 자릴 잡고 앉기에는 그만이었다. 짚을 엮어 지어진 원두막이었다면 더욱 운치가 있을 거 같았지만 그런 기대를 하는 생각의 고리는 너무 고리타분하게 느껴졌다. 너무나도 쉽게 옛것을 버리는 시대를 살고 있다고 생각했다.

"정수야! 너 혹시 경숙이라고 아니? 공경숙!"

"경숙이……?"

경호가 갑작스레 물었고 정수는 멀풍멀풍 최경호를 바라보자. 최경호가 다시 입을 열었다.

"너 삼일 보육원에서 초등학교 다닐 때 같이 있었다고 하던데? 몰라?"

이정수는 경호의 입을 바라보면서 놀란 토끼 눈으로 바라보았다. 네가 어떻게 공경숙을 아느냐고 묻는 거와 같은 눈빛이다.

"알지. 어찌 모르겠니. 그런데 넌 어떻게 삼일 보육원을 알아? 옛날에는 삼일 보육원이었어."

잠시 뜸을 들이던 이정수가 말했기 때문에 최경호는 이정수의 입을 바라보았다. 그러자 다시 이정수가 말의 끝을 이었다.

"초등학교 5학년까지 같이 다녔어! 예쁘고 착하고 공부도 잘하는 똑부러지는 아이였지! 그런데 네가 어떻게 알아? 공경숙을?"

의아한 표정으로 경호에게 물었다. 그러자 이제는 최경호가 뜸을 들이다 대답을 한다.

"고등학교 동창회 모임에 갔다가 나랑 네가 친한 것을 아는 누군가가 너를 찾았어. 연락처를 달라고."

"누군가가?"

이정수가 반문했다. 공경숙을 이야기하다가 누군가라 이야기하는 것이 궁금했다.

"아니, 나야 잘 모르는 사람인데. 내가 너랑 친한 친구라는 것을 알고 묻는 거였어. 누구한테 들었겠지 아마도……."

"그러니까~ 나를 찾는 사람은 누구며 '공경숙'은 뭐냐는 거잖아? 이해되니?"

꿈 그리고 회귀 | 191

조금은 답답한 표정으로 이정수가 닦달이다. 하지만 자세를 고쳐 앉은 최경호는 생각했다. 어쩌면 그것은 먼 옛날의 향수를 자극했거나 잊고 싶은 과거로의 회귀를 말하는 거여서 조심하고 고심했던 일이었다. 그러나 맘속에 담아 두는 것보다는 이정수가 결정할 기회는 제공하는 것이 맞는다는 생각으로 말한 거였다.

"나도 그 사람은 잘 몰라. '구본희'라고 했어. 아마 그 사람도 널 잘 아는 거 같았어. 네가 반장을 했다고 하는 것으로 봐서 같은 반은 아니었을까 유추할 수 있지 않을까?"

둘이 대화를 나누는 중에 주인장이 우리를 부른다. 준비가 다 되었으니 식당으로 들어오라는 거다.

이정수는 자리에서 일어나면서도 구본희를 생각하려 노력했지만, 전혀 기억의 단초를 찾을 수 없었다.

"그런데 경호야 난, 정말 기억에 없다. 구본희라는 이름은……."

"잘 생각해 봐."

"그렇다 치고, 공경숙은 뭐냐?"

이정수가 치고 들어왔다. 하지만 최경호도 모르는 일이기 때문에 자세한 설명은 할 수 없었다. 그냥 변두리를 이야기할 뿐이다.

"말하자면, 구본희가 너를 찾는 것은 공경숙을 말하면 네가 알아들을 거라는 것이니 어쩌면 구본희를 잘 몰라도 공경숙을 이야기하면 알아들을 것이다. 뭐 그런 이야기 아니겠어?"

"으이구, 정말~ 그러니까. 아니다. 됐다. 그러니까 너는 구본희의 전화번호를 알고 있는 거잖아? 그럼 전화해 보면 알게 되겠지 뭐. 경숙이한테 무슨 일이 생겼나 걱정이 됐었어."

"걱정됐었다고? 자네야말로 무슨 일이 있었다는 말로 들리는데?"

지금까지 초등학교 이야기나 보육원에 관한 이야기를 정수에게서 듣지 못한 최경호로서는 수많은 고민 속에서 말한 거였지만 정작 이정수는 잘 받아들이고 있다는 생각에 안도하는 표정이다. 최경호가 친구를 보호하려는 의지가 담긴 결정을 하느라 고생을 한 것이라 할 수 있겠다.

"여기 내가 한 잔 올려도 되는지 모르겠습니다."

대화가 정돈된 것을 눈치챈 주인장이 막걸리병을 쥐고 다가오면서 이야기했다.

"당연히 됩니다. 감사하게 받겠습니다."

얼른 일어난 이정수가 화답했고 주인장은 만면에 웃음을 담고 둘에 술을 따르면서 이야기했다.

"요놈은 내가 직접 담근 막걸리입니다. 목 넘김과 향이 좋을 겁니다."

주인장이 술을 따르자 더덕 향기가 진동했다. 그러자 최경호도 화답했다.

"아, 이거 좋은 술로 접대받고 몸 둘 바를 모르겠습니다."

"아, 이거 너무 나가시는데요? 하지만 감사합니다."

주인장이 최경호의 술잔을 채우자 이정수가 술병을 받아 들었다. 그리고 주인장에게 권하면서 다시 예의를 갖추며 말했다.

"이쪽으로 앉으시지요. 이번에는 제가 한 잔 따라 드리도록 하겠습니다."

"아니, 감사합니다만… 한 잔만 받겠습니다. 감사합니다."

주인장은 연거푸 감사하다는 인사를 했다. 하지만 둘은 주인장에게 감사한 생각이 더 많은 거 같았다. 그것은 막걸리를 선물로 받은 거나 마찬가지였기 때문일 것이다. 처음 마셔 보는 더덕 막걸리였다. 주인장도 장담했었다. 막걸리 공장을 해도 장사가 잘될 거라는 덕담은 당연히 나왔다. 하지만 최경호는 단 한 잔으로 끝이다. 운전하여야 했기 때문이다. 최경호는 아쉽게 생각했지만 어쩔 수 없는 노릇이다.

이정수는 가능하면 공경숙에 대한 이야기는 하지 않기로 했다. 그러므로 구본희에 관한 이야기를 중점적으로 한 것이지만 똑똑하게 기억 나는 공경숙과의 어린 시절의 약속이 있기 때문이었다.

홍란이 이씽의 국제유치원 정문에서 서성거리고 있다.

오후 하교 시간이다. 많은 사람이 교문이 열리기를 기다리고 있다.

중국의 유치원이나 초등학교 저학년은 학부모가 학교로 나와 학생이나 어린이를 인도받아야만 한다. 그렇지 않으면 집으로 돌아갈 수 없는 시스템이다.

아동들의 안전을 위함이라고 한다. 드디어 문이 열리고 어린아이들이 선생님의 인도로 줄지어 나왔다.

"엄마~"

홍성주가 엄마 홍란을 알아보고 달려 나와 품에 안겼다.

"어, 성주~ 오늘은 뭘 배우셨나요?"

홍란과 아들 성주가 나란히 걸으면서 물었다. 멀지 않은 곳에 있는 백화점에 가려는 것이다.

"응. 오늘은 한국의 영화감상이 재미있었어요."

"우리 성주는 한국이라는 나라를 알고 있어요?"

홍란은 짐짓 놀랐지만 태연하게 물었다.

"예, 알고 있어요. 며칠 전에도 한국의 중추지에(中秋节, 한국의 추석) 문화를 공부했어요."

"아 그랬군요. 재미있었나요?"

홍란은 많이 놀라는 눈치다. 어린이들한테도 외국의 문화를 접하게 한다는 것이 놀라웠기 때문이다.

"엄마. 우리 유치원에서 오는 가을 방학 때 단체로 여행을 간다고 하는데 엄마랑 같이 가야만 갈 수 있대. 엄마는 갈 수 있어요?"

홍란은 잠시 머뭇거렸지만 못 간다는 말을 할 수는 없는 노릇이라 생각했다. 국제유치원에서 못 가는 어린이는 거의 없을 것이기 때문이다. 이씽에서는 사립 유치원으로 부유하거나 당 간부들의 자녀들만이 입학할 수 있는 유치원이다. 입학이 매우 어려운 유치원으로 초등학교도 명문으로 배정되는 특혜도 부여받는 유치원인 것이다. 쉬운 말로 국제유치원에 다닌다고 말하면 옆의 사람들이 다시 한번 쳐다보는 그런 유치원이다.

"당연히 가야지! 걱정하지 말아요. 엄마가 성주랑 같이 갈 테니."

홍란이 확실하게 대답을 하지 성주의 얼굴이 활짝 피었다. 그러자 성주가 말을 거들었다.

"엄마, 가방 속에 있는 신청서를 내야 한다고 했어요."

성주가 엄마가 들고 있는 노란 가방을 가리키며 말했다. 홍란은 웃으면서 가방을 들어 올렸다. 만면에 행복한 웃음으로 가득 찼다.

후리엔이 멋있는 가구들로 장식된 아파트 거실에서 가벼운 슬립 차림으로 전화를 받고 있다. 조금은 심각한 표정이다.

"너무 걱정하지 마세요. 펑펑의 마음도 이해하셔야죠." 중국에서는 아들이나 딸의 이름의 마지막 글이나 첫 글을 두 번씩 발음하여 부르는데 이는 친밀감의 표현이기도 하다.

"……."

"하지만 펑펑이 나쁜 마음을 먹고 문제를 일으키면 엄마나 아빠도 행복할 순 없지 않겠어요. 난 펑펑이 없어진다면 슬플 겁니다."

"……."

"맞아요. 하지만 펑펑의 인생이라 생각하시면 좋을 거 같아요."

"……."

"아빠 미안해요. 나는 펑펑을 믿거든요. 그리고 펑펑의 삶을 지지할 겁니다."

"……."

"알아요. 중국에서는 성별 정정이 안 된다고 하네요. 그래서 이민하려는 겁니다. 이민하러 간 후 다시 외국의 여권을 받아 중국으로 돌아올 수 있을 거예요."

"……."

"잘 알겠습니다. 그러니 맘 상하도록 걱정하지 마시고 건강하셔야 해요."

후리엔이 그녀의 아버지와 엄마와 번갈아 가면서 통화를 하고 있었다. 리엔의 옆에는 후펑이 예쁘게 화장을 한 얼굴을 하고 후리엔의 대화를 듣고 있었다.

"뭐라고 하셔?"

후펑이 후리엔을 보면서 물었다. 힘이 빠진 음색이다.

당연한 결과라고 생각하지 않은 것은 아니지만 어쩔 수 없는 상황이기에 마음을 열어 주길 바란 것이다.

당연히 집에 직접 가서 상의하려 하였지만 후펑의 아빠나 엄마는 오는 것을 한사코 반대하셨다.

말은 하지 않으셨지만, 동네에 여론을 설득할 자신이 없기 때문일 거로 생각하기로 했다.

"당연히 걱정하시지. 하지만 지금은 많이 누그러진 거 같아."

후리엔이 후펑을 위로하듯 이야기를 했다.

"언니가 나를 이해해 주어서 괜찮아요."

후펑이 훌쩍거리며 고개를 숙였다. 만감이 교차하는 것 같았다. 태국에서 수술이 끝나면 곧 돌아오기로 했지만 후펑은 돌아오지 않았고 태국에서 생활하고 있다가 중국으로 돌아온 지 이제 6일째다.

"내일 떠나니?"

후리엔이 한껏 다정한 목소리로 말했다.

"응, 내일 떠나요. 그런데 왕자인 언니는 아직도 연락이 없다죠?"

"맞아. 어디로 꼭꼭 숨은 것인지 아니면 죽은 것인지 알 수가 없네?"

후리엔이 한숨을 푹 쉬면서 대답을 했다.

"언니, 부탁이 있어요."

후펑이 후리엔을 바라보면서 말했고 후리엔도 같이 후펑을 바라보고 있었기 때문에 후펑이 다시 말을 이었다.

"자인 언니한테 내가 잘못했다고 용서해 달라고 꼭 말해 주세요."

후펑이 훌쩍이다가 이제는 목 놓아 울면서 말했다. 후리엔은 무슨 영문인지 몰라 토끼 눈을 했다.

"무슨 일인데 그러니? 언니한테 말해 봐. 괜찮아~"

"언니, 말할 순 없어요. 하지만 내가 자인 언니한테 죽을죄를 지었어요. 그렇게만 알고 계시면 돼요. 꼭 부탁해요."

후펑은 흐느끼다가 몸을 일으켜 집을 나섰다. 호텔로 돌아가려는 거다. 우선은 태국으로 돌아갈 것이다. 중국으로 들어올 때 사용한 여권은 태국의 여권으로 알고 있다. 하지만 후리엔이 어떻게 태국의 여권을 소유하게 된 것인지에 대해서는 묻지 않았다. 후리엔은 펑펑이 자신보다도 더 예쁘다고 생각했다.

8

또 다른 인연의 시작

 이정수와 공경숙이 초등학교 입학식에 보육원의 선생님과 같이 참석했다. 둘은 신나는 표정을 지었지만, 학부모들은 몇몇이 수군거린다. 하지만 보육원 선생님은 개의치 않았으며 이정수나 공경숙도 아는지 모르는지 담담한 표정이다.
 "정수와 경숙이는 언제나 서로 돕고 서로 보살펴 주어야 한다. 알았지?"
 보육원 선생님이 돌아가는 길에 차 안에서 말했다. 이에 둘은 커다란 목소리로 대답한다.
 "네~"
 "누가 보육원 아이라고 수군거리거나 멸시해도 무시하여야 하는 거야. 그런 아이들은 나쁜 어린이이니 무시하고 너희들의 할 일만 잘하면 된단다. 특히 공부만 잘한다면 무시하지 못하게 되는 거란다."
 보육원 선생님은 차분한 목소리로 다독거렸다. 여전히 보육원에서도 주의를 시키거나 교육한 내용이다.

교문에서 이정수가 공경숙을 기다리고 있다. 초등학교 2학년 때의 일이다. 얼마나 기다렸을까 아이들이 거의 모두 나간 다음에야 공경숙이 나왔다. 하지만 눈에 눈물이 가득한 모습이다. 놀란 이정수가 물었다.

"왜 그래, 무슨 일이 있는 거야?"

"애들은 왜 보육원이 나쁘다고 얘기하는지 모르겠어!"

"힘내, 내일 내가 혼내 줄게."

이정수는 공경숙의 손을 잡았다. 공경숙도 이제 울지는 않는다. 활짝 웃으면서 같이 교문을 나섰다. 이정수는 앞으로 이런 일들이 많아질 수 있음을 직감적으로 알고 있다.

이정수가 반장 선거에 나갔을 때도 집단으로 보육원에서 입학한 아이라고 뽑으면 안 된다고 여론을 조성하기도 했다.

선생님이 그러면 안 된다고 말했지만 말뿐이었다. 강력한 교육의 단어를 사용하지 않았으므로 은연중에 동조하는 분위기를 만든 셈인 것이다. 하지만 이정수는 그러면 그럴수록 공부를 잘하면 된다고 말씀하신 보육원 선생님의 말씀을 기억하고 더욱더 공부를 열심히 하였다.

초등학교 4학년이던 어느 날, 공경숙이 사내애들 네 명에 둘러싸여 손찌검을 당하고 있었다. 하지만 공경숙은 아무런 말도 못 하고 맞고만 있었다. 울지도 않았고 소리를 지르거나 누구한테든 도움을 받으려 하지도 도망을 가지도 않았다.

멀리서 이를 목격한 이정수가 달려갔고 그들과 싸움을 벌였다. 그것은 당연한 일이고 정의로운 일이라 생각했기 때문이다.

이정수는 얻어터지기도 했지만, 그들도 몇 대씩은 얻어맞았다. 죽을 각오로 목적을 갖고 덤비는 사람과 그냥 싸우는 사람과는 생각이 다르다. 목적을 갖고 죽을힘을 다하여 싸우는 사람은 몇 대 맞아도 계속 덤비지만 상대는 몇 대 맞으면 '내가 왜 맞으면서 싸우지'라고 생각하게 되는 것이다.

이를 악물고 덤비는 이정수를 이길 수 없다는 것을 안 네 놈이 물러나면서 싸움은 끝날 수 있었다. 하지만 이정수의 얼굴과 팔 등은 피멍이 들어 볼품이 아니었다.

"아프지? 왜 그랬어!"

공경숙이 이정수의 피 묻은 얼굴을 손수건으로 닦아 주면서 울먹였다. 하지만 고마운 표정이 역력했다. 그런 것은 표정만으로도 아는 나이가 됐다는 뜻일 것이다.

"아니, 아프지는 않아. 좀 더 때려 주지 못해서 분해. 한 명씩 싸우면 이길 수 있었을 텐데."

이정수가 입을 씰룩거리자. 공경숙이 다가와 가만히 손을 잡았다. 다정하고 부드러운 손이라 생각했다. 그런데 왜 심장의 박동이 빨라지는 건지는 잘 몰랐다. 괜히 얼굴도 빨개지는 것만 같았다. 그렇다고 손을 빼지는 않았다. 그런 일이 있고 난 뒤 다시는 공경숙을 괴롭히는 놈은 없었다. 도리어 이정수를 만나면 슬슬 피하기까지 했다. 다만, 소문이 생겼다. "공경숙은 이정수의 애인이다." 그러나 둘은 개의치 않았다. 사귀는 것이 아니라 애인이라는 단어를 사용한 것이 웃긴다며 둘은 깔깔거리며 웃었다. 그러던 어느 날 공경숙은 정수에게 물었다. 얼굴을 살짝 붉히면서…….

"정수 너 애인이 무슨 뜻인지 알아?"

이정수는 얼굴을 붉히면서 대답을 하지 못했다. 이미 사전을 찾아봐서 알고 있었기 때문이기도 했지만, 공경숙한테 말로 하기는 쑥스러운 일이라 생각한 때문이다. 하지만 공경숙도 그 뜻을 말하지는 않았다.

그냥 웃을 뿐이었다.

이정수의 얼굴이 붉게 물들어 가는 모습이 귀여운 모습으로 보였을 수도 있을 것이다. 여자애들은 그랬다.

"이정수! 오늘이 네 생일이지?"

오학년 때이다. 생일인 것은 알고 있었지만, 보육원은 한 달에 한 번 날을 정하여 그달의 생일인 사람들을 위하여 작은 선물을 주거나 케이크를 나누어 주곤 했기에 별도로 축하해 주는 예는 없었다. 이정수는 공경숙이 자신의 생일을 기억하고 있다는 것이 신기하고 한편으로는 고맙기도 했다.

"이거 선물이야~"

이정수가 어물거리자 다시 손을 내밀며 재촉한다.

"받아. 친구의 성의는 받는 거야. 축하해. 정수야."

엉겁결에 공경숙이 내민 작은 상자를 받아 들었다. 그리고는 계면쩍게 웃으면서 말했다.

"나중에 네 생일엔 나도 선물을 준비할게. 고마워."

공경숙은 이정수에게 다가와 살며시 팔짱을 끼면서 속삭였다.

"우리 같이 걸어가자. 아카시아꽃 향기가 좋지 않아?"

이정수의 심장이 요동쳤고 그 소리가 공경숙에게 들리는 것은 아닐까 부끄러웠다.

받은 선물 상자는 둘러멘 가방 속에 넣었기 때문에 팔짱을 풀지 않고 걸을 수 있어서 좋다고 생각했다.

가슴은 쉬지 않고 벌렁거리고 있지만 개의치 않았다. 도리어 공경숙이 알기를 은근히 바라고 있었는지도 모른다.

"저기 아카시아꽃 따 줄 수 있어?"

공경숙이 정수에게 물었다. 깊지 않은 산속 아카시아꽃이 만개한 나무 밑이다.

"응? 조금 높은데? 아니, 네가 따. 내가 엎드릴게. 등에 올라가면 되지 않을까?"

이정수가 무릎을 굽혀 엎드렸고 공경숙이 등에 올라갔지만 손끝에 달듯 말듯 꽃을 따지는 못했다. 그러자 공경숙이 말했다.

"아니, 됐어! 안 되겠어. 포기하자."

"아니, 방법이 있어. 이리 와서 서 봐."

이정수는 공경숙의 다리 사이로 머리를 밀고 일어섰다. 공경숙은 이정수가 갑자기 일어나 버리자 당혹하여 비명을 질렀다. 하지만 이내 평정심을 찾은 공경숙이 아카시아꽃이 달린 가지 하나를 꺾을 수 있었다. 그리고는 어깨에서 내린 경숙이 다가와 말했다. 한 손에는 가지가 들려 있었다.

"나아 좀 안아 줄래?"

이미 공경숙의 얼굴은 홍당무처럼 발개졌고 이정수는 다가가 공경숙을 가볍게 안았다. 하지만 공경숙이 어느새 손에 든 아카시아 가지를 땅바닥에 던져 버리고 이정수를 꽉 안아 버렸다. 이정수의 가슴은 도리깨질하는 것처럼 쿵쾅거렸고 아랫도리가 꾸물꾸물 일어서는 것 같아 엉덩이를 뒤로 빼야만 했다. 산기슭에 걸쳐 있던 태양이 빛을 잃어 가고 장끼가 울면서 하늘을 날 즈음 둘은 손을 잡고 보육원으로 향했다. 늦으면 보육원 선생님께 야단을 들어야 하므로 발길을 재촉하여야 했다. 꼭 잡은 손은 보육원이 가까워진 후에야 놓았다.

'생일 축하해! 오늘의 너의 마음과 나의 마음이 영원히 같이하길 원한다. 영원히! 경숙이가' 작은 상자 안에 곱게 접은 편지와 작고 예쁜 목각 기러기 한 쌍이 있었다. 하지만, 이정수의 생일이 지난 후 삼 일째 되는 날 이정수는 갑자기 서울로 입양되어 떠나게 되었다. 공경숙과는 인사도 할 수 없었다. 공경숙의 생일에 선물을 주기로 한 약속도 지킬 수 없게 된 것이다.

이정수는 구본희의 전화번호를 들고 과거 초등학교 때의 기억의 조각들을 모아 그 기억의 처음을 찾으려 노력하였다.
기억이란 그 처음을 찾으면 어느 정도까지는 줄줄이 더듬을 수 있기 때문이다. 그리고 몇몇 처음을 찾고 그 과거 속으로 여행을 하였다. 하지만 아직도 구본희에 대한 기억은 그 처음을 찾지 못한 상태다.
이정수는 핸드폰을 꺼내 자판을 눌렀다.
구본희를 만나면 또 다른 처음을 찾을 수 있을 것으로 생각하면서 자판을 눌렀다.

"안녕, 국진이야."
쇼티엔이 김국진에게 전화했다. 그것은 이정수 사장의 안부와 더불어 전화번호를 확인하고자 하는 것이었다.
"잘 있었지? 나, 이 사장 전화번호를 확인해 줄래요?"
전화번호는 있는데 연결이 안 된다거나 받지 않아 번호를 확인하기를 원하는 것이다. 김국진이 다른 여자를 만나기로 한 이후 처음으로 하는 전화다. 김국진이 오해할까 걱정도 되었지만 하는 수 없다고 생각했다.
"아, 이 사장 전화번호 바뀌었는데 몰랐구나. 안 되면 이메일로 확인하면 되는데……. 잠깐만~ 아니, 내가 웨이신 단문으로 전송해 줄게."

간단한 대답만 한 김국진이 전화를 급하게 끊었다. 그 흔한 안부 인사도 하지 않았다.

조금은 서글픈 생각이 들었지만 이내 마음을 바꿨다. 이정수 사장에게 전화하고자 한 것이다.

"이정수입니다. 오랜만이네요?"
이정수는 중국에서 걸려 온 전화가 쇼티엔 번호인 것을 단번에 알았다.
"어머, 이 사장님. 안녕하세요? 오랜만입니다."
쇼티엔이 직접 이정수에게 전화한 것은 이번이 처음이다.
"정말. 오래됐죠? 장사는 잘되고 건강하겠죠?"
"네. 다 좋아요."
"다행이네요."
"왜 좋은 소식이라도 있나요?"
이정수가 갑자기 좋은 소식이 있느냐고 물어 왔으므로 무슨 대답이라도 해야 하지만 망설여지는 쇼티엔이다. 사실 자신이 먼저 홍란의 이야길 하려던 참이었다. 그런데 이제 와서 "당신의 아들이 있소."라고 말하는 것은 좀 어색한 생각이 들었다.
"좋은 소식은 아니고, 나 국진과 헤어진 거 아시죠?"
쇼티엔이 엉뚱한 소리를 했다. 김국진과 헤어진 것은 벌써 2년도 더 지난 일이다. 어쩌면 국진과 이 사장이 통화했을 수도 있을 일이다.
"아니, 이런? 정말요?"
이정수는 모르고 있었다는 이야기다.
"정말요. 내가 김국진의 미래를 위해서 희생하기로 했죠. 뭐."

"쇼티엔이 어려운 결정을 했네요. 누군가의 미래를 위하여 자신을 희생할 수 있다는 생각은 매우 중요하죠. 그런 사람은 많지 않습니다. 농담이든 진담이든 대단한 생각을 실행으로 옮기신 겁니다."

"이거 너무 진지하게 말씀하시니……."

"아니에요. 미안합니다. 쇼티엔은 멋있어요."

쇼티엔은 어떻게 하든지 이런 대화의 방식을 전환해야 한다고 생각했다.

"감사합니다. 정말이라 믿겠습니다. 지금도 왕자인을 기다리고 계신 것은 아니겠죠? 혹시……."

쇼티엔은 혹시나 하는 맘으로 이 사장의 의중을 알아보고자 했다.

"왕자인이요? 이젠 놔야죠. 잡으려 애써도 잡을 수 없다면 놔야죠. 이제는 혼자 사는 것에 익숙합니다. 지금도 괜찮은 편입니다."

"미안해요. 공연히 물어본 거 같아요."

"아닙니다."

"사장님 제가 좋은 소식 만들어서 다시 전화할게요."

누구도 홍란의 이야기를 꺼내지 않았다. 사랑으로 만난 것이 아니라는 뜻이기도 할 것이다.

쇼티엔은 적절한 시기에 이정수 사장 아들의 존재를 알려야 한다고 생각하고 있다.

전화를 끊은 쇼티엔은 멍하니 먼 산을 바라보면서 한동안 말이 없었다.

9

우연히 만나 사랑을 만들다

"안녕하세요? 구본희입니다."

신호음이 울리기 시작했다가 이정수의 심장 박동이 서서히 안정화될 즈음에 전화기에서 "구본희입니다."라는 멘트가 나왔다.

"안녕하세요. 이정수입니다. 저를 찾으셨다고……."

이정수는 모르는 사람이라고 생각하여 뒤의 말을 얼버무렸다. 그러자 즉시 전화기 너머에서 응답이 나왔다.

"아, 이정수씨이~ 나 구본희야요. 아마도 기억에 없을 거야요. 나야 너무 존재감이 없는 아이였으니까."

"……"

이정수는 가만히 듣고 있을 수밖에 없었다. 기억에 없다고 하기보다는 듣는 편이 더 나을 수 있다는 생각에서다.

"이정수 씨는 5학년 3반이었고 나는 1반이었으니 잘 기억할 수 없었을 거야요."

구본희는 말끝마다 '야요'라는 말을 붙여 말했다. 어디 사투리인지는 모르겠다.

"아, 그렇군요."

"아, '그렇군요.'가 뭐니? 친구끼리."

구본희는 친구라고 했다. 그런데 이정수는 기억조차도 없다. 그런데도 친구일 수 있을까 생각했다.

"근데 우리 언제 만날까? 거기 어디야요?"

"여기는 천안이야요."

이정수도 뒤에 '요' 자를 붙여 말했다. 마치 반말을 하려다 '요' 자를 교묘히 붙이는 것 같은 느낌이다. 그러나 대답은 빨리 나왔다.

"엄마야! 여긴 아산인디요."

아산이면 바로 옆의 시다. 경계를 같이하는 시라는 뜻이다.

"난 성거읍에 삽니다요. 성거의 산촌에 삽니다요."

"야, 그럼 우리 번개하자! 직산에 호림횟집! 1시간 후 거기서 만나. 네비에 나올 거야요. 꼭 나와요. 할 말이 많아요."

구본희 이 사람 재미있는 사람이다. 자기가 할 말만 하고 끝내는 사람이다. 그나저나 한 시간 후면 준비를 서둘러야겠다고 생각한 이정수는 샤워실로 향했다. 양치하고 면도하고 샤워도 해야 한다.

샤워를 마친 정수가 옷을 갈아입고 현관을 나서려다 뒤돌아왔다. 외출용 향수를 뿌리려는 거였는데 김국진으로부터 위챗 전화가 울렸다. 위챗 오는 전화는 벨 소리가 달라 단박에 알 수 있다.

"여보세요?"

"김국진입니다."

"그래. 신호가~ 잘 안 들린다. 두 시간 후에 통화하자. 지금 좀 바쁘다."
"넵~"

이정수는 정확한 시각에 약속 장소인 호림횟집에 도착했다. 문을 열고 들어가자 어떤 중년의 여인이 손을 흔든다.
"어이, 이정수~ 오랜만이다. 아주 싱싱하네?"
이정수는 순간 생각했다. '적응하기 어려운 사람이 아닐까'라는.
"어이, 구본희~ 오랜만이다. 아주 싱싱한데~"
이정수는 구본희의 어법을 그대로 쓰면서 '싱싱하네'를 '싱싱한데'로만 바꾸었다. 그러나 구본희는 유쾌하게 받아넘겼다.
"우리 이정수도 재미있으쇼. 여기 주문한 거 빨리~ 그리고 소주~"
단골인 듯한 구본희가 능숙하게 주문하자 모두 고분고분 따랐다.
"야, 우리 먼저 한잔하자!"
거침이 없는 사람이다. 여장부 아니면 또라이다.
"거! 좋지!"
이정수도 잔을 들었고 구본희는 잔을 채웠다. 그러자 구본희가 조용히 말했다. 사뭇 다른 모습이다. 건배는 친구야! 반갑다!
"친구야."
구본희가 잔을 들고 "친구야."라고 선창했다. 그 의미를 파악한 정수가 외쳤다.
"반갑다."
둘은 잔을 들어 건배하였다. 단숨에 잔을 비웠다.
"그런데 정수는 짝은 있는 겨?"
구본희의 말은 아직 적응이 안 되고 있다.

"없는 겨."

이정수도 비슷한 단어로 대응 중이다.

"왜 그런 겨?"

"습관이 된 겨."

장난이라 생각한 정수가 이젠 그만하길 원했다. 그래서 정상적인 질문을 했다.

"그만하시고, 날 찾았다면서?"

이정수가 정색하여 물었다. 그러자 구본희가 정수를 반히 바라보면서 말을 받았다.

"공경숙 만나 볼래?"

구본희의 입에서 공경숙이라는 이름이 나오자 심장이 긴장했다. 하지만 흥분하지 말자 감정을 다잡았다.

"그래. 잘 살고 있겠지?"

"……."

"왜? 무슨 변고라도?"

"자넬 알아볼지 모르겠다. 이젠 나도 몰라보거든. 뇌암이라고 하던데 수술은 했고, 상황이 많이 안 좋다. 말도 잘 못 한다니까?"

정수는 '좌뇌에 암이 발생했겠구나' 생각했다. 좌측 뇌는 인지능력과 언어능력 그리고 기억력 등을 지배하는 뇌이다.

"그랬구나."

이정수의 눈에서 눈물이 주르륵 흘러내렸다. 머릿속에서는 목각의 기러기 한 쌍이 하늘을 날고 있었다. 하지만 정신을 다잡고 이정수가 눈물을 훔치면서 술잔을 들었다. 그러자 구본희도 잔을 같이 들었다.

"친구야!"

"반갑다."

구본희가 이정수를 바라보면서 빙긋이 웃었다. 그리고는 이정수를 향하여 빙글 돌려서 말했다.

"그런데 있잖아. 공경숙이 자네만을 찾았다는 거 알아? 어쩌면 자네를 가장 많이 보고 싶었는지도 몰라. 의사도 생명을 지키려는 의지력이 대단하다고 이야기하더라."

이정수는 공경숙이 안겨 왔을 때 복숭아만큼이나 봉긋했던 경숙의 가슴을 가슴으로 느꼈을 때의 기분을 상기하고 있었다. 갑자기 공경숙을 보고 싶다는 생각이 뇌리를 강하게 후려쳤다.

"오늘은 늦었고 술을 마셨으니 내일 같이 갈까? 내가 운전할 게 같이 가자."

구본희가 서슴없이 말했다. 이정수는 힘없이 고개를 끄덕였다. 그러자는 의미와 고맙다는 의미가 같이 있다. 그리고는 각자 소주 세 병씩 마셨다. 구본희는 더 마시자 했지만, 김국진과의 전화 약속을 생각한 정수가 그만 마시자 만류를 했다.

"야~ 오늘만 날인가. 내일도 있고, 모레도 있고~"

이정수가 약간 느릿느릿 말하자 마주보고 있던 구본희가 웃으면서 면박을 날렸다.

"야아, 누가 그런 말을 씨부리는데, 우리는 모르는 기다. 공경숙이 봐라. 쓰~ 벌 그냥 즐길 수 있을 때 즐기다 가는~ 그이 우리 인생인 기라."

구본희도 많이 취한 것이 보였다. 더 마신다는 것은 술이 술을 마신다고 생각했다. 술값은 구본희가 이미 카드를 맡겨 지불했다.

주인장이 대리운전을 불러 줬다. 좋은 세상이다.

"사장님 접니다. 국진이."

이정수가 집으로 돌아와 국진에게 전화를 걸었다. 위챗의 연결이 좋지 않아 국제전화를 했다. 술에 취해서인지 집 안이 갑자기 썰렁하다는 생각이 들었다.

"그래. 무슨 일이 있나?"

"사장님, 왕자인의 소식을 알았습니다."

이정수는 귀를 의심했다. 솔직하게는 죽은 줄 알았다. 중국이라는 나라에서 그런 일은 얼마든지 있을 수 있었고, 그것을 누구보다 잘 아는 이정수였기 때문에 그렇게 생각하고 있던 것이다.

"잘 살고 있다던?"

이정수는 덤덤한 표정을 지으면서 무덤덤하게 물었다. 도리어 김국진이 사장의 반응에 놀란 눈치다.

"예? 아, 예. 그런데 한국으로 시집을 갔더라고요. 아들도 있답니다."

"……."

이정수가 말을 하지 않고 뜸을 들이자 국진이 계속 말을 이었다.

"사장님 전화번호와 주소를 알려 주었습니다. 한번은 전화를 올리거나 찾아갈 거라고 합니다."

이정수의 눈가에 눈물이 고였다. 말 속에 울음이 섞일까 봐 말을 못 하고 가만히 있자 다시 국진의 말이 이어졌다.

"회사 주소로 왕자인이 보낸 편지가 사장님 앞으로 도착해 있습니다. 봉투째 다시 보내 드리도록 하겠습니다."

이정수는 깊은 한숨을 쉬었다. 기다리던 소식이었지만 반갑기도 하면서 한편으로는 괘씸하기도 했고 매우 중요한 어떤 일이 있었겠구나 하는 생각들이 한꺼번에 몰려왔다. 몸에 취기가 올라왔다. 방으로 들어

간 정수는 옷을 입은 채로 침대에 쓰러졌다.

김국진과 통화를 한 후 정확하게 4일 후 이정수는 우체국으로부터 EMS를 받았다. 김국진이 보낸 것이다. 김국진은 왕자인으로부터 받은 편지를 봉투를 뜯지 않고 EMS로 보낸 것이다.
이정수는 봉투를 뜯고 편지를 단숨에 읽었다.

"사랑하는 정수 씨에게"

미안해요.
자인입니다.
당신을 사랑했고 영원히 당신과 같이하는 꿈을 꿨습니다.
하지만 나의 과실로 인하여 당신의 명예를 더럽게 할 수 있다는 생각에 몹시 괴로워했습니다.
스스로 해결하려 노력했지만 보이지 않는 암흑의 터널이라 생각하여 당신 곁을 떠나기로 한 것입니다.
나 왕자인은 나의 의지와는 다르게 수렁에 빠졌습니다.
나를 수렁에 빠트린 놈은 중국의 형법에 따르면 아주 엄중한 처벌을 받는 중범죄에 해당합니다.
영원히 사회에서 매장당할 수도 있을 정도의 죄를 저질렀습니다.
어쩌면 당연히 그렇게 처리하는 것이 법의 정신인지는 모르겠지만 우리 인생사는 반드시 그렇게 하지 못하는 관계도 있다는 것을 이해하여 주시기 바랍니다.

당신한테는 비밀로 한 후 당신을 만나고 당신을 사랑하게 된 것을 후회하고 있으며 당신에게 용서를 구하는 바입니다.

당신에게 사실을 말하고 용서를 구하는 것은 불가한 상황입니다. 그것은 그 사람이 당신의 주변에 상주하는 사람이라는 것이며 황당하게도 그놈으로부터 협박도 당하고 있었습니다. 그런 상황에서 당신과 같이 생활한다는 것은 대단히 위험한 일이라 생각했습니다.

나 왕자인은 당신을 사랑했고 영원히 마음속에 담아 둘 것입니다. 하지만 당신은 왕자인을 당신의 마음에서 지우시길 염원합니다. 반드시 그래야만 합니다.

이를 위하여 나는 다른 남자를 만나 새로운 가정을 꾸렸습니다. 그래야만 당신을 멀리할 수 있다는 것을 알기에 그럴 수밖에 없음을 슬퍼합니다.

여보, 사랑했습니다. 다음에 다시 만날 수 있어도 나를 원망만은 안 하시기를 바랍니다. 꼭 아름다운 사랑이 당신과 같이하길 염원합니다.

당신의 자인

이정수는 편지를 읽으면서 치를 떨었고 슬픔에 빠지기도 했지만 울지는 않았다.

왕자인은 이미 행복을 찾은 것으로 생각했기 때문이다.

누구든 과거의 커다란 오점이 있을 수 있다. 그것이 남이 자신에게 저지른 일이든, 아니면 자신이 남에게 저지른 일이든 상관은 없다. 다만, 그런 것들에 대한 처리는 명료해야 한다는 생각에서다.

용서는 힘이 있는 사람만이 할 수 있는 특권이다.

이미 왕자인은 후평을 용서했다.

왕자인과 이정수는 커다란 상처를 입었지만, 그로 인하여 발생한 사건들은 자신의 운명에 관여되어 자신의 운명을 바꾸게 된 것이다.

큰 사건은 커다란 운명에 관여되고 작은 사건은 작은 운명에 관여되고 바뀔 수 있는 것이다.

왕자인은 스스로 자신을 책망하고 자신이 희생하는 길을 결정함으로써 운명을 지금의 상황으로 바꾸었다. 당연하게 이정수의 운명도 왕자인이 이정수를 떠나는 것으로 바뀌게 된 것이다. 이는 내가 아닌 남으로 인하여 바뀐 운명을 살아야만 하는 것이었다.

지금의 상황이 행복한 인생을 누릴 수 있도록 최선을 다하여야 한다고 생각했다. 지금 생각하고 말하고 행동하는 모두는 나만의 문제가 아닌 또 다른 사람의 운명에도 관여될 수 있는 일이니 매사에 최선을 다하여야 한다.

"엄마는 네가 형한테 무릎 꿇고 용서해 달라고 빌기 바란다. 그렇지 않으면 가족의 행복을 위해서 네가 가족을 떠나거라!"

"네가 없으면 우리 가족은 행복할 수 있단 말이다."

"너는 보육원 출신이라 근본이 없는 놈이라고."

"이런 후레아들 놈을 봤나!"

뒤척이던 이정수가 소리를 지르면서 침대에서 일어났다.

몸은 땀으로 범벅이 되었다. 악몽을 꾼 것이다.

침대에 걸터앉은 이정수는 머리를 싸매면서 한숨을 푹 쉬었다. 시간은 아침 7시다. 이른 시간은 아니다. 가벼운 옷차림으로 갈아입고 현관을 나섰다.

시원한 바람이 얼굴을 할퀴고 지나친다.

어제는 많은 경험을 한 하루였다.

왕자인의 소식을 들었고 공경숙의 안타까운 소식도 들었다.

왕자인의 소식도 나를 기다리던 그런 반가운 소식도 아니었지만, 자신의 보육원 동기이자 아름다운 추억을 간직하고 먼 미래를 약속했던 공경숙의 소식도 좋은 소식이 아니었다.

모두 안타까운 소식들뿐이었다. 왜 나의 주변은 안타까운 일들만 있는가 하는 안타까움이 있었다.

운명은 스스로의 결정에 따라 수시로 변할 수 있다.

추억은 추억으로 남기고 현실을 직시할 필요가 있다고 생각했다.

오늘은 그리운 추억을 가지고 친구 공경숙을 만나러 간다.

"이정수, 밥은 먹었는가?"

동네 한 바퀴 돌고 들어와 샤워하고 간단히 아침을 먹고 수저를 내려놓는 순간 구본희로부터 전화를 받았다.

"응. 기다리고 있어. 준비됐으면 오시지 않겠어? 주소 찍어 줄게."

"여기가 공경숙이 입원해 있는 병원이야!"

구본희가 모는 차가 한 시간여를 달려 도착한 곳은 용인 부근의 암 전문병원이었다. 외부는 꽤 깨끗했고 규모도 있어 보였다. 어느 정도의 병원은 모두 꿰고 있는 이정수지만 이런 곳에 이런 규모의 대형 전문 병원은 처음이었다.

"이야기했듯이 이정수를 몰라볼 수 있으니 놀라지 마. 말도 못 하거든……."

구본희는 애써 이미 했던 말을 다시 했다. 그만큼 충격이 있을 거라는 이야기였다.

"알았어. 친구인데 이제야 보러 오는 내가 잘못이지, 공경숙이 잘못한 건 아니잖아? 괜찮아. 가볍게 얼굴이라도 볼 수 있으면 되는 거니까."

이번에는 이정수가 구본희를 위로했다. 하지만 심장의 박동이 빨라지는 것은 어쩔 수 없는 노릇이었다.

"이 방인데 강영석이 같이 있어야 할 텐데……."

본희가 중얼거리듯 말했고 이를 들은 이정수가 순간 소름이 돋았다. 혹 초등학교 때의 강영석을 이야기하는 것은 아닌가 생각한 것이다. 한 해 위의 6학년이었다. 경숙을 괴롭히던 놈이었는데 맞짱을 두 번이나 뜬 놈이었다. 체격이 좋았었다. 싸운다고 하면 누가 이긴다는 표현보다는 누가 먼저 지치는가의 문제였다. 이정수가 구본희를 쏘아보자 다시 구본희가 말을 이었다.

"공경숙의 남편, 넌 잘 모를 거야. 그냥 들어갈까?"

구본희는 말을 마치자마자 문을 슬며시 밀었다. 소독약 냄새와 비릿한 냄새가 섞여 코를 자극했다. 예전에 많이 맡았던 그 냄새였다.

"어이구, 우리 경숙이 잘 있었나? 여기 이정수 왔는데……."

순간 구본희가 발걸음을 멈췄다. 눈도 커다란 토끼 눈이 되었다. 아니, 구본희는 눈이 원래 크다. 그것은 공경숙이 눈물을 흘렸기 때문이었다. 구본희의 뒷말은 듣지도 않았다. 그리고는 절뚝거리면서 이정수에게로 다가오는 것이었다.

"아니, 공경숙~ 그대로 있어. 내가 갈게~"

이정수의 목소리가 가늘게 떨렸다. 흰머리 올백의 공경숙은 옛날 얼굴이 그대로 남아 있었다. 지금도 예쁜 얼굴이다. 이정수가 공경숙에게 다가가 살며시 안았고 공경숙도 이정수의 품에 안겼다.

"어머나! 어머나! 어휴… 어머나……."

바쁜 숨을 몰아쉬는 공경숙은 놀란 표정을 했고 "어머나!"라는 말만 반복하며 눈물만 주르륵 흘릴 뿐이었다. 하지만 이런 광경을 옆에서 바라보던 구본희는 여전히 놀랍다는 표정이었다.

"미안해! 보고 싶었어. 반갑다. 경숙아!"

이정수의 말은 진심이다. 얼마나 보고 싶었을까. 하지만 누구에게도 선뜻 꺼내지 않았던 소싯적 사랑을 키워 주던 친구 아니겠는가. 어찌 잊을 수 있을까. 하지만 공경숙을 위한 적당한 단어를 찾기는 어려웠다. 그냥 반갑다는 말만 할 뿐이었다. 둘은 그렇게 서로를 토닥이며 그 옛날 아카시아 나무 아래에서처럼 포옹했다.

"반갑다. 정수야! 반가워, 반갑다. 정수야."

공경숙은 이제 반갑다는 단어를 더 추가했다. 무슨 말인가 더 하려고 애쓰는 모습이 애처로워 가슴이 미어졌다. 여전히 두 뺨에는 눈물이 마르지 않고 흐르고 있다.

안겨 있던 공경숙이 살며시 포옹을 풀고 이정수의 얼굴을 살피고 또 다시 포옹하면서 속삭이듯 말하려 애쓰는 모습을 보면서 그녀가 그를 얼마나 많이 기다리고 사모했는지 알 수 있었다.

"말하기 힘들지? 괜찮아. 이젠 내가 말할게! 어려우면 그냥 듣기만 해도 돼. 미안해. 너무 늦게 찾아왔네. 정말 미안해!"

정수가 다시 공경숙을 안았다. 그러고는 커다란 눈물을 주르륵 흘려야 했다. 적절한 단어를 구사하기 힘들었기 때문일 수도 있다.

구본희는 이런 광경이 생경한지 그저 가만히 말없이 지켜볼 뿐이었다. 공경숙은 구본희에게는 눈길도 주지 않았다. 그저 이정수의 얼굴에 눈이 고정돼 있다고 해도 좋을 지경이었다.

"어이구, 어이구, 여기 앉아~"

포옹을 푼 공경숙이 옆에 있던 보조 의자를 바라보면서 천천히 말했다. 힘이 없는 말이지만 똑바로 들렸다.

구본희가 이정수를 바라보는 눈빛에는 '이건 뭐지?'라는 의문이 들어 있었다.

그때 간호사를 대동한 의사가 들어왔고 방문자는 모두 자리를 비켜 길을 터 주었다.

"어이구, 손님이 많네요? 오늘은 기분이 어떠세요?"

의사가 공경숙에게 다가가면서 물었다. 아주 의례적인 질문이었다. 하지만 공경숙의 얼굴이 폈다. 그러고는 고개를 끄덕였다.

"기분이 좋아지신 거 같아요. 맞나요?"

공경숙은 다시 고개를 끄덕였다. 의사는 만면에 웃음꽃을 피웠다. 의사도 예후가 좋게 나타나면 기분이 좋아지는 것이다. 우리 인간사의 문제와 같다.

"손님이 많으시네~"

문을 밀치고 들어온 사람은 공경숙의 남편인 강영석이다. 이내 구본희를 본 강영석이 인사를 했다.

"어이구, 바쁘실 텐데 또 오셨네요. 감사합니다."

인사를 받은 구본희가 뾰로통한 표정으로 말을 빙글 돌려 말했다.

"그럼 뭐 합니까? 알아보지도 못하는데, 눈길 한 번 안 주네요."

"네에? 죄송합니다."

이때 강영석의 눈이 이정수를 향했다. 모르는 사람이라는 표정이었다.

"안녕하세요. 고생 많으시네요. 부인과 동창입니다."

"예, 안녕하세요? 중학교?"

"아닙니다. 초등학교."

이젠 구본희가 나섰다.

"이정수는 초등학교 때 친하게 지내던 친굽니다. 외국에 있다가 귀국하여 소식을 접하고 찾아온 겁니다."

조용히 구본희로부터 소개를 듣던 강영석이 고개를 갸웃거리더니 이정수에게 다가왔다. 여전히 건장한 체구다.

"어, 기억이 날 거 같기는 한데, 나 강영석입니다."

강영석이 손을 내밀었고 정수가 그 손을 잡았다.

"이정숩니다."

"응, 이거~"

순간 모두의 시선이 경숙을 향했다. 경숙은 왼손에는 사과 한 개를 오른손에는 과도를 들고 있었다. 스스로 사과를 깎는다는 것이 어려우니 도와 달라는 뜻일 거다. 눈길은 남편인 강영석을 향하고 있다.

"아, 알았어요. 손님들 대접하라고?"

역시 남편은 남편인가보다. 강영석은 공경숙에게 다가갔다. 그리고 사과와 과도를 넘겨받았다.

"아니, 됐어요. 우리는 밖에 나가 바람 좀 쐬고 오렵니다."

구본희가 경숙을 바라보면서 말했지만, 공경숙은 이정수를 바라보고 있었다. 말을 들은 것인지 반응이 없어 알 수 없었다. 이때 이정수가

우연히 만나 사랑을 만들다 | 219

나섰다. 조금 답답한 분위기를 바꾸고 싶었기 때문이다.

"경숙 씨도 같이 나갈 수 있어요?"

이정수가 정중하고 부드러운 목소리로 물었다. 남편을 의식한 때문이기도 했을 것이다.

"응, 그래~"

공경숙이다. 그리고는 자리에서 일어났다. 행동은 느리지만 의지는 분명했다. 알아듣고 있다는 의미이다.

구본희는 옆에 있던 휠체어를 밀고 다가왔다. 그러자 공경숙이 구본희의 얼굴을 쏘아보았다. 하지만 눈빛에 힘은 없다. 구본희가 휠체어를 공경숙의 옆으로 밀자 어렵사리 앉으려는 행동을 강영석이 도와주었다.

라일락꽃이 만개하여 향기가 진하게 퍼지는 나무 아래 고정 의자와 탁자가 있었다. 누가 다녀간 것인지는 모르지만 깨끗한 상태를 유지하고 있는 것에 마음이 상쾌해지는 것 같았다.

공경숙은 본관의 문 앞에 멈추어 휠체어에서 내렸다.

순전히 경숙의 의지였다. 그리고는 천천히 걷겠다는 의지를 보였다. 강영석은 따라오지 않았다. 친구들이 왔으니 잠시 동사무소에 다녀오겠다고 했다.

"내가 잡아 줄게."

이정수가 얼른 일어나 공경숙의 손을 잡았다. 눈길이 이정수를 향하던 공경숙의 눈이 다가오는 이정수의 손을 바라보았다. 그리고는 가녀린 손이 이정수의 손을 잡았다. 살점이라고는 전혀 없는 앙상하고 하얀 손을 잡은 이정수의 가슴이 미어지고 있었다. 아카시아꽃 향기 속에서 잡은 그 손은 아니다. 그때는 앙증맞은 손이었다면 지금은 너무 앙상한 손이다.

"저쪽 벤치가 있지? 거기서 기다려, 내가 가서 먹을 것 좀 사 올게~"
구본희가 일방적으로 말을 하면서 자리를 떴다. 아니, 이미 계획하고 있었을 것인지도 모른다.
"알았어. 음료수도 부탁해~"
이정수가 말을 했지만, 눈길은 공경숙을 향해 있다. 구본희는 손으로 동그라미를 만들어 손을 들었지만, 뒤돌아보지는 않았다.
"반갑다. 정수야. 반가워. 나 정수를 많이 기다렸어."
천천히 걷던 걸음을 멈춘 공경숙이 이정수를 그윽한 눈으로 바라보면서 힘없이 말했다. 한없이 부드러운, 오랜 그리움이 쌓인 그런 눈길이다.
"미안해, 경숙아. 내가 너무 늦게 왔어. 미안해."
이정수는 진정 미안하다는 생각을 했다. 순간이지만 '과거로 돌아갈 수 있다면' 하고 생각하다 고개를 도리질했다. 부질없는 일이라 생각한 때문이었다.
"반가워, 괜찮아 정수야. 고마워. 나 안아 줄 수 있어?"
공경숙이 이정수의 품으로 안겨 왔다. "안아 줄 수 있어?"라는 말은 이미 등 뒤에서 들렸다. 병실에서는 느끼지 못했지만, 공경숙의 가슴이 작아만 보였다. 슬펐다가 그리움이 밀물처럼 밀려들어 왔다. 또다시 눈물이 밀려 나왔다. 공경숙도 서러운 눈물을 쏟아 내고 있었다. 그러면서도 공경숙은 이정수의 등을 토닥거려 주었다.
멀리 구본희의 모습이 보였다. 손을 들어 동그라미를 만들어 보여 주었다. 그리고 걸음의 속도를 현저히 줄여 느릿느릿 걸어왔다. 그러나 공경숙은 구본희의 모습을 보지 못했다.

"너 공경숙을 사랑했었구나!"

병원을 떠난 구본희와 이정수는 천안에 도착할 때까지 아무런 말이 없었다. 이정수는 보육원에서부터 입양으로 헤어지기 전까지 단절된 생각의 처음을 찾고 끝을 맺고 또 다른 처음을 찾아 헤매고 있었다. 모든 기억이 공경숙에 대한 것으로 향하고 있었기에 구본희가 개입할 여지가 없었기 때문이기도 했다.

이정수는 구본희와는 어느 추억의 단서도 없다고 생각했다.

둘이 마주 앉은 곳은 어제 만났던 횟집이다. 자리에 앉자마자 구본희가 이정수에게 물었다.

"공경숙과 나는 보육원 출신이었잖아. 알고 있었지?"

이정수가 구본희를 응시하면서 말했다.

"응. 알고 있었지. 공경숙은 3학년 때부터 같은 반이었어. 하지만 보육원 출신이라는 것을 안 건 1학년 때부터였어! 모두 수군수군했던 것을 기억해."

대답한 구본희는 처음 공경숙과의 만남을 기억하고 끄집어냈다.

3학년 산수 시간이었고 어떤 문제를 선생님이 냈었다. 답을 자신이 대답하여야 했지만, 자신은 선생님이 낸 문제의 의미조차 파악이 안 되는 상황으로 대답을 못 하고 우물쭈물할 때 공경숙이 슬그머니 답을 적은 공책을 자기 앞으로 밀어 준 것이다. 이런 일들은 그 후에도 몇 번인가 더 있었다. 공경숙은 아주 똘똘한 친구였다. 매사가 확실한 친구였다. 보육원 출신이라고 다른 반 아이들이 따돌림을 해도 우정이 변하지 않았던 것은 정수 혼자일 거라 생각했다고 말했다.

"당연히 친하게 지냈지. 애인 관계라고 소문이 난 적도 있었는데 기억해?"

구본희도 당연히 기억했다. 그렇지 않아도 공경숙과 늘 같이 하교하는 이정수에게 관심이 많았었다. 공경숙을 괴롭히던 아이들과도 4대1로 열심히 싸우던 모습도 멀리서 보았고 돌아갈 땐 공경숙의 손을 잡고 가는 모습을 먼발치에서 바라본 기억이 새롭다.

"그래, 사랑했냐고?"

구본희의 목소리 톤이 약간 올라갔다. 이미 소주가 석 잔째다. 술의 힘이 이성을 지배할 정도는 아니지만 분명 공경숙을 면회하고 오면서 감정의 수치가 올라갔을 것이다.

"응? 사랑했냐? 그럴 수 있겠네. 풋사랑? 으하하······."

이정수가 크게 웃음을 터트렸다.

점심시간이 지난 시간이었기 때문에 주변에 손님은 없었다. 웃음소리에 놀란 눈으로 응시하는 사람은 두 명의 종업원과 구본희뿐이었다. 너무 자연스럽게 나온 웃음이었기 때문에 이정수 자신도 놀라 목을 움츠렸다.

"맞네. 사랑~ 풋사랑도 사랑은 사랑인 거야. 알겠어?"

이정수가 또 웃었다. 하지만 소리를 내지는 않았다. "알겠어?" 하면서 끝을 심하게 올리자 질투를 하고 있다고 생각한 때문이다.

"야아~ 초등학교 때 얘기야. 우리는 보육원생이기도 했으니까 더 가깝게 지내게 됐겠지?"

이정수는 아카시아 밑에서의 포옹을 다시 떠올렸다. 그때가 그리운 것인지도 모른다.

"넌 나를 기억할 수 없다는 것은 알지만 난 너를 기억하고 있었어. 분명하게 그랬다."

구본희가 희한한 표정을 하면서 이야기했기 때문에 이정수가 긴장했다. 그리곤 천천히 입을 열었다.

"미안해. 나도 널 일찍 알았다면 사랑을 했을 거야! 넌 많은 장점이 있다는 것을 알아야 해."

이정수의 말을 들은 구본희의 얼굴이 약간은 펴졌다. 그리고 수줍은 웃음을 띠면서 말을 받았다.

"야아~ 지금이라도 대시하면 안 될까? 나 매일같이 아침밥을 먹어 줄 수 있거든? 아님. 모닝커피라도~"

이번에는 이정수의 얼굴이 붉어졌다. 이를 본 구본희가 말을 이었다.

"농담이다 농담. 긴장하지 마라."

"안다~ 농담~"

둘은 마주 보면서 가느다랗게 웃었다. 조금 전 너무 크게 웃었다고 생각한 때문이다. 그리고는 잔을 들었다.

"근데 넌 지금 어떻게 살아가고 있는 거니. 일은 하고 있어?"

구본희가 훅 밀고 들어왔다. 일반적인 질문은 아니다. 하지만 얼버무릴 사안도 아닌 것 같아 망설이다 입을 열었다.

"음, 설명을 하려면 좀 길다. 짧게 이야기하자면, 음~ 뭐랄까 중국에서 낸 특허가 많아서 지분을 가진 회사의 기술특허사용료를 받거든 그래서 먹고살고 있다. 먹고는 살 만해."

호기심이 인 것인지 구본희는 의자를 당겨 앉고 귀를 기울였다.

"기술특허사용료는 뭐고 특허는 몇 개인데?"

질문을 받은 정수가 잠시 머뭇거리다가 입을 열었다.

"기술특허사용료는 내가 보유한 특허의 사용료라고 하면 되고 내가 보유한 특허 중 기술특허사용료를 받는 특허는 일곱 개야. 금액은 계약 조건에 따라서 다 다르고."

이정수가 뒤의 말을 얼버무리자 구본희의 질문이 이어질 것 같은 순간 이정수가 먼저 입을 열었다.

"너는?"

질문하려던 구본희는 기습적으로 질문이 들어오자 준비한 것처럼 시원하게 대답을 했다. 거리낌이라고는 찾아볼 수 없는 말이다.

"난, 죽은 남편 덕에 먹고 논다. 재산을 좀 남겨 놓고 급하게 떠나갔거든."

"미안해."

"미안해할 거 없어, 많이들 궁금해하거든? 그런데 그게 사실인데 거짓말할 필요는 없잖아."

말은 거리낌 없이 했지만 구본희도 역시 여자인지라 음색은 가늘게 떨려 나왔다.

"미안. 괜히 물은 거 같아. 술 한 잔 할까?"

이정수가 얼른 잔을 들었다. 자연스럽게 구본희도 잔을 들었다.

"왜 혼자냐고 묻고 싶지? 주변에 남자는 많이 끓는데 쓸. 만. 한. 놈은 한 놈도 없어. 어떻게 하면 우려먹을까 하는 놈들만 우글거리는 것 같아."

"그래도 잘 찾아보면 있지 않겠어? 보석을 그렇게 쉽게 찾을 수 있다면 그것도 문제지."

이정수는 공연히 물어본 것이 미안하다는 생각을 했다. 하긴 구본희 자신이 스스로 말한 부분이 더 많은 거 같기도 했다.

"여보세요? 이정숩니다."

"안녕하세요. 저 쇼티엔이에요."

한여름의 끝자락인 9월 초 쇼티엔이 위챗으로 통화를 요청해 왔다.

이정수는 이를 확인하고 확인 버튼을 눌렀다. 음질이 좋은 편은 아니지만, 통화에 어려움을 초래할 정도는 아니다.

"이번에는 할 말을 할 거야?"

쇼티엔은 움찔했다. 어떻게 알았지? 귀신이 따로 없다.

"어떻게 알았어요?"

"어떻게? 그게 레퍼런스지! 경험?"

이정수가 영어로 이야기했다가 즉시 중국어로 바꾸어 말했다.

한국에서는 영어를 쉽게 포함해서 말하지만, 중국에서는 그렇지 않다는 것을 깜박했다.

"두 가지 소식이 있습니다. 그 첫 번째는 후펑 아시죠? 후펑이 태국에서 수술하고 성을 바꿨습니다. 이젠 여성이 된 거죠. 지금 태국에서 살고 있습니다."

이정수는 한국으로 귀국할 때 수술비로 쓰라고 얼마간의 돈을 쥐여 주고 온 기억을 했다.

"음. 잘됐네요. 이젠 새로운 삶을 살겠네요. 쉽지는 않겠지만요. 다음은?"

이정수는 대답과 질문을 동시에 했다.

가벼운 마음이다.

트랜스젠더의 꿈은 수술이 아닐까 생각했기 때문이다. 이미 왕자인의 소식을 들었기 때문에 더 이상 중요 뉴스는 없을 것으로 생각했기 때문이다.

"사장님? 홍란 기억하시죠?"

왜 기억이 없겠는가. 왕자인이 사라지고 맘을 잡지 못하여 헤매고 있을 때 많은 도움을 준 아가씨가 아닌가. 너무 어려 싫다고 했지만 만취한 나에게 기회를 준 일등 공신 쇼티엔! 홍란에게도 적지 않은 돈과 차를 사 준 기억이 새롭다. 그땐 제정신이 아니었다고 할 수 있다.

"암, 기억하지. 왜 자가용 사업이 잘 안 되는가?"

이정수는 조금 더 도와줘야 하는 상황이 아닐까 앞서 생각했다.

"홍란이 애가 있어요."

"와우, 결혼했구나. 미리 연락 좀 하지 그랬어."

이정수가 유쾌하게 웃었다. 마음은 이미 "결혼 축하금을 보내야 하겠군!"으로 바뀌어 있었다. 중국식 버릇이다.

"에이, 그런 거 말고요."

"말고? 그럼 뭐?"

이번에는 쇼티엔이 엉뚱한 질문을 했다. 뚱딴지같은 질문이다.

"사장님 지금도 혼자 사시나요?"

"혼자? 음, 아니었는데 지금은 혼자야. 마음속에서 같이 살던 왕자인도 이미 시집을 갔더라고, 그러니 마음을 비웠지. 그러니까 혼자가 맞겠지? 왜?"

이정수가 주절주절 대답했지만 쇼티엔의 의중이 궁금하다고 생각하지 않은 것은 아니었다. '또 여자를 소개하려고?'라고도 생각했다.

"됐어요. 그럼, 말할게요. 놀라지 않기를 바라고요."

순간 이정수가 긴장했다. 말을 할 테니 놀라지 말라 하니, 그럼, 말을 하지 말든지 할 일이지. 놀랄 거라면서 또 말은 한다는 거지?

"잠깐 내가 놀랄 일이라면, 잠깐 심호흡 좀 하자!"

이정수는 여유를 부리는 호기를 부렸다. 말을 듣기 전까지는 그랬다.

"홍란의 애는 이정수 사장님의 아들입니다."

"……."

이정수는 목덜미를 잡았다. 역대 최대의 놀랄 일이다. 하지만 쇼티엔이 말을 이었다.

"지금 여섯 살이구요."

"……."

이정수의 대응이 없자 쇼티엔이 계속 말을 잇는다. 이정수는 대응할 수 있는 상황이 아니었다. 정신을 차리지 못하고 혼미한 상태라고 말할 수 있다.

"국제유치원 아시죠? 거기 다니고 있어요."

안다 국제유치원! 이씽에서 제일 유명한 유치원이다.

이 유치원에 입학하는 것은 매우 어렵다. 권력이든 경제력이든 대단한 실력이 겸비되지 않으면 입학은 꿈도 못 꾸는 유치원. 로비 없인 들어갈 수 없는 유치원이다.

"……."

이정수는 무슨 말부터 해야 할지 그 첫 단어를 찾지 못하고 있었다.

"거봐요. 놀랄 거라고 했죠?"

"……."

"이정수 사장님을 빼닮았습니다. 얼마나 똘똘한지 모릅니다."

혼미한 머릿속이 거의 정상으로 돌아왔는지 요동치던 심장이 안정을 되찾을 즈음 정수가 입을 열었다.

"알았어. 그런데 홍란은? 홍란에게 무슨 일이 있는 건 아니지?"

이정수는 놀랐다. 쇼티엔도 놀란 것은 매한가지다. 이정수의 처음 질문이 홍란의 안부일 거라고는 정말 몰랐다. 응당 아들의 이야기를 하거나 아들의 이름을 묻거나 할 것으로 짐작했던 것이다.

"어머. 어머. 사장님……."

"왜, 왜, 왜 뭔데. 또 뭔데 그래?"

이정수가 갑자기 흥분했다. 왜 마음이 급해지는 것인지 모를 일이다. 소파에 앉아서 전화를 받다가 어느새 자리에서 일어나 성큼성큼 거실을 거닐고 있었다.

"아니, 사장님~ 홍란이 걱정되세요? 홍란 지금 잘나갑니다. 잘나가는 운수회사 사장입니다. 무슨 생각하시는 거예요?"

쇼티엔의 대답을 들은 이정수가 핸드폰을 멀리한 후 후유 한숨을 내쉬었다. 다시 뛰던 가슴이 한순간에 안정을 찾았다.

"잘됐군. 그런데 아이 이름이 뭐라고 했지?"

"아직 이야기하지 않았어요. 성주입니다. 이룰 '성', 주인 '주' 한 성의 주인이 되라는 뜻이랍니다."

이정수는 '성주'라고 되뇌어 봤다. 그럼 이다음은 어떻게 해야 하는지 생각이 잠깐 멈춘 거 같았다. 하지만 입을 열었다.

"고생이 많았을 텐데, 왜 연락을 하지 않았어요. 고생이 많았겠어요."

이정수는 갑자기 울음을 터트렸다. 갑자기 감정이 북받쳐 오른 것이다.

"……."

이번에는 쇼티엔이 말이 없었다. 이정수 사장이 홍란을 생각하면서 울음을 터트린 것을 알아차린 것이다. 감동이라 생각했다. 화를 내지도 의심을 하지도 않았다. 홍란이 고생했을 거라면서 감정이 북받친 것이 감동이었다. 쇼티엔도 감정이 북받친 것인지 눈물이 나는 것을 참지 않았다.

"어서 와, 바쁘지 않아?"

"바쁘지! 바쁘지만 와야 하잖아?"

공경숙이 입원한 병실이다.

구본희와 병실을 방문한 이후로 일주일에 두 번씩은 찾아왔다.

의사의 말에 의하면 이정수가 오기 시작하면서 밝아진 마음이 예후를 좋게 하는 것 같다고 했다. 지금은 웬만한 소통은 가능한 상태가 되었다.

"난 잊은 줄 알았어."

"난 정.수.가 날 잊은 줄?"

공경숙이 고개를 끄덕였다.

"알았어? 에이, 괜한 생각. 어떻게 내가 경숙을 잊을 수 있을 거로 생각해?"

이정수가 말한, "알았어."는 공경숙의 이어질 말을 대신 말해 준 것이다.

"아냐. 내가 불안. 생각. 보고 싶은 사람이 너였어. 왜 그래?"

다시 정수가 내용을 정리해서 말했고, 공경숙이 고개를 크게 끄덕였다.

"아냐. 내가 불안 생각나고 보고픈 사람. 너밖에. 그냥 보고 싶었어~"

이제 둘은 눈을 맞추고 웃기까지 했다. 언제 왔는지 의사가 뒤에서 보다가 가볍게 웃었다. 그리고 병원을 나설 때 사무실로 들러 줄 것을 부탁했다.

"어떤 사이신가요? 실례가 안 된다면……."

담당 의사의 사무실이다.

"아뇨. 괜찮습니다. 환자와 저는 보육원에서 같이 자랐습니다."

"아, 그랬군요. 미안합니다."

의사는 고개를 크게 끄덕였다. 그러면서 한마디 더 한다.

"많이 의지한 거 같습니다."

"너무 오랜만에……. 벌써 35년인가 근 40여 년 전입니다."
"기간은 상관이 없습니다. 인간의 뇌는 완전한 설명은 안 되거든요."
"……."
"환자분을 위한다면 시간이 날 때마다 와 주시면 좋을 것으로 생각합니다. 시간이 된다면 말입니다."
"알겠습니다. 감사합니다. 애써 주시기 바랍니다."

이정수는 처음에는 강영석의 눈길이 부담스러웠다. 나이는 먹었지만, 남녀 사이이다. 중증의 환자라 하더라도 그렇다. 하지만 이제는 그런 생각은 하지 않는다. 도리어 방문을 반기고 있다. 강영석은 아직도 이정수와 싸운 기억은 하지 못하고 있는 것 같았다. 알면서도 굳이 이야기를 하지 않을 수도 있을 거라는 생각은 했다.

이정수가 병원에서 돌아와 논문을 정리하고 있다.

더는 벌지 않아도 중국에서 정기적으로 혹은 일시적으로 들어오는 돈은 세금을 공제하고도 2억 원이 넘기 때문에 걱정할 일은 아니라 생각했다. 그러나 뭐라도 하지 않으면 못 견디는 성격으로 박사과정에 입학했고 3D 설계는 물론, 유체역학, 임펠러 설계, 냉동 공학 등의 공부에 매진하고 있었다. 이제 마지막 논문만 통과되면 학위를 받을 것이다.

스스로 부족함이 많은 것을 알고 있었다. 그러나 학자로서 강의하려는 것이 아닌 자신의 자아를 위한 것으로, 자신을 위로하는 수단인 셈이었다. 그때 정수가 전화기를 들었다. 핸드폰이 아닌 집 전화다.

"여보세요. 이정숩니다."
"야~ 넌 왜 핸드폰을 받지 않는 거냐? 난 너한테 무슨 일이 있는지 얼마나 걱정했는지 알아? 으이구, 정말! 문 열어 놔! 10분이면 도착한다."

구본희다. 언제나 그랬다. 얘는 자기 할 말만 하고는 끊는다. 그런데 내 핸드폰은 어디 간 거야? 본희의 전화를 받고 나서야 핸드폰이 없다는 것을 인지했다. 요즘 가끔 그런다. 나이 탓인가? 핸드폰을 사용했던 기억의 끝을 찾아야 한다.

2층으로 올라갔다. 생각의 끝을 찾은 것이다.

원인은 중국의 변호사인 장신(江鑫)이었다. 중국의 연말 정산 문제로 통화할 때 샤워실에서 받았기 때문이다.

급히 아래층으로 내려온 이정수가 대충이라도 탁자를 치우려 할 때 초인종이 울렸다. 스크린을 보니 구본희다. 양손 가득 뭔가를 들고 있었다.

"나갈게~"

이정수는 벨을 눌러 대문을 열고 현관문을 열고 튀어 나갔다. 구본희는 막 대문을 들어서고 있었다.

"뭐냐, 갑자기?"

이정수가 짐을 받아 들면서 말했다. 그러자 구본희가 말을 받았다.

"갑자기라니 무슨 말씀이야. 전화를 받아야 예령을 보내지?"

"아하~ 맞다. 미안합니당."

이정수가 꾸벅 절을 하자 구본희가 웃으면서 말을 받았다.

"음, 자네는 소크라테스네. 아주 훌륭해!"

"뭐야? 소크라테스라니?"

"에헤~ 너는 너 자신을 알고 있잖아?"

이정수가 '하하하' 웃었다. 이미 그런 농담은 알고 있었지만 그랬다.

구본희를 위한 웃음이라 할 수 있겠다.

"뭘 이리 많이 사 왔어?"

이정수의 음색이 부드럽다. 환영의 의미도 있을 것이다.

"이건 뭔 서류들이 이렇게 어지러워 무슨 공부를 하는 거야?"

구본희의 음색도 부드럽기는 마찬가지다.

"박사 논문. 이제 거의 끝나 갑니다."

"그런데 네 연구실이 2층에 있는데 왜 1층에서 하냐? 이상하지 않아?"

맞는 말이다. 왜 1층에서 서류들을 정리하는 것일까? 습관이 된 것일까?

"맞아! 왜 그럴까?"

"시끄럽고, 좀 치워라! 난 요리작업 하련다."

구본희는 음식을 할 땐 '요리작업'이라고 말했다.

"넵! 알겠습니다."

말을 마치자 마지 이정수는 서류들을 모두 들고 2층으로 올라갔다. 이정수가 계단을 오르는 엉덩이에 대고 구본희가 소리쳤다.

"내려올 때 전에 내가 입던 옷 좀 가져와라. 갈아입게."

구본희가 찾아올 땐 언제나 그녀가 입는 옷이 있었다. 힐렁하게 입을 수 있는 기장이 긴 세로줄 무늬의 면 소재의 셔츠다. 가끔은 단추를 채우지 않고 입을 때도 많다. 보기엔 매력 있는 모습으로 보여 예쁘다고 했는데 그 후로 즐겨 입게 된 것 같다.

바지는 청반바지로 이정수가 살이 오르기 전에 입던 것이다. 지금은 작아 입지 않는 옷이다.

"여기~" 이정수가 구본희에게 옷을 내밀었다.

구본희는 이정수가 보고 있음에도 아랑곳하지 않고 옷을 갈아입었다. 그런 모습조차도 아름답고 매력이 있다. 친구 사이인데 어쩌랴, 생각했다.

"참 술이 떨어진 거 아니야? 좀 사 올래?"

맞다. 병원에서 돌아오는 길에 사 온다는 것을 잊은 것이다.

이정수가 자동차 키를 들고 나섰다.

대문이나 현관을 들어올 때 전자키를 사용하기 위함이다. 그렇지 않으면 안에서 열어 줘야 하므로 구본희한테 야단을 들어야 할 것이다.

빨리 다녀와야만 한다.

구본희는 요리를 뚝딱 해치운다. 그렇게 빨리 요리를 구현하는 아니, 작업하는 사람은 처음 본다. 음식점의 셰프보다 더 빠를 것이다.

아니나 다를까 이정수가 돌아왔을 때는 식탁에 요리가 가득 차려져 있었다.

"와우. 내 늘 감탄 중인데 우리 본희의 요리작업 속도는 세계적이다. 정말 빠르다. 놀라지 않을 수 없어."

"칭찬으로 들어도 되는 거지?"

"내가 우리 본희한테 하는 모든 말은 칭찬이다. 아니?"

이정수가 구본희 앞에 "우리"라는 단어를 넣어 말했다. 구본희도 그 뜻을 이해한 것으로 보면 된다. 잠깐 눈빛이 흔들렸기 때문이다.

"거기 앉아. 30초면 다 된다."

이정수가 어정쩡하게 서 있다가 구본희의 말이 떨어지기 무섭게 자리에 앉았다. 곧이어 구본희는 커다란 접시를 들고 왔다. 민물장어찜이라고 했다. 민물장어찜! 처음 접하는 요리다. 주요리인 거 같다.

"자~ 한잔할까?"

구본희가 손뼉을 '탁' 치면서 말하자 이정수가 신속하게 소주 병마개를 비틀었다. 그리고는 구본희의 잔을 먼저 채우고 나서 자신의 잔을 채웠다.

"우리 본희 정말 고마워. 누가 나한테 이렇게 맛있는 요리를 해 주겠어. 정~ 말 고마워."

이정수의 말은 진심이다. 구본희도 답례의 말을 했다.

"나도 고마워. 우리 정수가 아니었으면 내 누구랑 이렇게 아름다운 대화와 아름다운 시간을 보낼 수 있겠누~"

구본희의 말도 진심이다. 말의 톤만 들어도 안다. 말 속에는 진실이 담겨 있다.

"건배!"

"건배."

둘은 지금 이 순간을 위한 잔을 부딪쳤다. 잔을 비우자 이번에는 구본희가 병을 들어 잔을 채웠다.

이제는 "친구야, 반갑다!"라는 건배사는 하지 않는다.

"이거 먹어 볼래? 민물장어찜이야!"

구본희가 장어 한 조각을 이정수의 접시로 옮겨 주었다.

이정수는 애틋한 눈길로 장어를 받았다. 그리고는 젓가락을 장어 조각의 중앙에 꽂아 살을 발라 구본희의 접시에 옮겨 주었다.

구본희는 그런 정수의 모습을 보면서 무한한 사랑의 눈길을 보냈다. 구본희는 늘 이렇게 자상한 이정수가 좋았다. 이정수도 구본희의 그런 눈길을 알고 있었다. 그러나 내색도 하지 않는다. 즐기는 거다.

"와우. 미치겠다."

이정수가 장어찜 한 조각을 입에 넣자마자 비명을 질렀다.

순간 구본희의 얼굴이 긴장했다. 그리곤 이정수의 입에 눈과 귀가 고정되어 있다.

"와, 정말 맛있다. 표현이 어렵다. 어떻게 이런 맛을 낼 수 있는 건지 모르겠다. 와~ 우~"

조금은 과장된 표현일 순 있겠지만 구본희의 얼굴이 급격히 환하게 피었다.

감동이 가슴을 흔들었다. 이정수는 처음 구본희의 음식을 먹었을 때도 그랬다. 진심으로 느껴진다.

구본희는 그런 그가 좋다. 언제나 진심으로 대하는 남자라 생각했고 그런 남자가 좋다고 생각한 것이다.

"에이, 너무 과장된 표현은 사절합니다. 리액션이 너무 커~"

구본희가 말하자 이정수가 손사래를 쳤다. 정말 사실이라며 본심을 알아 달라고 애원을 할 정도였다. 구본희는 다시 감동했다.

"넌 원래 이렇게 음식을 잘했었어? 이건 뭐 황제라도 이런 맛을 보지는 못했을걸?"

"또, 또, 또, 또!"

"그럼 어떻게 하냐. 정말 맛이 있는데."

이정수는 세 번째 장어찜 조각을 접시로 옮겼다. 술잔은 겨우 한 잔을 마셨을 뿐이다. 이를 바라보던 구본희가 건배를 제안했다.

"야, 우리 건배하자."

"응. 깐베이(干杯)~"

이정수가 잔을 비우자 깐베이는 무슨 뜻이냐고 물었다. 그러자 정수가 친절하게 대답했다.

"응, 깐은 마를 '간', 베이는 '잔'이라는 의미야. 잔을 마르게 하자? 즉 잔을 비우자. 우리말로는 '건배'와 같은 뜻~"

"잘 알겠습니다. 그런 의미로 다시 깐베이."

구본희의 제안으로 둘은 다시 잔을 비웠다. 이제 새로운 병의 마개를 열었다. 그러자 구본희가 새로운 질문을 했다.

"정수는 이제 사업은 안 할 거야?"

"해야지. 이번 논문이 통과된 후부터 알아보려고 하는데, 뭐 좋은 아이템이라도 있어?"

이정수가 정색하면서 묻자 구본희가 말을 받는다.

"아니, 아직은 그래. 여자가 알면 얼마나 알겠니? 네가 사업을 한다면 나도 투자를 할까 해서 묻는 거야, 일하고 싶다고 해야 할까?"

"음. 좋은 제안인데. 내가 준비되면 브리핑해 드립니다. 기대해도 되는 겁니까? 투자자, 아니 동업자님~"

"감사합니다. 대주주님~."

"아니, 대주주는 우리 본희가 될 수도 있어요. 내 생각은 우리 본희가 사업을 한다면 나보다 더 잘할 거 같다는 생각인데? 나는 연구하는 스타일이 맞는다고 생각해. 됩니까?"

"당연히 됩니다. 우리 정수가 도와준다면야 뭔들 못하겠나이까?"

이제 서서히 술이 오르고 달도 차오르고 분위기도 좋은 시각이다. 창문엔 훤히 둥근 달이 걸려 있다.

구본희가 자리에서 일어나더니 거실의 커튼을 치면서 말했다.

"누가 우릴 쳐다보는 것 같아서~"

"너무 걱정하지 마세요. 여기는 일부러 작정하고 보지 않는 이상 볼 수 있는 구조가 아닙니다요."

이정수가 재미있다는 듯이 말하자. 구본희도 거들었다.

"넵~ 알겠습니다. 요."

둘은 서로를 바라보면서 "우헤헤헤헤헤" 웃음을 날렸다. 마냥 즐거운 시간처럼 보이는 것은 당연하다. 주변에 다른 사람이 사는 집이 없어 크게 웃어도 된다.

"오늘 정말 맛있는 요리 감동이었어요. 정말입니다. 감~ 동~"

"뭐야요. 그만 앤드 하자는 뜻인가?"

"응? 앤드……? 아하 END~ 우하하하하 우리 본희는 정말 멋있어요."

이제 둘의 혀는 맘대로 움직이지 않는 단계로 넘어가기 시작했다. 소주는 이미 다섯 병째다. 안주가 좋아 덜 취하는 것은 아닌지 생각해 볼 일이다.

"정수야. 우리 정수 씨~!"

"뭐야. 우리 본희 씨. 뭐가 필요합니까? 말씀만 하시죠. 다~ 아 됩니다요. 다아 됩니다."

이제는 혀가 꼬부라지는 시간이 된 거 같다.

"너어! 다 된다 이거지?"

"그럼요. 말씀만, 말씀만~ 하십시오. 다~ 됩니다. 약속합니다."

둘의 대화는 술과의 대화다. 그사이 다시 다른 병의 마개가 열렸다.

"좋아. 정수. 그럼 오늘 나를 좀 재워 줘라! 알겠지? 약속했다!"

구본희가 혀 꼬부라진 소리로 말했고 정수는 얼음이 되었다.

예전에 같이 술을 마시던 때와는 정 반대다. 그땐 "너어 나 건들면 죽는다"였다. 벌써 다섯 번째인데 이런 적은 없었다.

그냥 조용히 자고 나서 아침도 같이 먹고, 같이 절간에도 가고, 같이 극장도 갔지만 아무 일도 없는 관계다. 우린 친구니까 괜찮다고 생각했다.

이젠 구본희의 고개가 앞으로 꺾여 있다. 이미 만취라는 의미다.

2층의 방으로 가야 하는데 어쩌나 생각한 정수가 자리에서 일어났다. 그러고는 구본희의 허벅지 아래와 허리를 감싸 안았다.

생각보다 무겁지 않은 몸무게다.

안기 쉽게 구본희가 정수의 목과 겨드랑이 밑으로 감싸 안았기에 안정적이다.

조심조심 2층을 향할 땐 넘어지지 않을까 조심조심 한 계단 한 계단 올라갔다.

어렵사리 구본희가 잤던 방의 문을 열고 들어갔다. 구본희를 안고 방의 문을 열 땐 더욱 조심하여야만 했다. 창문으로 달이 비치어 시야는 확보된 상황이라 다행이라 생각했다.

살며시 구본희를 침대에 눕혔다.

잠시 고민을 해야만 한 것은 이불 위에 구본희를 뉘었기 때문이다. 다음엔 침대의 이불은 개 두어야 하겠다고 생각한 정수가 히죽 웃었다.

이정수는 자신의 방으로 간 후 자신이 사용하던 이불을 들고 와 구본희에게 덮어 주었다.

이정수의 방 옷장엔 조금은 얇은 여름 이불도 있었기에 괜찮다고 생각했다.

머리를 조심스럽게 들어 베개도 베게 해 주고 방을 나왔다. 이어서 쟁반에 물병과 컵을 챙겨 침대 맡에 두고 나온 이정수다.

1층을 치울까 잘까 생각하던 이정수는 샤워실로 향하였다.

따뜻한 물이 온몸을 적셔 오자 피로가 밀려왔다.

오십의 나이이지만 단단한 근육이 사랑스럽다 생각했다. 양치질을 마치고, 면도는 하려다 말고 가운을 걸치고 나온 이정수는 구본희가 자고 있는 방으로 살금살금 들어가 구본희의 자는 모습을 물끄러미 바라보았다. 그리고 흐트러진 머리칼을 정리해 주고 살며시 방을 나왔다.

곧장 침대로 직행한 이정수는 이불을 끌어 올려 덮고 눈을 감았다.

행복한 하루였다고 생각하며 잠이 들었다. 그렇게 밤은 깊어질 것이며 내일은 또 다른 시작이 될 것이다.

얼마나 시간이 흘렀을까? 일찍 술을 마시기 시작했고 이른 시각에 잠자리에 들었다고 생각했다. 두세 시간은 지났을 것이라 생각했다.

비가 오나? 어젠 보름달이 나왔는데? 가늘게 들리는 물방울 흐르는 소리에 정수가 귀를 기울였고 커튼 사이로 창밖을 바라보았다. 하지만 그것은 샤워실에서 나는 소리다. 분명 그랬다.

아마도 구본희가……? 구본희겠지? 다시 잠을 청한 정수였다. 하지만 잠시 후 이정수의 방문이 열리고 스르르 가운을 벗은 구본희가 이정수의 이불 밑으로 몸을 밀고 들어왔다.

"내가 분명 오늘 재워 달라고 했지? 이 나쁜 놈아~"

역시 구본희다. 슬그머니 이불 밑으로 들어오기에는 어색했기에 내는 넋두리 정도일 거다.

"응? 뭐야~ 잘 자는 줄 알았지!"

이정수는 구본희를 위해 침대 위의 한쪽을 내어 주기 위하여 몸을 움직였다. 동시에 오른손은 이불을 들어 주고 구본희의 머리를 받쳐 주기 위하여 왼팔을 내밀었다. 이정수의 침대 방향이 동쪽을 향하고 있어 자연스러운 행동이었다.

"지금껏 안 잔 거야~"

이정수의 오른 손가락이 구본희의 머리를 쓸어 올리면서 작은 목소리 말했다. 기다리고 있었다는 의미일 수 있겠다.

이미 흔들리는 목소리, 심장은 터질 듯이 펌프질을 해 댔다. 심장의 펌프질 위력은 이정수의 몸을 한껏 부풀어 오르게 했다. 당연한 몸의 반응이다.

"날 언제까지 기다리게 하려고 한 거야?"

구본희는 코맹맹이 소리로 말했다.

이정수는 대답 대신 구본희를 세게 안아야만 했다. 머리에서 향긋한 라일락꽃 향기가 났다. 정수의 생각과는 다르게 구본희의 가슴이 풍만하게 이정수의 가슴으로 밀착되는 것을 느꼈다. 이제 이정수 몸의 모든 세포들은 살아 움직여 구본희 몸의 움직임에 스스로 대응하고 있는 것만 같다.

살며시 정수의 팔을 밀어 몸을 뺀 구본희는 천천히 아래로 내려갔다. 구본희의 입술이 정수의 가슴골을 쓸어 가듯이 움직이고 있다.

이정수는 '흑' 하고 호흡을 가다듬어야만 했다. 자연스럽게 구본희의 머리칼 속으로 이정수의 양 손가락이 들어가 움켜쥐었다.

구본희는 아래로 내려가던 움직임을 잠시 멈추었지만 이내 이정수가 손가락의 힘을 풀자 내려가기를 계속하였고 이내 정수의 심벌을 입으로 물었다.

양손은 소중한 듯 두 개의 구슬이 담긴 주머니를 잡았고 자연스럽게 구본희는 무릎을 꿇는 자세가 되어야만 했다.

"아~ 악~"

정수가 외마디 소리를 내면서 구본희의 귓가로 양 손가락이 움직인다. 매우 자연스럽다. 하지만 이정수의 다리는 힘이 들어가 양다리가 합쳐지면서 용트림하고 있다. 마치 구름 위를 걷는 것 같은 기분이다.

어느덧 자세를 바꾸어 이젠 구본희가 정수의 베개를 벤 자세이다. 이정수는 이내 구본희의 젖꼭지를 혀로 빨며 핥기를 계속했다.

이미 젖꼭지도 반응하여 더욱 크게 부풀어 올랐다.

역시 겉으로 보기와 다르게 구본희의 젖가슴은 풍만한 편이다. 그렇다고 너무 과하지 않은 편일 것이다. 정수의 한 손으로는 약간 버거운 정도다. 홍란의 그것보다는 확실히 크다고 생각했다. 왜 이 순간 홍란의 그때가 생각난 것인지는 모른다. 하지만 그땐 손안에 들어오는 홍란의 젖가슴이 좋다고 생각했었다.

이제 정수의 입술도 아래로, 아래로 내려가고 있다.

크게 부풀어 오른 이정수의 심벌이 조금은 거추장스럽게 느껴졌지만 개의치 않았다. 드디어 배꼽을 지나고 허벅지 안쪽의 사타구니를 지나자 구본희의 입에서 쉬익 쇳소리를 냈다.

구본희의 손이 몸 둘 바를 몰라 침대 시트를 쥐어 잡았다. 정수의 귀를 잡고 싶었지만 그러기에는 구본희의 신장이 미치지 못하여 자연스럽게 나온 행동이다.

구본희는 이내 외마디 소리를 내야만 했다.

이정수의 입술과 혀가 조가비의 양 날개를 가볍게 터치하면서 질 내부로 침입한 것이다.

이미 L-스팟은 흥분의 도가니를 지나 절정으로 치닫고 있다. 구본희는 참으려던 호흡을 쏟아 내며 더욱 큰 쇳소리를 낸다.

구본희에게 이런 자극은 처음이었다. 이정수의 입술이 아래로 내려가기 시작한 순간부터 자지러지던 구본희다.

7년이나 지난 남편과의 사별, 그것이 사별일지라도 순간 남편과의 정사 장면이 스치듯 지나갔다.

그때와는 확연히 다른 애무다.

미칠 것만 같다. 좋아서 미칠 지경이 되었다. 이런 별천지 같은 감흥이 있단 말인가.

진한 장면이 나오는 영화를 보면서도 저럴 수 있느냐고 생각하며 얼굴을 붉혔었는데 이제 그 경험을 자신이 하는 것이다.

나이 오십에도 될까 고민이 돼 도전하지 않았던 자신에 대한 자신감도 올라 감동이 급격하게 올라오고 있었다.

"그~ 만~"

구본희가 참지 못하겠다는 뜻 허리를 움직였다. 그렇다고 그만두는 남자는 없다. 그리고 또다시 "그~ 만~"이라고 단음절로 나누어 말할 때 구본희는 더는 참지 못하고 분출하고야 말았다.

부끄러움보다는 환희에 찼다. 처음 맛보는 환희다. 이런 세상이 곧 천당이 아닐까 하는 어처구니없는 생각도 지나갔다.

숨결의 박자를 맞추지 못했던 구본희가 몇 번인가 더 분출한 후 널브러졌다. 더 이상의 부끄럼은 머릿속에 없었다.

이정수는 정성스럽게 구본희의 분출을 입으로 받아 냈다.

입과 코와 얼굴까지 지저분하게 되었겠지만 괜찮다고 생각했다. 지금, 이 순간만큼은 나의 상대가 원하는, 나의 상대를 위한 시간이 되어야 한다고 생각했다. 지금은 구본희를 위한 시간이라 생각했다. 더러움이 아닌 사랑의 전유물이라 생각했다.

이제 이정수는 입에 고였던 침과 분출물을 삼키고 서서히 위로 향했다. 침을 삼키면서 '으윽' 소리를 냈지만 작은 소리다.

이미 조가비는 자연스럽게 움직이던 동작을 멈추고 힘없이 널브러져 있었기 때문에 더 이상의 애무는 필요 없다고 생각한 이정수가 젖가슴의 봉우리를 잠시 문 다음 구본희의 입을 찾았다.

잠시 고민을 하지 않은 건 아니었다. 자신의 입이며 코며 지저분하지 않을까 고민이 되었지만 이내 생각을 바꾸었다. 이런 모두는 사랑의 징표이며 사랑의 행동으로 야기된 것이기에 구본희도 받아 줄 거라 생각한 것이다. 이런 상황에서 구본희가 받아 주지 않는다면 황망한 상황이 연출될 수도 있을 것이다.

　하지만 이런 생각을 깬 것은 구본희의 행동이었다. 이정수의 입술이 자신의 젖꼭지를 물기 바쁘게 이정수의 양 머리칼을 위로 잡아당겼기 때문이다.

　한편, 구본희는 이정수가 빨리 다가와 주길 기다리고 있었다. 부끄럽기도 했지만 지금은 부끄러움을 생각할 겨를이 없었다.

　첫사랑 남편이 자신을 얼마나 사랑해 주었는지 모른다. 정말 아주 많이 사랑해 주었었다. 그러나 오늘 같은 짜릿한 애무는 처음이다. 확실히 남편의 그것과는 다르다.

　어렵게 시도한 보람이 있다고 생각했다.

　이정수 입이 다가오자 구본희는 자연스럽게 입을 벌려 이정수의 입을 받아들였다. 부드럽기도 강하기도 한 혀라고 생각했다.

　구본희는 자신의 조가비를 즐겁고 황홀하게 해 준 이정수의 혀를 힘차게 빨았다. 일종의 감사의 표현인 것이다.

　생각이 행동으로 자연스럽게 나온 결과다.

　어떤 때는 이성이 행동을 지배하지 못할 때가 있는데 지금이 바로 그때라고 생각했다. 분출될 때도 그랬다. 참고자 하는 이성보다 몸이 먼저 반응하는 것을 지배할 수는 없었던 것이다.

　이젠 이정수의 심벌이 이내 구본희의 몸 안쪽으로 비집고 들어왔다. 이미 충분히 젖어 있다고 생각한 구본희지만 비명을 질러야만 했다.

　"으! 아악!"

구본희는 이정수의 가슴을 끌어당겨 안았다. 이정수의 그것이 작지 않다는 것은 입으로 물었을 때 이미 알고 있었다.

입이 조금은 아플 정도였기 때문이다. 하지만 비명을 지르고 싶어서 지른 것도 아니다. 긴장했기 때문일 수 있다.

너무 꽉 찬 느낌이다. 이정수의 그것이 움직일 땐 헉헉 소리를 내야만 했다.

둘의 몸은 이미 땀으로 범벅이 된 지 오래다.

비릿한 밤꽃 향기가 이렇게 좋을 수 없다고 생각한 건 이번이 처음이다.

남편의 향기도 나쁘지 않았지만 비견이 되지 않는 좋은 향기로 다가오는 것은 무슨 연유인지 모른다.

그렇게 불꽃 향연이 지나고 이정수가 구본희의 옆으로 누었을 때는 처음과는 다른 위치였다. 이정수가 옆으로 누우면서 정수의 다리가 자신의 다리 위로 겹쳐올 때 본희는 또다시 "으윽~" 앓는 소리를 냈다. 하지만 몸을 움츠린 것이지 소리가 입 밖으로 나온 것은 아니었다. 구본희는 그렇게 생각했다. 조가비를 닫아 정액을 가두고 있었지만, 정수의 다리가 올라오자 너무 힘을 준 나머지 정액이 흘러내린 것이다. 그 느낌이 어딘지 모르게 몸을 더욱 움츠러들게 했고 밤꽃 향기는 방 안을 가득 메웠다. 아름다운 밤이라 생각했다.

남편한테 요구했던 과한 자세를 정수에게 요구하지 않았던 것은 과하지 않은 자세에서도 충분히 흥분되었고 이정수와 처음 나누는 사랑의 행위는 자연스럽게 이정수에게 맡기고 싶었던 것이다.

자연스러운 행동을 벗어나 과격하게 다가가는 것은 상대를 지치게 할 수도 있다고 생각했기 때문이다.

이정수의 왼손이 부드럽다고 생각했다. 그의 손은 자신의 오른 젖가슴 위에 올라와 있었다. 이정수의 숨결이 고르게 안정되어 가고 있었다.

구본희는 기원했다. 이렇게 아름다운 밤이 지속되기를…….

이정수가 인천 국제공항의 면세점에서 화장품을 고르고 있다. 같은 것으로 두 개씩이다.

아들 성주의 선물은 이미 화물로 보냈다. 예쁜 가방과 블록을 샀다.

많은 고민 없이 쇼티엔의 전화를 받은 후 곧바로 홍란과 통화를 했었다. 홍란의 결정이 가장 중요한 문제라 생각했다.

이정수는 성주를 위해서 뭐 하나 노력한 것이 없다. 생물학적인 아버지라는 사실 말고는 아무런 권한도 없다고 생각했다. 당연히 홍란의 의견을 먼저 듣고 홍란이 원하는 바대로 해결하려 한 것이다. 어쩌면 해결이라는 단어 자체에도 문제가 있을 수 있다. 홍란이 문제라고 생각해야 비로소 문제가 될 수 있는 것이며 그때가 되어야 의견을 피력할 수 있다고 생각했다.

홍란의 생각은 너무나 단순하다. 아빠의 존재를 알리고 싶었고, 이번에 한국을 방문할 때 만날 수 있으면 좋지 않겠는가 하고 생각한 것이다. 성주가 아빠를 그리워하고 있다는 말을 듣고 정수는 곧 중국의 항저우로 가는 비행기표를 구했다. 일반석이 만석인지라 비즈니스석을 선택하였다. 금액은 상관없다고 생각했다. 자신의 분신이 중국에서 아빠도 모른 채 이 세상에 존재한다는 사실 자체가 미안한 일이라 생각했다.

"홍란, 반가워. 고생 많았지?"

항저우 공항 입국장. 홍란이 마중을 나왔고 이정수가 홍란을 단박에 알아보고 뛰어와 안았다.

함박웃음으로 맞이하던 홍란도 정수가 안아 주자 울음을 터트렸다. 소리 없이 우는 울음이 그간의 고통을 말하는 것만 같았다.

홍란은 그랬다. 누구한테 부탁하고 의지하기보다는 스스로 해결하고 스스로 도전하려는 사람이었다.

홍란이 환영의 의미로 사 들고 온 꽃다발은 아직도 홍란이 들고 있다. 어깨를 토닥거려 주던 이정수가 살며시 어깨를 떼어 얼굴을 가까이에서 바라보자 홍란이 꽃다발을 이정수에게 건넸다.

이정수는 홍란의 볼에 가볍게 입술을 터치했고, 홍란은 활짝 웃었다.

"많이 보고 싶었어요."

홍란이 몰고 온 아우디 차 안이다. 이정수가 사 준 차를 아직도 바꾸지 않고 몰고 있는 것이다. 이정수는 이런 모습이 대견하다는 생각을 하면서 흐뭇한 웃음을 발산하는 중이다.

"왜 연락하지 않았어?"

안타까운 음색이다. 나무라는 톤은 아니다. 그러자 얼굴을 살짝 돌려 이정수를 바라다본 홍란이 살짝 웃다가 말했다.

"이 사장님이 한국으로 돌아간 곧장 임신 사실을 알았어요."

정수는 조용히 홍란을 바라보면서 홍란의 말에 귀를 기울이고 있다. 진지한 표정이다.

"난 사장님을 사랑하고 싶었어요. 처음 만난 날부터 그랬어요. 하지만 사장님은 왕자인을 가슴에 담고 있었기에 그 틈을 파고 들어갈 자신이 없었어요. 또 그러고 싶지도 않았고요. 난 사장님과 있는 동안만큼은 정말 행복했어요. 아세요?"

무엇을 아느냐고 묻는 것인지 몰라 눈만 껌뻑이자 홍란은 이정수에게 눈길을 준 후 전면을 응시했다. 그리고 말을 이었다.

"내가 사장님을 만났을 때 난, 아니, 이 사장님이 첫 남자였어요. 첫 경험이었죠."

이정수의 눈이 반짝였다. 사실 첫날밤의 기억이 없기 때문이다. 그날 이정수는 술에 떡이 되었었다.

"사장님은 기억이 없을 수 있어요. 아마도 그랬을 거예요."

"미안해."

"아뇨. 그런 말을 듣고자 하는 말은 아니거든요. 난 그때 행복했다는 것을 말하고 싶었어요. 난 그래요. 내가 행복하니 너도 행복해야 한다. 그런 억지를 말하고 싶지는 않아요."

이정수는 당시의 처음을 찾고자 노력 중이다. 첫날밤은 몰라도 그다음 부터는 아주 친하게 지낸 기억이 있다. 하지만 사랑이라는 단어가 비집고 들어올 틈은 없었다. 그때는 그랬다. 홍란을 품으면서도 가슴과 머리는 왕자인으로 가득 메우고 있었기 때문일 것이다. 그래서 미안했다.

"임신과 출산, 육아 등은 순전히 나 혼자 결정한 사항이에요. 사장님이 미안해할 필요는 전혀 없어요. 사장님이 가시면서 저한테 큰 선물을 주신 거 기억하시죠? 난 보답하고 싶었어요. 잘 살아 달라고 했어요. 사장님이 저한테요. 방을 구하라고 돈도 주시고……. 그리고 자동차도 사 주셨어요. 먹고살 도구를 주신 거죠. 아세요?"

홍란은 다시 "아세요?"라고 물었다. 하지만 진짜 아느냐고 묻는 것이 아니라는 것을 안다.

"지금은 차량이 열다섯 대랍니다. 사장이 됐어요."

홍란은 만개한 웃음과 함께 웃었다. 지금 행복하다는 표현이 사실이라 생각되었다. 쇼티엔은 "열 대인가."라고 말했는데 그간 더 늘어난 것인가 생각했다.

"성주는 나의 전부입니다. 이 사장님을 많이 닮았어요. 카피한 거 같아요. 축소 복사요."

홍란은 다시 웃었다. 하지만 소리는 내지 않았다.

"성주가 아빠를 많이 그리워했어요. 난 아빠는 외국에서 사업을 한다고 했어요. 기를 죽이고 싶지는 않았거든요. 하지만 이번에 성주가 유치원에서 단체로 한국 여행을 가게 됐어요. 아빠가 있는 땅, 아빠가 계시는 나라에 가는데 그냥 갔다 오게는 할 수는 없다고 생각했어요. 그런데 이 사장님이 반겨 주어 감사해요."

홍란의 입이 터졌다. 즐겁고 행복하다는 표현이다. 홍란은 기분이 좋아지면 말이 많아지곤 했었다.

"그런데 란란~"

홍란이 이정수를 바라보았다. 곧 앞을 주시했지만, 말을 하라는 뜻이다.

"이제 용어를 정리하자. 로우궁. 아니면 '여보'로 하면 좋겠어요. 성주 앞에서도 이 사장, 이 사장 할 수는 없잖아요?"

홍란이 웃었다. 그래도 되느냐는 의미라고 생각한 정수가 말을 받았다.

"돼요. 우리는 이제 하나의 가족입니다. 당신이 나의 아내가 될 수 있다면 좋겠어요. 내가 늙었지만, 괜찮다면요."

이정수가 고민하던 말을 했다. 무슨 면목으로 그렇게 말할 수 있겠는가. 성주가 존재함으로 그렇게 하자고 한다면 그것은 어불성설이라 생각했다.

"……"

말은 하지 않고 홍란이 다시 이정수를 바라보았다. 그리고 잠시 후 그녀가 입을 열었다.

"음, 오늘 저녁에 보고 결정할게요. 되죠?"

"되죠. 암요. 되고 말고요."

이정수는 바로 대답했다. 어느덧 이씽의 톨게이트를 통과하고 있다. 이정수의 심장이 신호를 보내고 있다. 이를 눈치챈 것일까? 홍란이 빙긋이 웃으면서 말했다.

"약간은 흥분이 되지요? 성주와의 만남이 기대되지 않나요?"

왜 기대되지 않겠는가? 이렇게 흥분되는 것은 태어나 처음이라 생각됐다.

"기대돼. 흥분되고 어떻게 첫말을 할지 고민이 돼요. 힌트 좀 주세요."

"자연스럽게, 반갑게, 진심을 담아 안아 주면 돼요. 성주는 인내심도 강하고 이해심도 강하거든요. 어떤 상황에서도 아빠를 이해할 거예요. 여보."

말을 마친 홍란이 쑥스러운 표정으로 웃었다. 아마도 "여보"라고 부르는 것이 어색했을 거라고 생각했다. 성주 앞에서 자연스러운 표현을 위하여 연습했을 수도 있다.

"여기예요. 여기가 성주와 나의 집입니다."

별장형의 작은 집이다. 작은 정원이 있지만 잘 가꾸어진 모습은 아니다. 붉게 흐드러진 글라디올러스 꽃이 아름답다고 생각할 즈음 집 안에서 누군가 문을 열고 밖으로 나오는 지척에 약간 구부렸던 허리를 폈다.

홍란은 한 걸음 앞에 있었다.

"엄마~ 엄마 왔어요?"

맑고 청량한 목소리다. 드디어 성주가 나타났다. 머릿속에서 온갖 모습으로 그리던 아들 성주다.

"응, 엄마야~ 여기 인사드릴래? 네가 그리워하던 아빠란다."

잠시 굳었던 성주가 서서히 정수 앞으로 다가와 안겼다. 정수는 무릎을 꿇고 성주를 안았다. 옆에 서 있던 홍란도 다가와 앉으면서 둘을 한꺼번에 안았다.

홍란은 소리 내어 울음을 터트렸고 정수와 성주는 소리 없이 울었다. 뜨거운 눈물이다. 얼마간 셋은 그렇게 있었다.

문을 열고 그 광경을 바라보던 보모도 얼굴을 붉혀야만 했다.

"어디 우리 아들 좀 보자."

포옹을 풀고 성주를 바라다보면서 보육원에서 초등학교 입학을 위해 촬영했던 증명사진을 떠올렸다. 판박이다. 정수는 이내 성주를 안았다. 그리고 일어서면서 말했다.

"우리 성주 많이 보고 싶었어요."

정수의 말은 자신이 성주를 보고 싶었다는 뜻이었지만 듣기에 따라서는 성주가 아빠를 많이 보고 싶어 했다는 뜻으로 이해할 수 있는 모호한 말을 했다. 주어가 빠진 탓이다.

"성주도 아빠를 많이 많이 보고 싶었어요."

"그래그래. 아빠가 미안하다. 너무 많이 기다렸지? 미안해~"

이정수는 성주를 안고 볼에 뽀뽀를 하면서 집 안으로 들어갔다.

셋을 기다리던 보모가 만면에 웃음을 피우면서 인사했다. 식탁에는 이미 풍성하게 요리들이 차려져 있었다. 거실에는 꽃과 촛불도 장식되어 있었다. 라일락꽃 향기가 좋다. 홍란이 정수가 라일락꽃을 좋아한다는 것을 알고 보모에게 준비를 부탁한 때문이다.

정수는 이씽에서 정말 꿈같은 시간을 보냈다. 언제나 운전은 홍란이 했으며 성주와 정수는 뒷자리에 앉아 웃고 또 웃으며 웃음이 그치지 않았다. 또, 성주와 속삭이면서 홍란의 눈치도 보는 것을 홍란은 다 안다.

후사경을 통해서 힐끔힐끔 봤던 거다. 하지만 개입하려 애쓰지는 않았다. 부자지간에 충분한 시간을 주기 위함이다. 물론 질문이 오거나 곤란한 질문이 나올 때 홍란이 나서서 분위기를 살려 놓곤 했다.

쇼핑할 땐 언제나 차량이 가득했고 놀이공원이나 연극, 어린이 극장은 물론 수영장까지 그동안 성주가 해 보고 싶었던 모두를 공유하고 함께 시간을 보냈다.

유치원에서도 일정 기간을 휴가로 처리해 주었기 때문에 가능한 일이었다. 중국에서 뇌물이면 안 되는 것이 없다는 사실을 증명이라도 하듯이 휴가를 얻기 위해 홍란이 힘을 발휘한 것은 당연한 일이다.

여기는 제주도의 국제공항 입국장. 이정수는 커다란 플래카드를 뒤에 놓고 일행을 기다리고 있다. 현수막을 들고 있는 사람들은 시간 아르바이트로 고용한 사람들이다. 예쁜 꽃으로 만든 커다란 꽃다발도 준비했다. 유치원의 원장과 선생님들 그리고 홍란에게 줄 꽃이다.

성주와 유치원 친구들에게 줄 선물도 전부 준비했다. 물론 같이 따라오는 학부모들의 선물도 준비한 것은 당연하다. 이 준비를 위하여 많은 시간과 경제적인 대가를 치렀지만 이를 준비하는 시간 동안 얼마나 행복했는지 모른다. 언제나 웃는 모습에 동네의 작은 상점 아주머니가 고개를 갸웃거릴 정도였다.

이윽고 유치원 아이들이 줄지어 걸어 나오기 시작하였고 그 속에 유난히 아름다운 홍란과 성주의 모습이 보였다.

이정수는 꽃을 흔들면서 펄쩍펄쩍 뛰었다.

성주와 홍란도 동시에 정수를 확인하고 손을 흔들어 보였다.

활짝 웃는 얼굴이다.